공자가 죽어야
나라가 산다

공자가 죽어야 나라가 산다

김경일 지음

바다출판사

1910년 한일합방, 1950년 6·25, 1997년 IMF.

100년도 안 되는 세월 동안 우리 민족은 세 번을 죽다 살아났다. 돌이켜보면 그것은 민족 자체가 자칫 인류의 역사에서 잊혀버릴 수도 있었던 위기였다. 하지만 그때마다 우리는 그럭저럭 위기를 수습해 왔다. 그러고는 언제 그랬냐는 듯이 그 참담했던 과거를 잊어버렸다. 아니 오히려 스스로를 '역경을 이겨낸 위대한 민족' '하면 되는 민족'으로 위안하며 대견스러워했다.

그러나 50년이 멀다 하고 되풀이되는 이 역사적 사건들이 그저 우연한 것이었을까? 언제나 새로운 각오로 출발만 하면 모든 문제는 저절로 해결되는 것일까? 이런 위기의 연속에는 우리들 내부에 숨어 있는 어떤 필연의 이유가 있는 것은 아닐까?

얼마 전 나는 마흔을 넘어섰다. 마흔을 유혹에 흔들리지 않을 나이라고 해서 '불혹(不惑)'이라 부른다던가? 그런데 나는 마흔이 되면서 더욱 흔들리기 시작했다. 산다는 건 뭘까? 역사란 뭘까? 그리고 국가란 개인에게 무엇일까? 한국인으로 산다는 건 도대체 뭔가?

　나는 새로운 답을 찾고 싶었다. 그리고 그 답을 공자의 유교에서 찾아냈다. 유교 사회 속에서 성장했고 그것을 공부했던, 그래서 한때는 그것을 가장 아름다운 가치로 생각했던 나에게 찾아낸 이 답은 충격이었다. 하지만 그건 새로운 출발을 약속하는 작은 희망이기도 했다.

　한일합방을 부른 무기력한 정부와 위선적 지식인들, 6·25를 부른 우리 문화 속의 분열 본질, 그리고 IMF를 부르고 만 자기기만과 허세. 그것들은 도덕의 가면을 쓴 유교 문화 속의 원질들과 본질적으로 같은 것이었다. 위선, 분열 본질, 자기기만과 허세, 그것들은 바로 우리 사회가 그토록 즐겨 부르짖던 도덕적 가치, 단일 혈통의 우월성, 그리고 무거운 권위들의 벌거벗은 뒷모습이었다. 단지 그것들이 도덕적으로 위장되어 있었고 정치적, 사회적 권위에 의해 보호되어 왔기에 쉽사리 알아채거나 지적하는 일이 쉽지 않았을 뿐이었다.

　이러한 요소들은 오늘도 어렵지 않게 우리 사회 곳곳에서 발견할 수 있다. 지금도 우리 내부에서는 크고 작은 한일합방 류의 협잡과 6·25 식의 동족 죽이기와 분열, 그리고 허세와 자기기만으로 인한 IMF 형 파산이 연속되고 있다. 사건이 달라 보이고, 크기와 규모와 영역이 달라 별개의 사건들처럼 보이지만 그것들은 우리 문화의 심층에 자리잡고 있는 하나의 원인 때문에 지속되는 것들이다.

그것은 우리 문화의 내면을 한 꺼풀만 젖히고 들여다보면 언제라도 쉽게 찾을 수 있는 시커먼 곰팡이, 바로 유교라는 곰팡이 때문이다. 장이 나쁘면 얼굴에 시도 때도 없이 여드름이 돋는 것과 마찬가지다. 아무리 화장을 해도 소용이 없다.

유교는 처음부터 거짓을 안고 출발했다. 많은 사람들이 모르고 있지만 유교의 씨앗은 쿠데타로 왕권을 쟁탈한 조갑이라는 한 중국인 사내의 정치적 탐욕을 감추려는 목적 아래 뿌려진 것이었다. 기원전 1300년경 황허 유역에서 일어난 이 사건의 현장을 우리는 고대 동양 문화의 실록인 갑골문에서 발견하게 된다. 그 후 이 정치적 사건은 교묘하게 도덕으로 위장되어 전해오다가 공자라는 한 사나이에 의해 후대에 전해졌다. 물론 그 당시 공자는 사건의 내면에 숨겨진 불순한 문화적 코드를 읽어내지 못한 채 도덕만을 외쳐댔다.

그 결과 현란한 수식어에도 불구하고, 공자의 도덕은 '사람'을 위한 도덕이 아닌 '정치'를 위한 도덕이었고, '남성'을 위한 도덕이었고, '어른'을 위한 도덕이었고, '기득권자'를 위한 도덕이었고, 심지어 '주검'을 위한 도덕이었다. 때문에 공자의 도덕을 딛고 선 유교 문화는 정치적 기만과 위선, '남성적 우월' '젊음과 창의성의 말살' 그리고 '주검 숭배가 낳은 우울함'으로 가득할 수밖에 없었다. 그리고 이 이방인의 문화는 조선 왕실의 통치 이데올로기가 되어 우리의 삶 속으로 들어왔다. 그리고 그것은 사농공상으로 대표되는 신분사회, 토론 부재를 낳은 가부장 의식, 위선을 부추기는 군자의 논리, 끼리끼리의 협잡을 부르는 혈연적 폐쇄성과 그로 인한 분열 본질, 여성 차별을 부른 남성 우월 의식, 스승의 권위 강조로 인한 창의성 말살 교육 따위의 문제점들을 오늘날까지 지속시키고 있다. 이것들은 오늘날 우리들 삶의 공간에 필요한 투명성과 평등, 번득이는 창의력, 맑은 생명들과는 너무도 동떨어진 것들이다. 유교의 유효 기간은 이제 끝난 것이다.

앞으로 이야기하겠지만 공자의 도덕은 '힘있는 자'와 '돈 가진 자'를 위해 봉사할 수밖에 없는 태생적 한계를 지니고 있다. 때문에 수시로 우리 눈앞에서 휘두르는 '도덕성 회복'이나 '민본주의 사상' 등의 유교적 깃발들은 그 자체가 이미 새로운 가부장적 독재와 밀실 야합, 그리고 불평등의 가치를 옹호하겠다는 선언과 다르지 않다. 조선 왕조의 긴 역사와 중국 왕조들의 반복된 실패가 이를 증명하고 있다.

우리 사회의 여러 가지 우스꽝스런 모습들은 바로 공자의 유교 문화 속에서 살아남아야 했던 구조적 위선자들이 만든 필연적 졸작들이다. 나는 이런 점에서 오늘도 이 시대를 진단하고 처방을 내리며 목청을 돋우는 이 땅의 위선적 지식인들과 정치인들을 보면서 현기증을 느낀다. 차라리 이젠 그만 '한국호'에서 내리고 싶은 심정이다.

맑고 순수한 '사람'이었던 우리, 패기와 자신감으로 가득한 '사람'이었던 우리는 유린되고 세뇌되며 '유교적 한국인'이 되어 있었다. 나는 공자가 이방인이기 때문에 비판하는 것이 아니다. 나는 공자가 제시하는 도덕 속에서 우리들 대부분이 스스로의 의지와는 상관없이 구조적 위선자로 변해 가고, 우리들의 삶을 잃어버리고 있는 것이 안타깝다. 유교문화의 이러한 해악을 깨닫지 못하고 우리 역사 속에서 겪은 고난들을 우연으로 치부하거나, 몇몇 개인에게 정치적 책임을 묻고, 또 지정학적 근거를 통한 어설픈 남의 탓 지적이 지속된다면 우리는 여전히 우리 사회의 가슴 답답함의 실체를 찾아내지 못할 것이다. 그리고 사건들은 계속될 것이다. 하루만 지나면 엉클어지는 줄서기나 신호위반 단속, 그리고 머리띠를 질끈 동여맨 '전진대회'의 구호 속에서 답을 찾는 한 재앙은 계속될 것이다. 그리고 우리들 위선의 색깔은 점점 더 진해져 갈 것이다. 결국, 문화적 토양이 바뀌고 생각의 틀이 바뀌지 않는 한 어떠한 노력과 구호도 우리의 아름다운 미래를 담보할 수는 없을 것이다.

유교의 종주국인 중국에서는 유교를 버리는 과정에서 수많은 사람이 희생되었다. 이미 100여 년 전 시작된 혁명들은 아직도 끝이 나지 않았다. '사람 잡아먹는 유교'를 버리는 일이 그리 쉽지만은 않았기 때문이다. 그렇지만 중국은 이제 새로운 길을 향해 발걸음을 뚜벅뚜벅 옮기고 있다. 조금 덜그럭대긴 해도 방향은 제대로 잡은 셈이다. 역시 100여 년 전, 일본은 유교를 버리기로 작정했다. 그들은 날선 칼로 공자를 베어버렸고 메이지유신을 완성시켰다. 그리고 새로운 틀을 마련했다. 그들 역시 적지 않은 고통을 감내했다.

나는 우리 민족이 그 동안 시련을 겪을 만큼 겪었다고 생각한다. 더 이상의 아픈 교훈은 필요가 없다. 이제는 우리들의 아름다운 삶을 옥죄어온 도덕의 그 더러운 변질 과정을 파헤쳐 드러내놓을 때가 되었다고 생각한다. 그리고 우리가 그토록 신봉했던 역사와 문화들이 우리들의 삶을 얼마나 망가뜨려 놓았는지에 대해 알아야 할 때가 되었다고 생각한다. 왜곡된 권위와 도덕적 가치들 뒤에 숨겨진 정치적 협잡과 역사적 속임수를 끄집어 내놓을 때가 되었다고 생각한다.

남들보다 100여 년이 늦은 오늘, 더구나 21세기의 문턱에 서서 이런 글을 쓰는 자체가 무척 쑥스럽기까지 하다. 그러나 이제는 유교 문화에 대한 근본적인 반성을 할 시점이 되었다. 우리 모두는 이제 한 번쯤은 스스로에게 솔직해질 때가 되었다. 모든 껍질을 벗고 자신의 모습에 솔직해질 때가 되었다. 이 책을 통해 나는 독자들이 정말 한 번쯤 허심탄회해지기를 바란다. 그리고 좀 더 홀가분한 마음으로 우리들의 삶에 어울리는 옷을 입었으면 한다. 이제까지처럼 허풍으로 가득 찬 '아, 아, 대한민국'이 아닌, 유교적 허세문화와 정치적 허세에서 벗어난 맑은 삶의 옷을 말이다.

1999년 4월
김경일

차례

2 공자가 죽어야 나라가 산다

3 일본이여 들어오라! 중국이여 기다려라!

1

한국인으로서 사는 열 가지 괴로움

이제 지도는 찢어졌다

한복과 김치의 뿌리와 현주소, 그리고 그것이 왜 도태당하고 있는가에 대한 자기 해체적 반성과 분석이 없는 한, 모든 시도는 한여름 밤의 부채 역할밖에 하지 못할 것이다. 가을이 오고 선선한 바람이 불면 부채는 너덜너덜해진 채 내던져지고 말 것이기 때문이다. 이제 '우리 것'에 대해 냉정해질 때가 되었다.

"이제 지도는 찢어졌다."

세계적인 국제 전략가로 미국 맥킨지(Mckinsey & Company)에서 20여 년 간 다국적 기업들의 고문을 담당했던 오마에 겐이치는 《국가의 종말(The End of the Nation State)》이라는 책의 첫마디를 이렇게 시작했다.

정치인이 대표가 되는, 나라로서의 국가 대표팀은 이제 끝났다. 나라와 나라 사이의 경계는 이미 허물어져버렸다. 이제 국경이란 지도 위의 선에 불과하며 땅 위에 쳐진 거미줄보다 약한 철조망일 뿐이다. 얼마 전까지도 이 선을 허락 없이 넘는 것은 그 국가에 대한 중대한 도전이고 공격이었다. 그것은 때로 전쟁으로 이어지곤 했다. 그러나 이제 전파에 대해 국경은 속수무책이다. 국경을 번개처럼 넘나드는 TV와 영화에 대해 속수무책이다. 인터넷과 CNN에 대해 그 누구도 시비를 걸 수 없다.

꼭 21세기라서가 아니라 우리는 이제 새로운 삶의 시대에 도달해 있다. 이른바 4I로 대표되는 산업(Industry), 투자(Investment), 개인(Individual), 정보(Information)로 구성된 새로운 삶의 연합체가 등장한 것이다.

이들 4I는 국경 위를 제약 없이 넘나들고 있다. 이제 서로에게 이익만 된다면 우리들이 어떤 국적을 가졌건 어디서든지 생활을 할 수 있는 시대가 되어 가고 있다. 더구나 "자본에는 국적이 없다."는 말의 파괴력은 몇몇 미래학자들의 경고 수준을 넘어섰다. 이제 그 영향력은 내가 사는 24평 국민주택에까지 깊숙이 들어와버렸다.

유태인 출신의 세계적 투기꾼 조지 소로스는 이 새로운 시대를《세계 자본주의의 위기》라는 최근 저서에서 '열린사회(Open Society)'로 불렀다. 공감되는 이야기다. 나는 이 책을 잡자마자 하룻밤 새 다 읽어버렸다. 역시 세계적인 꾼은 뭔가 다른 법이다. 그 역시 국경이 무너지는 소리를 남보다 일찍 들은 사람이었다.

우리는 위대한 장사꾼의 목소리에 귀를 기울일 줄 알아야 한다. 사농공상에 깊이 세뇌되어 있는 한국인들은 교수나 학자의 말에는 제법 귀를 기울이지만 장사꾼의 말은 우습게 여기는 경향이 있다. 하지만 이제는 시대가 바뀌었다. 이제는 경제가 모든 가치를 좌우하는 시대가 되었고 금융 상식은 비타민 C만큼 중요한 요소가 되어버렸다.

한국사회의 주변을 돌아보자. 우리들 삶에 찰거머리처럼 들러붙어 우리들의 의지와는 상관없이 우리를 좌지우지하는 주변국들은 우리들에게 어떤 모습으로 다가서고 있는가? 나는 이들의 모습을 문화적 측면에서 살펴보며 우리들의 문화주소를 확인하고 싶다.

이제 미국은 이른바 미국식 획일화를 전 세계로 확산해 가고 있다. 우리가 흔히 말하는 세계화며, 글로벌 경제며, 다양한 문화적 교류의 배후에는 미국식 획일화가 자리하고 있다. 한국은 한국 시장 침투를 쉽게 하기 위해 획일화를 밀어붙이는 강력한 세력 앞에 완전히 노출된 상태다.

미국은 획일화의 기초 작업으로 시스템의 미국식 표준화를 요구하고 있다. 'ㄲ글'을 죽여 버리는 '마이크로소프트'의 작전은 빙산의 일각, 아니 그들의 휴식시간을 위해 마련된 냉커피의 한 조각 얼음에 불과하다. 미국의 전략은 자본주의의 본산답게 철저하고 냉혹하다. 그들은 산업, 투자, 개인, 정보의 4요소 중에서 산업과 투자, 그리고 정보를 이미 확실하게 장악해 나가고 있다.

이렇게 보면 IMF란, 21세기라는 새로운 시대로 진입하기 위한 비자 발급 정도의 사건일 수도 있다. 조지 소로스는 자신의 회사가 이미 6개월 전에 아시아 금융 위기를 예측했노라고 쓰고 있다. 그는 자신의 놀라운 예측에 따라

절망으로 치닫는 주식시장에서 한 보따리 건져 유유히 사라져버렸다. 잘못이라면 순전히 우리 잘못이 되고 말았다.

이렇게 본다면 국가는 이미 그 능력의 종언을 고한 셈이 된다. 국가는 강하고 빠른 외부의 새로운 도전으로부터 국민을 보호하지 못했다. 오늘날 우리는 물 밑으로, 철조망 사이로 기어드는 낯익은 적들을 막아내는 것만이 국가 방위가 해야 할 책임의 다가 아니라는 것을 뼈저리게 실감하고 있다. 이렇게 볼 때 국가는 그야말로 퇴출되어야 할 시점에 놓여 있는 것이다. 국가 퇴출? 전혀 낯선 표현이 아닐 수도 있다. 지금처럼 한 나라의 은행 서너 개를 사고도 남을 자금들이 번개처럼 국경을 넘나드는 상황이라면 말이다.

이러한 미국식 획일화 전략에 거칠게 맞서고 있는 나라는 중국이다. 중국은 세계 문제에서 언제나 미국의 딴죽을 건다. 국민들의 삶의 질은 한참 떨어지지만 가공할 만한 구매력을 앞세워 미국에 맞서고 있다.

"까불면 장사 안 해! 확 문 닫아버릴껴! 사고칠껴!"

그런 중국의 늠름한(?) 모습을 보는 우리의 마음에는 만감이 교차한다. 조금은 고소하고 조금은 으스스한 것이 사실이다.

중국의 전략은 일종의 '몸값 불리기' 전략이다. 가장 강한 놈을 골라 시비를 붙으면서 2인자가 되려는 전략 말이다. 그것도 막무가내로.

미국과 중국의 무역에 등장한 귀여운(?) 장애물인 딱정벌레는 중국적 배짱과 원시적 환경이 만든 경제적 홍위병이다. 살충 처리를 하지 않은(못한) 수출품 포장용 나무궤짝에 묻어오는 이 딱정벌레들이 뉴욕과 시카고의 단풍나무들을 있는 대로 먹어치우고 있다. 미국 내에는 천적이 없는 이 벌레 때문에 미국은 중국에 '환경' 운운하며 개선을 요구하지만 중국은 '비이성적인 처사'라고 내뱉는다.

"아, 벌레를 어떻게 막아? 인간들도 통제가 안 되는데."

중국은 이러한 힘을 배경으로 적어도 아시아에서의 영향력은 확실히 해두려는 의도가 있다. 마음에 안 들면 타이완 해협으로 미사일도 뻥뻥 날리고, 중국의 내부 사정을 지나치게 부정적으로(사실은 대단히 정확하게) 보도하는 일본 NHK 방송팀을 통째로 추방해버리기도 했다. 1998년 겨울, 국가주석 짱저민(우리나라 매스컴이 사용하는 장쩌민은 틀린 표기. 모르니까 못 고친다.)은 일본 수상과의 정상회담에서 역사문제에 대한 사과를 요구했으나 받아들여지지 않자 공동성명 서명을 거부해버렸다. 쓸 만한 배짱이다.

한국에게는 이런 태도를 보이지 않는다. '닭 잡는 데 소 잡는 칼을 쓰지 않는다.'던가! 한국은 지레 겁을 먹었는지 대 중국 문제 처리를 봐도 신통한 데가 없다. 파트너라고 나서는 친구들을 만나 봐도 그저 그렇다. 언어 실력이나 중국 내부의 핵심을 찔러댈 수 있는 능력의 소유자들이 많지 않으니 당분간은 그대로 '고'다. 중국의 효과적인 정보 차단, 한국의 국가적 힘, 이른바 중국통들의 웃기는 능력 등등은 중국을 한숨 돌리게 만드는 요소다.

그래서 중국은 언제나 가장 쉬운 방법으로 한국 길들이기 시나리오를 진행하고 있다. 가장 대표적인 것이 통일 카드다. 한국은 통일에 목숨을 건다. 그리고 통일의 문을 열 수 있는 몇 개의 열쇠 중의 하나는 확실히 중국의 손아귀에 있다.

중국은 단 한 번도 '6·25'에 대해 공식 사과하지 않았다. 100만의 중공군을 쓸어 넣어 한반도를 두 동강 내놓았지만 그들의 태도는 완강하기 이를 데 없다. 그 때문에 우리는 이 문제에 관한 한 입도 뻥긋 못한다. 또 중국은 "한반도가 하루 속히 통일이 되기를 바란다."는 표현을 하지 않는다. 언제나 '한반도의 안정과 평화'가 유지되기를 바랄 뿐이다.

한국 정치 지도자들의 아킬레스건인 통일 문제, 그 부분에 관한 해법을 중국은 확실하게 쥐고 있다. 산업도 투자도 정보도 장악할 수 없지만 그들은 한국인의 마음을 확실히 얼려놓고 있는 것이다. 현재 한국사회에 확산되고 있는 중국 알기의 저변에는 중국 공포증이 서리처럼 엉겨 있다. 그래서 어떻게 보면 차라리 미국식 획일화가 더 마음 편할 것 같은 생각이 들기도 하다. 미국식은 적어도 앞날은 예상할 수 있어 불안감이 덜 하기 때문이다.

여기에 비해 일본은 가장 괜찮은 장사를 하고 있다. 한국 젊은이들의 일본 문화에 대한 심취가 현재와 같은 속도로만 진행된다면 일본은 아주 쉽게 한국을 문화적으로 흡수해버릴 수 있다. 일제 통치하에서 성장했던 노인들이 점점 사라지면서 친일본적인 성향이 약해져가고 있는 이때 형성된 청소년층의 일본 마니아들. 일본으로 봐서는 멋진 응원군이다. 이들은 일본의 한국에 대한 영향력을 지속시킬 수 있는 효과적 트로이 목마들이다. 일본은 언제든지 한국사회를 리모트 컨트롤할 수 있을 것이다.

여기에 가끔씩 과거사 문제에 대해 강경 발언 한두 번 해서 분위기 어수선하게 했다가 다시 정리하는 과정을 거치면서 감각을 무디게 만들고 있다. 같은 말을 시간차를 두고 지속적으로 듣게 되면 나중에는 그게 그런가보다 하게 되는 게 인간이다. 치밀한 계산이 없이는 행동하지 않는 게 일본인 아닌가?

특히 일본의 문화 산업은 산업, 투자, 개인, 정보의 4요소를 골고루 갖추고 있는 21세기적인 아이템이다. 그중에서도 하이테크와 개인의 선호도를 섞어 만든 '애니메이션 취향'의 문화 산업들에는 국경을 초월해 다른 나라의 개인들(결국 국민들)을 일본적인 개인(문화 영역 속의 국민들)으로 만들어버리는 무서운 노림수가 담겨 있다.

이런 문화적 환경에 노출된 우리는 이제 어떤 문화적 전략으로 효과적으로 방어할 것인가? 그리고 어떻게 이들에게 역공할 수 있을 것인가?

나는 '우리 것은 좋은 것이여!'의 국수적인 태도를 부추기고 싶은 생각은 전혀 없다. 한복 입고, 김치 씹으면서 우리 것을 지켜보자는 비장감을 조장할 생각도 전혀 없다. 또 그저 유전된 감정만을 붙들고 반미, 중국 이용, 극일의 구호를 외치고 싶은 마음도 없다. 그것은 맹장염에 산 미꾸라지를 한 대접 붙이고 누워 있겠다(중국 조선족의 민간 요법의 하나다)는 미련일 수 있다. 그보다는 더 단단한 자존심과 실력을 바탕으로 이들과 공존하고 이들과 악수하며 다음 세대로 건너가고 싶다. 남을 매일 미워해야 하는 것은 너무도 고통스러운 일이기 때문이다.

한복과 김치의 뿌리와 현주소, 그리고 그것이 왜 도태당하고 있는가에 대한 자기 해체적 반성과 분석이 없는 한, 모든 시도는 한여름 밤의 부채 역할밖에 하지 못할 것이다. 가을이 오고 선선한 바람이 불면 부채는 너덜너덜해진 채 내던져지고 말 것이기 때문이다.

이제 '우리 것'에 대해 냉정해질 때가 되었다.

나는 신토불이가 싫다

남의 땅에서 난 것이라도 깨끗하면 건강에 유익할 것이고, 우리 것이라도 뭔가 장난을 쳤다면 건강에 나쁜 것이다. 지구를 빙빙 돌며 벌어와도 시원치 않은데, 골방에 쭈그리고 앉아 못난 우리 것 지킬 생각만 하고 있는 것은 아무리 생각해도 못난 짓이다. 우리 사회의 '신토불이'에는 일종의 기피증(avoidance syndrome)이 숨겨져 있다.

방송이고 뉴스고 심심하면 써먹는 '애국적 발언'이 신토불이(身土不二)다. 그러나 사실 몸과 흙은 둘이 아니라는 이 말의 뒤에는 박정희 시대의 국산품 애용이 있고, 다른 한 구석에는 일제 강점기의 물산장려운동이 있다. 그리고 아주 멀리는 전국시대의 철학자 노자(老子)가 숨어 있다. 어쩐지 도피의 냄새가 난다.

노자는 인간도 자연의 일부라고 했다. '스스로 이런 형태'임을 뜻하는 자연이란 말에서 느낄 수 있듯이, 자연계 내의 모든 존재는 원래의 모습 그대로 살아야 한다고 그는 주장했다. 봄이 오면 봄처럼, 여름이 오면 여름처럼, 가을이면 가을처럼, 겨울이면 겨울처럼 말이다. 황사가

날면 세수를 멈추고, 더위가 오면 에어컨을 끄고, 가을이
와도 로션을 바르지 말고, 겨울이 오면 짚풀더미를 뒤집
어쓰고 가만히 있어야 한다.

열매 있으면 열매 먹고, 고기 잡으면 고기 먹고, 없으면
굶고, 수염 나면 기르고, 울고 싶으면 울면서 바람처럼 구
름처럼 살라고 외친 사람이 바로 노자다. 자연의 흐름을
어기고 옷도 만들고, 자동차도 만들고, 핸드폰도 만들고,
제도도 만들고, 학교도 만든 인간들 때문에 자연의 질서
는 훼손되고, 결국에는 자신들이 편리하다고 생각했던 문
명의 이기들 때문에 파멸의 길을 걷게 된다는 것이다.

그러나 어쩌랴? 자연으로 돌아가기에 우리는 너무 멀
리 나와 있다. 그저 일주일에 한두 번 산에 오르는 정도로
노자의 잔소리에 부응하는 수밖에.

우루과이라운드가 체결되고 쌀 시장, 쇠고기 시장이 열
리면서 우리 먹을거리가 설 땅은 점점 좁아졌다. 이때 터
져 나온 것이 바로 신토불이었다.

"뭔 소리여. 우리 몸은 우리 땅에서 난 것을 먹어야
혀."

수입 개방이 못내 찜찜했던 농부들과 우리 사회는 이
기막힌 논리에 무릎을 쳤다.

"그렇지, 우리 몸은 우리 땅에서 난 것을 먹어야 해."

그럼 질문을 하나 해보자.

"왜 신토불이지?"

"우리 땅에서 우리 몸이 났으니, 우리 땅의 소산을 먹어야지!"

"그럼 뭐가 좋은데?"

"건강해지지."

"정말인가?"

"그럴걸, 아마……."

우리 땅은 어디를 말하는 걸까? 그건 정치적 경계선으로 만들어진 공간일까? 아니면 민족적 경계선? 아마도 민족적 경계선일 가능성이 높다. 북한산 먹을거리도 우리 것이라고 열심히 먹는 것을 보면. 그럼 일제 농산품은 안 될까? 옛날부터 우리 문화를 받아들였고, 우리 조상들이 많이 이주해간 곳인데. 그래도 그건 안 되지 싶다. 감정 때문에. 그런데 왜 중국 것은 안 될까? 시장에서 중국 것만 나타나면 독약 보듯이 하는 이유는 무엇일까? 왜 TV 리포터들은 중국산 도라지만 보면 정색을 할까?

"이 놈이 바로 중국산 고사립니다. 색깔이 시커멓고. 요 놈이 바로 우리 고사립니다. 보기만 해도 맛깔나게 생겼지요."

중국의 동북 지역은 옛 고구려 땅이고 발해의 영토라고 틈만 나면 문화적 영유권을 주장하면서도 왜 그곳에서 난 먹을거리는 우리 것이 아닐까? 호박같이 둥근 가지, 주먹만 한 고추, 뻘건 무, 그것들은 바로 우리 독립군들도 즐겨 먹던 민족의 먹을거리들이었는데.

한국의 배가 세계로 수출되는 것은 우리 농업의 개가다. 그러나 캘리포니아 오렌지는 언제나 농약이 많고, 그거 먹으면 양놈들처럼 눈알이 시퍼레질 것 같은 분위기가 조성된다. 수출은 국가 경쟁력을 위해 당연한 것이지만 수입은 신토불이 조항 때문에 언제나 조심스럽다. 한국에서는 법보다 무서운 게 언제나 이런 분위기다. 객관적인 기준이 없다. 남들은 이것을 어떻게 받아들일까? 한 가지 일을 놓고도 이렇듯 수시로 기준이 바뀌고 논리가 바뀌니 남들이 한국인들을 신뢰하지 않는 것 아닌가? 왜 그렇게 속이느냐고 항의하는 것 아닌가?

따지고 보면 솔직히 '우리 것'은 거의 없다. 벼며 과일이며 채소들 대부분은 외국에서 들여온 씨앗들이다. 토종들은 모양도 작고, 수확도 적어 일찌감치 외래종으로 바뀐 지 오래다. 즐겨 먹는 삼겹살의 주인공들이 우리 돼지인가? 모두 남의 나라 허연 돼지들이다. 돼지 농장에 가보자. 첫날밤만을 기다리며 뒹굴고 있는 집채만 한 종돈들은 모두 남의 나라 돼지다. 그 돼지들이 첫날밤을 지낸 곳이 한국이라고 그 새끼들이 모두 한국 돼지인가? 그러면 외국으로 신혼여행 갔다 와서 난 애들은 모두 외국 애들인가?

왜들 이러나. 눈을 잘 씻고 주변을 보자. 그리고 우리의 모습을 조금 차근히 보자. 그 어설픈 구호들에 속아 넘어가지 말고 말이다. '우리 것' '우리 것' 하면 할수록 우리 모습은 작아진다. 그건 아무리 봐도 자신감이 없다는 소리로밖에 들리지 않는다. 우리끼리 하지 말고 남들과 경쟁해보고 '너희 것 좋아'란 소리를 들어야 한다.

일단 서울 한복판에 떡 하니 버티고 있는 미8군에게도 우리 농산품을 납품할 수 있어야 한다. 왜 그들은 과일 등 농산품을 '신토불이 한국산'이 아닌 일본이나 자기네 나라에서 날라다 먹는가? 그네들도 노자를 알고, 미국식 신토불이를 알아서일까?

캘리포니아 오렌지에 농약이 묻었다면 당당하게 항의해야 한다. 그리고 농약이면 농약, 세균이면 세균에 대해서만 말하면 된다. 그래야 방송국에 접수된 먹을거리 관련 뉴스를 두고 고민을 하지 않게 된다. 혹시라도 이 뉴스 나가면 특정 업종 농어민은 모두 끝장이라는 논리로 보도를 보류하는 봐주기가 없어야 한다.

비뚤어진 기준을 자꾸 봐주다보면 결국 손해는 우리가 보게 된다. 당장 신토불이를 너무 외치다보니 중국에서 농약을 듬뿍 쳐서 들여온 먹을거리들이 우리 것으로 둔갑해 우리들 몸속으로 들어오고 있다. 중국에서 사용하는 농약들은 이미 선진국에서는 사용 금지된 것들도 많다. 또 설사 허가된 것이라도 유통 기한이 길기 때문에 약을 듬뿍듬뿍 치곤 한다. 오죽하면 최근에는 베이징, 상하이 등 대도시에 '청정 식품'이 다 등장했을까? 그런데도 내가 아는 교수님 한 분은 그것마저 조심스러워하신다.

"그걸 어떻게 믿어."

하긴 공업용 알코올을 고량주라고 속여 팔아 설날에 마을 사람 여럿을 잡은 사람들이니 쉽사리 믿지 못하는 것은 당연하다. 그런데도 그 독한 농약에 절은 채 수입된 인삼이며 약초들을 우리 것이랍시고 사다가 약탕기에 넣어 푹푹 고아 먹는 미련이 계속되고 있다.

신토불이만이 건강을 지켜주는 것은 아닐 것이다. 남의 땅에서 난 것이라도 깨끗하면 건강에 유익할 것이고, 우리 땅에서 난 것이라도 뭔가 장난을 쳤다면 건강에 나쁜 것이다. 제 철에 난 과일을 먹어야 한다는 논리도 그렇다. 그럼 비닐하우스는 다 어떻게 하란 말인가? 지구를 빙빙 돌며 벌어와도 시원치 않은데, 골방에 쭈그리고 앉아 못난 우리 것 지킬 생각만 하고 있음은 아무리 생각해도 못난 짓이다.

우리 사회의 '신토불이'에는 일종의 기피증(avoidance syndrome)과 문화적 폐쇄성이 교묘하게 숨어 있다. 기피증이란 자기 자신의 감정에 솔직하지 못해, 어떤 사람이나 사물을 싫어하거나 불안하게 느끼면 미리 도피해버리는 증세다. 그리고는 자신의 행동을 합리화하기 위해 지속적으로 핑계를 만들게 된다. 핑계 대지 말자. 입장 바꿔 생각을 해보자.

한민족의 건강은 신토불이가 책임질 수 있는 것이 아니다. 한민족의 미래는 노자의 무위자연으로 열릴 것도

아니다. 못났으면 빨리 고치고, 좋으면 나가서 알리자. 뭐
그리 겁낼 일이 많은가.

술 한 잔이 망친 나라

한국인들이 회식을 즐기는 이유는 공돈이 있기 때문이다. 조직 내에 공돈이 분명히 있기 때문에 그것을 '함께 먹자'는 공범 심리가 언제나 도사리고 있다. 각자 번 만큼 돈을 받고 돈을 쓰는 문화가 아니기 때문에 언제나 공짜 심리가 어느 조직에나 깔려 있는 것이다.

한국사회는 유난히 술을 많이 권하는 사회다. 오죽하면 '술 권하는 사회'라는 제목의 소설까지 있었을까.

한국사회는 사실 술 한 잔에 무너져 내리고 있다. 법조 비리를 둘러싼 정의와 항명과 돌팔매질의 아수라장을 보면서 우리는 한국사회 구성원 모두가 들이켰던 한 잔의 술을 만나게 된다.

나는 강의 시간에 틈만 있으면 한국은 '회식' 때문에 망할 것이라고 목청을 높이곤 한다. 회식이란 뭔가? 대개 직장을 비롯한 모든 조직에서 내부 구성원들이 단합을 위해 흔히 갖는 먹기 모임이다. 그런데 돈은 누가 내는가? 회식에 참가한 사람들의 대부분은 누가 돈을 내야 하는지 알고 있고, 그것을 알고 있는 '장'들은 언제나 주머니를 털어야 한다. 이것을 못하면 그는 한국에서 '장'이 될 자격이 없다. 심지어 교수도 밥을 잘 사주어야 인기 관리가 되지 그렇지 않으면 정말 완전히 '실력'으로 버텨야 한다.

일본인들도 회식을 즐긴다. 하지만 돈을 낼 때는 거의 대부분 동전까지 세서 자기 것을 셈한다. 물론 어쩌다 한 번 접대를 하는 경우도 있지만 한국과 비교해볼 때 썰렁하리만치 자기 것에 대한 계산들이 분명하다. 또 접대를 한다 해도 가벼운 우동이나 돈가스 정도가 고작이다.(내가 주로 만나는 사람들이 교수나 샐러리맨들이기 때문인지 몰라도.) 특히 학생들의 경우, 이러한 문화는 더욱 선명하게 차이가 난다. 나는 이런 모습을 비교하면서 한국 학생들에게 질문을 던진 적이 있다.

"만일에 너희들이 힘들여 아르바이트를 해서 번 돈이 있다면, 그 돈으로 친구들에게 밥을 펑펑 사주겠는가?"

답은 물론 '아니다'다.

한국인들이 회식을 즐기는 이유는 공돈이 있기 때문이다. 조직 내에 공돈이 분명히 있기 때문에 그것을 '함께 먹자'는 공범 심리가 언제나 도사리고 있다. 각자 번 만큼 돈을 받고 돈을 쓰는 문화가 아니기 때문에 언제나 공짜 심리가 어느 조직에나 깔려 있는 것이다. 그래서 마련된 것이 판공비다.

일전에 나는 어떤 일을 하며 '장'을 맡아본 일이 있다.

그 조직은 나에게 판공비라는 별로 많지도 않은 비용을 책정해주었다. 나는 그 비용을 쓰지 않았다. 물론 일은 판공비가 없이도 가능했다. 밥은 내 돈 내고 먹으면 되고 차는 녹차 타서 마시면 그뿐이니까 말이다. 담당자는 판공비를 빨리 가져가라고 독촉을 했다. 장부 정리가 불편하다는 것이었다. 나는 끝까지 그 판공비를 사용하지 않았고, 그 돈의 행방은 모른다. 물어보지도 않았다.

한중일 3국을 돌아보면, 공돈 쓰기 문화가 가장 심한 나라는 중국이다. 그 나라는 사회주의 국가다. 모든 돈의 관리를 국가와 조직이 맡아서 한다. 개인들은 봉급만을 받을 뿐 나머지 공적인 일의 처리는 모두 영수증만 내밀면 나라에서 다 지불한다. 그러니까 돈을 쓴 곳이 '공적인 곳'이라는 증거만 있으면 얼마든지(?) 쓸 수 있다는 말이된다. 바꾸어 말하면 '증거'만 있으면 돈은 얼마든지 쓸수 있다는 이야기다. 단순화시키긴 했지만 중국의 부패는 바로 이렇게 진행된다.

중국인들은 식당에 한번 모여들면 접시가 테이블에 겹으로 쌓이도록 음식을 시킨다. 그리고는 부어라 마셔라……. 오죽하면 정부에서 '공짜 술 안 마시기' '음식 지나치게 시키지 않기'란 구호까지 만들겠는가? 그들이 이렇듯 음식을 많이 시키고 죽어라고 먹는 이유는 그 돈이 전적으로 남의 돈(국고)이기 때문이다. 그래서 생각 있는 지식인들은 '츠콰(먹어서 망할 것)'이라는 개탄을 서슴지 않고 있다. 한국은 이보다는 조금 낫지만 일본에 비하면 한참 멀었다.

공짜 밥을 먹여야 되니 시멘트도 조금 덜어내고 철근도 조금 잘라낸다. 그렇게 집을 짓고, 다리를 짓고, 백화점을 짓는다.

그런데 왜 남의 돈으로 술을 마시고 밥을 먹으려 들까? 제 밥값은 제가 내야 정상인데 이런 단순한 상식도 모르니 나라가 엉망이 될 수밖에 없다. 그저 밥만 보면 그게 누구 밥인지 모르니 늘 밥그릇 싸움이고, 남의 밥그릇을 넘겨다본다. IMF의 원인 중의 하나가 한국은행과 재정경제부의 밥그릇 싸움이었다고 하니 밥 한 그릇이 부른 재앙치고는 기네스북 감이다.

얼마 전 한 경제잡지의 부탁으로 타이완 무역대표부(국교 관계가 없어 서로 대표부를 두고 있다)의 린존시엔 대표를 인터뷰한 일이 있다.

"같은 동양 사회지만 타이완의 공무원들이 깨끗한 이유는 무엇입니까? 혹시 포청천이라는 깨끗한 조상을 두었기 때문은 아닌가요?"

"하하, 글쎄요. 물론 우리 사회도 아직 개선해야 할 점이 많습니다. 우리는 현재 싱가포르를 모델로 개선의 노력을 기울이고 있습니다. 우리는 공무원 사회에 '공개' '공평' '공정' 등 3개 원칙을 제시하고 있습니다. 모든 사안을 공개하고, 기회를 공평하게 주고, 평가를 공정하게 하는 것만이 사회의 부패를 막을 수 있는 유일한 방법입니다."

거리에는 교통경찰도 거의 없고(거의 모두 전자 시스템화돼, 거리 곳곳엔 자동 카메라가 설치돼 있다.), 교통경찰의 뇌물 수수는 꿈도 못 꾸는 나라, 타이완. 일개 지방 여검사가 기자회견을 하며 부당한 압력을 폭로하는 나라, 타이완.

그까짓 공짜 술 한 잔이 무에 그리 대단해서 자존심을 다 내던지고 껄떡거리나? 이제 아주 배고픈 시대는 지났고 자존심을 생각하면서 살아도 될 만한 나라가 되지 않았는가? 언제까지 공짜 술에 취해서 비틀거려야 하는가?

하긴 역사의 촌지 앞에서 떳떳할 사람 없는 것이 우리 사회의 자화상이고, 온 사회가 다 흔들리니 연약한 각각의 인생은 어찌할 방도도 없다. 그래서 결국은 누구도 돌던질 자격은 없어져버리고 마는 모양이다.

"너희 중에 공짜 회식에 참가하지 않은 자들만 돌로 쳐라."

밥 한 그릇, 술 한 잔으로 무너지는 우리 사회의 사내들. 때려주기보다는 오히려 보듬어주고 싶다. 너무도 불쌍해서.

억울하면 출세해라

우리 역사에는 뜻을 이룬 사람들이 참 많다. 이성계가 그랬고, 이완용이 그랬고, 이승만이 그랬고, 박정희가 그랬고, 전두환이 그랬다. 그들은 모두 새로운 나라의 문을 열었고, 그들의 행동은 모두 '추인'되고 말았다. 이성계 이후 모든 과정은 '결과'를 통해 속죄될 수 있었고, 큰 도둑이 될수록 칭송은 더욱 자자하게 되었다. 그래, 일단 벌여놓고 보는 거야. 목소리 큰 놈이 임자야. 먼저 집어넣는 놈이 임자지. 털어서 먼지 안 나는 놈 있나? 억울하면 출세해!

'출세해야 산다'는 우리들 한국인들이 벌이는 서바이벌게임에서 살아남을 수 있는 유일한 처방전이다. 그리고 한국인들의 이중성을 이해하는 가장 좋은 키워드 중의 하나다. 수단과 방법에 관계없이 자리에 올라서고 '도장'을 쥐게 된 자는 천하를 호령할 수 있다.

삐뚤어진 인생관의 씨앗을 심어놓은 왕조, 조선 왕조. 그 왕조의 탄생은 두고두고 한반도를 곤경에 빠뜨리는 단초가 되고 말았다.

조선 왕조는 이제껏 많은 사람들에 의해 미화되어왔다. 거기에는 우리가 간과했던 이유가 있다. 조선 왕조가 멸망한 이후, 글을 다루는 사람들의 대부분은 전통적인 한

학자들이었다. 그들만이 글을 쓸 수 있었고, 학문을 점유할 수 있었다. 그들은 언제나 역사와 사회 해석의 주체들이었다. 그들은 그들의 학문적 사상적 고향을 미화하는 데 조금도 주저하지 않았다. 그 후 일본이 한반도를 통치하던 시기, 일본은 이른바 식민사관을 동원해서 조선을 폄하했다. 그리고 해방이 되자 모든 역사적 해석들은 이른바 '반식민사관'의 깃발 아래 다시 한번 왜곡되기 시작한다. 정당한 비평조차 일본적 시각과 비슷하면 '식민사관'의 누명을 뒤집어쓰는 수밖에 없었다. 이러니 우리의 현실이 제대로 보이겠는가?

이전에 KBS TV가 주최한 '한중일 국민의식 세미나'에 참가한 일이 있었다. 서로의 국민 문화에 대한 이야기가 오고갈 때,《산케이신문》의 한 특파원이 의미심장한 말을 했다.

"이제 한국도 일본인의 비판을 담담하게 받아들일 만한 때가 되었다고 생각합니다."

그러자 방청석에서 난리가 났다. 한 중년 노인이 일어나더니 '독립 투쟁'을 하기 시작했던 것이다. 당황한 사회자가 말을 끊으려 했지만 노인은 끝까지 장렬하게 '애국심'을 발휘하며 일본인 참석자를 혼내줬다. 하지만 웬일인지 나의 마음은 통쾌하지 않았다. 데리고 갔던 4학년 학생들의 얼굴 역시 찜찜한 표정들이었다.

세계적 펀드매니저 조지 소로스는 성공의 비결로 상상

력, 통찰력, 비판적 태도를 꼽았다. 그는 모든 이론에는 본질적인 결함이 있으므로 항상 비판을 통해 이를 수정해야 위험에 빠지지 않는다고 했다. 우리의 역사에도 많은 오류가 있었다. 그 오류에 대해 비판을 하겠다는 것이 무엇이 그리 안타깝고 화가 날 일일까? 그리고 일본인은 한국사람 비판하면 절대 안 되는 일일까?

이제는 "우리의 단점을 지적하시오. 고치겠소." 하는 용기가 필요한 시점일 수도 있다. 겉으로 욕하면서 속으로 일본 부속품 죄다 수입하는 눈 가리고 아웅하는 태도를 버리고 떳떳하게 배우고 비판받고 훗날을 기약해야 할 때가 지금이라고 생각한다. 과학과 통신의 발달, 금융, 다국적 기업들의 빠른 행동들로 점점 크게 벌어지고 있는 국력의 차이를 고려해볼 때, 때를 놓치면 그때는 정말 비참해질 수도 있겠기 때문이다. 쉬운 일은 아닐 것이다. 하지만 쉽지 않기 때문에 해야만 한다. 특히 역사의 한쪽 끝은 열려 있고 언제든 역전승이 가능하다는 것을 믿는다면 말이다.

한국과 일본의 애증은 뿌리가 깊다. 그중에서도 고려 말에 설쳐대던 왜구들이 조선 왕조를 만드는 데 한 부분 공헌을 했던 것을 생각하면 더욱 그렇다. 이 무슨 말인가?

고려 우왕 때인 1378년경, 왜구는 수시로 한반도로 건너와 약탈을 일삼았다. 주로 대마도에서 출발한 대규모의 왜구들은 남해 일대를 휘젓고 다니며 우리 백성들을 약탈

하고 부녀자를 강간하는 일을 저지르고 있었다. 특히 이들 주력부대는 지금의 지리산 근처까지 침입하면서 내륙을 쑥밭으로 만들고 있었다. 이때 이성계는 그의 다섯째 아들 방원을 데리고 나가 왜구들을 몰아냈다. 그런가 하면 8월에는 다시 지금의 북한 황해도 지역으로도 왜구가 침입했고, 충청도, 전라도 일대도 제 집 드나들 듯했는데, 기록을 읽다 보면 더 읽기 싫을 만큼 왜구에게 피해를 입었다. 그런데 이때마다 이성계는 뛰어난 실력으로 왜구들을 물리치곤 했다.

그런데 아이러니컬하게도 왜구와의 싸움은 이성계의 군사적 세력을 불려주는 역할을 했던 것이다. 그도 그럴 것이 고려 때는 병졸들을 나라에서 장부를 가지고 관리하지 않았기 때문에 힘 있고 돈 있는 군벌들이 제 나름의 군사력을 보유할 수 있었다. 힘이 있으면 어깨에 힘이 들어가는 법, 더구나 무장인 이성계의 어깨에는 힘이 잔뜩 들어가 있었다. 온 나라가 주목할 만한 군사력을 갖추면서 나라에는 유언비어도 떠돌았다.

"木子(목자)가 得國(득국)한단다."

木子는 바로 李(이)를 풀어놓은 말장난이다. 고대에 왕이 되고 싶은 인물들이 애들 떡 사줘가면서 흔히 만들곤 하는 말장난인데 이성계도 이런 장난을 쳤다.

힘 있겠다, 유언비어도 깔아놨겠다 야망 달성을 위한 준비는 되어가지만 결정적 명분이 서지 않았다. 한데 찬스가 왔다. 바로 고려가 결정한 요동 땅 정벌이었다. 요동은 압록강 건너에 널려 있는 지금 중국의 리야오닝 성으로 옛날에는 고구려의 영토이기도 했다. 당시 중국은 몽골이 세웠던 원나라가 망하고 한족들이 다시 세운 명나라가 지배하고 있었는데, 이들이 고려에게 지나친 요구를 해오자 고려 우왕은 요동 정벌을 명했던 것이다. 하지만 이성계는 다음의 네 가지 이유를 들며 반대했다.

"첫째, 작은 나라가 큰 나라를 칠 수 없습니다. 둘째, 농사철에 군사를 모으는 것은 옳지 않습니다. 셋째, 원정을 하면 왜구가 파고들 것입니다. 넷째, 비가 많이 오고 무더우므로 사기가 떨어지고 질병이 많을 것입니다."

하지만 왕은 정벌을 강행했다. 영을 받은 이성계는 평양을 출발했다. 그러나, 그는 한반도와 중국을 가르는 압록강 안의 작은 섬 위화도에서 군대를 돌리고 만다. 1388년 5월 22일. 역사 속의 위화도 회군이었다. 당시 명나라는 몽골의 원나라와 전쟁을 겪은 뒤라 대단히 어수선하던 때였음에도 불구하고 말이다.

느릿느릿한 구릉으로 가득한 리야오닝 성. 끝없이 펼쳐진 옥수수 밭이 하늘 아래 지평선으로 사라지는 비옥한 땅 리야오닝 성. 지금도 고구려의 수많은 유적들이 지하에서 후손을 기다리는 땅 리야오닝 성.

어떤 역사학자는 이성계가 본래부터 야망을 품었던 것은 아니라고 말하기도 한다. "미안해, 본의는 아니었어."

"하다 보니 왕이 되었어." 연희동 어디선가 들어본 듯한 말투다. 이제 와서 그런 해석이 무슨 위안이 될까? 더구나 훗날 그의 행동을 보면 별로 신빙성도 없어 보이는 그런 해석이.

1392년 7월 17일. 이성계는 드디어 조선의 왕이 된다. 그의 할아버지들은 몽골이 지배하는 원나라에서 벼슬을 했고 몽골 이름을 가지고 있었다. 이성계의 아버지 이자춘은 우루쓰뿌화라는 몽골 이름으로 쌍성이라는 곳의 지방 관리로 있었다. 그 후 그는 고려 공민왕이 북방을 공격할 때 관군에 기밀을 넘겨주면서 고려로 돌아오게 된다. 그 후 그는 고려에 충성하면서 아들 이성계를 출세시키기 위해 노력한다. 그는 아들 이성계에게 어떻게 교훈했을까? 그 교훈의 내용을 알 수는 없지만 어쨌든 이성계는 출세를 했다. 나라를 키울 수 있는 절호의 기회를 개인 출세의 기회로 바꾸어버린 인물이 드디어 뜻을 이룬 것이다.

우리 역사에는 뜻을 이룬 사람들이 참 많다. 이성계가 그랬고, 이완용이 그랬고, 이승만이 그랬고, 박정희가 그랬고, 전두환이 그랬다. 그들은 모두 새로운 나라의 문을 열었고, 그들의 행동은 모두 '추인'되고 말았다. 이성계 이후 모든 과정은 '결과'를 통해 속죄될 수 있었고, 큰 도둑이 될수록 칭송은 더욱 자자하게 되었다.

그래, 일단 벌여 놓고 보는 거야. 목소리 큰 놈이 임자야. 먼저 집어넣는 놈이 임자지. 털어서 먼지 안 나는 놈

있냐? 억울하면 출세해!

많은 역사가들이 이성계의 출세를 여러 가지 미사여구로 축하해주고 있다. 이제 와서 어쩔 거냐고.

법치가 되지 않는 이유

어느 나라나 법은 다 있다. 조선시대에도 위대한 법전 《경국대전》이 있었다. 그러나 그 법은 엿이었다. 늘이면 늘어났고 자르면 잘라졌다. 엿장수 마음대로 할 수 있었다. 법은 있었지만 'rule'이 없었던 거다. 어느 누구도 법을 똑같이 적용받는 규칙, 그 규칙이 조선에는 없었고 한국사회에도 없는 것이다.

동양 사회가 공통적으로 지니고 있는 문제점 중에서 한국 사회에 만연한 채 발전을 더디게 하는 현상으로 나는 세 가지를 꼽고 싶다.

첫째, 법치가 되지 않는다. 둘째, 늘 과거에 묻혀 산다. 셋째, 주검을 숭배한다.

이 세 가지는 유교의 특징 세 가지를 뒤집어놓은 형태에 불과하다. 전통 유학자들이 주장하는 유교의 두드러진 특징 세 가지는 다음과 같다. 첫째, 인문(人文) 의식. 둘째, 온고지신(溫故知新). 셋째, 조상 숭배.

인문 의식. 전통 학자들은 이 인문 의식을 들어 동양적 인간 존중 사상의 뿌리로 해석하기도 한다. 서구의 신본주의적 사고에 반해 인간이 인간의 주인이 되는 유교 사상이야말로 가장 인간에 어울리는 사고며 철학이 아닌가 반문하면서.

그리고 여기서 파생하는 것이 바로 부모 자식간의 유대 관계와 효 사상이다. '나'는 부모를 통해 나왔으니 부모에 효도해야 함이 마땅하다는 논리다. 그리고 이 효도 사상을 도용한 것이 바로 국가에 대한 충성 강요다. 부모에게 효도하는 것이 마땅한 것처럼 국가에 충성하는 것이 인간 된 도리라는 것이 논리라면 논리다.

부모에 대한 효도와 국가에 대한 충성을 동일선상에 놓고 복종을 강요하는 사회, 이 사회에서 가능한 것이 바로 법을 가진 사람 마음대로 법을 주무르는 인치 문화이다. 이 효도와 충성의 공간에 들어서는 것들이 이른바 힘을 가진 기관들과 나이 많은 사람들이다. 힘을 가진 기관들은 스스로를 국가로 자리매김하며 사람들 위에 군림한다. 나이 많은 사람들은 스스로를 부모로 자리매김하며 군림한다.

때문에 많이 좋아졌다고는 하지만, 하다못해 주민등록등본을 떼러 동사무소를 가려 해도 왠지 싫다. 제일 힘없는 공무원을 예로 들어 조금 미안하긴 하지만 아직도 찜찜한 건 부정할 수 없다. 나이 많은 사람들 역시 언제나 부모 대접을 받고 싶어 한다. 지금도 길거리에서 심심찮게 터져 나오는 큰소리는 "넌 부모도 없어?"다.

국가와 부모를 혼동하고 부모와 전혀 다른 사람들의 삶을 혼동하는 이 사회. 서로 적용되어야 할 규범이 전혀 다른데 이것을 혼동하는 사람들의 사회. 극장표 들고 김포에서 하와이 가는 비행기 태워달라며 지르는 아우성과 무엇이 다를까?

다 아는 이야기지만 법은 영어로 'law'다. 또 규칙은 영어로 'rule'이다. 어설프게 이런 이야기를 꺼내는 데는 이유가 있다. 법치국가의 대명사처럼 불리는 미국, 그들은 법을 이야기할 때 'the rule of law', 즉 '법의 규칙'을 묶어 이야기한다.

클린턴의 섹스 스캔들. 우리나라같이 정치력이 뛰어난 나라 같으면 적당히 여당, 야당, 출입기자들 모인 요정에서 결판이 났을 일을 머리가 둔한 미국 의회는 복잡하게 회의를 하면서 길게 길게 해결해갔다. CNN 등을 통해 생방송되던 상원 법사위원회에서 의장은 가끔씩 'rule of law'를 외쳐댔다.

또 우리보다 더 한심한 미얀마의 정치 현장을 보도하는 가운데 야당 총재가 CNN의 'Q&A' 프로에 나왔다. 거기서 그는 이런 말을 했다.

"우리는 법은 있는데, 그 법을 집행하는 규칙은 없습니다."

그도 역시 'The rule of law'를 외쳐댔다.

어느 나라나 법은 다 있다. 조선시대에도 위대한 법전

《경국대전》이 있었다. 그러나 그 법은 엿이었다. 늘이면 늘어났고 자르면 잘라졌다. 엿장수 마음대로 할 수 있었다. 법은 있었지만 'rule'이 없었던 거다. 어느 누구에게도 법이 똑같이 적용되는 규칙, 그 규칙이 조선에는 없었고 한국사회에도 없는 것이다.

法(법)이란 글자를 통해 고대 문화를 연구하는 학자들은 이 글자의 원형을 토대로 다음과 같은 풀이를 한다.

고대 사회에서 시비가 있을 경우, 두 당사자를 물가에 앉힌다. 그리고 검은 양을 두 사람 등 뒤에 세운 뒤 가서 아무나 들이받게 한다. 잠시 후 재판 결과가 나타난다. 등을 받쳐 물 위에 엎어진 사람이 바로 범인이다. 재판관인 무당은 황당하기 그지없을 이 범인(?)을 자루에 넣어 물속에 빠뜨린다. '法'이라는 글자에 물수 변이 있는 이유는 바로 이 때문이다. 오른쪽의 '去'는 검은 양의 모습과 주술을 지껄이는 상황이 변화한 모습으로 '간다'라는 의미의 去(거)와는 아무 관련이 없다.

동양의 법은 바로 이런 해프닝의 배경을 지니고 있는데, 아직도 이 전설의 분위기가 완전히 가신 느낌은 아니다.

역시 '핏줄'뿐입니다요!

얼마 전 집에 한 권의 책이 날아들었다. '나의 조상은 누구인가?'란 부제가 달린 《족보》였다. 그 족보에 의하면 나는 왕손이었다. 신라시대 경주의 나뭇가지에 걸려 있던 황금 궤짝에서 태어난 '하늘이 내려준 아들(꼭 아들이다!)'이 나의 조상이란다. 조상도 모르고 살아가는 내 처지가 딱해보였던지 보내온 족보였다. 그래 좋다. 왕손이라고 치자. 그럼 그 대단한 황금 궤짝은 누가 가져다놓은 것인가? 임자를 못 찾는다면 그 잘난 경주 김가의 조상은 사생아가 된다.

우리 스스로 우리를 말할 때 가장 많이 써먹는 상투어 중의 하나가 바로 '단일 민족'이라는 말이다. 이 말은 우리 민족의 자긍심과 자존심을 지켜온 말이기도 하다. 그러나 냉정히 생각해보자. 우리가 정말 한 핏줄일까? 그것은 교묘한 거짓말에 불과한 것이 아닐까?

TV를 보다보면 가끔 입양되었던 아이들이 부모를 찾기 위해 김포공항에 모습을 나타내곤 한다. 그들을 볼 때마다 가슴 아프다. 철들고 가정의 소중함을 절실히 깨달으면서 느끼는 감정이다.

언젠가 나는 상하이의 홍치야오 공항 대합실에서 비행기를 기다리고 있었다. 갑자기 2, 30명의 서양 사람들이 희희낙락 떼를 지어 들어섰다. 모두들 가슴마다 갓난애들을 하나씩 안고 있다. 입양되어가는 고아들이다. 까만 머리털, 고물고물한 손, 갑자기 여러 감정이 교차한다. 연민, 부끄러움, 분노, 콤플렉스 등등 한마디로 잡아내기 힘든 감정이 가슴에서 치솟아 오른다. 그러면서 한 가지 질문을 떠올리게 된다.

'왜 동양인들은, 아니 한국인, 중국인은 아이들을 밖으로 내보내지?'

전 세계에서 핏줄과 문화라면 서로 가장 '순수하다'는 두 민족이 왜 자신들의 핏줄을 나라 밖으로 수출(?)하는 것일까? 내세울 게 없어서 단일 민족의 혈통을 가장 자랑스러워하는 사람들이 왜 애들을 밖으로 내보내는 것일까? 그 아이들의 혈통은 어떻게 되든 내 혈통만 깨끗하면 된다는 생각 때문일까? 전 세계 고아 수출 상위 랭킹을 다투는 이 두 나라의 핏줄 논리는 도대체 뭘까?

무슨 김씨 무슨 파의 자손들 외에는 모두 인간도 아니라는 못난 생각을 아직도 버리지 못하는 우리가 남의 나라, 남의 문화를 아무런 저항감 없이 받아들여야 하는 코스모폴리탄적 가치인 세계화의 흐름에서 밀려나고 도태되는 건 어쩌면 당연한 일일지도 모른다. 포스트모더니즘을 지나 이제는 인류 문명의 범세계화의 담론이 평상적인 것이 된 지금, 민족주의는 쑥스러운 테마가 되어버렸다. 하물며 민족주의보다 하층의 정서라고 볼 수 있는 혈통주의적 사고에서 벗어나지 못하는 핏줄 문화의 현주소는 우리를 더할 수 없이 부끄러운 사람들로 만들고 있다.

얼마 전 집에 한 권의 책이 날아들었다. '나의 조상은 누구인가?'란 부제가 달린 《족보》였다. 그 족보에 의하면 나는 왕손이었다. 신라시대 경주의 나뭇가지에 걸려 있던 황금 궤짝(나무 궤짝이 아니다)에서 태어난 '하늘이 내려준 아들(꼭 아들이다!)'이 나의 조상이란다. 조상도 모르고 살아가는 내 처지가 딱해보였는지 보내온 족보였다.

그 족보에 의하면 나는 왕손이고 현직이 교수니까 조선시대의 직급으로 보면 종3품에 해당되고 벼슬은 군수급에 해당한다는 친절한 해설이 붙어 있었다. 거기에는 '저명인사' 난에 여러 사람의 이름과 직급이 있었다. 죽 훑어보니 최하가 교수였다. 나머지는 그 대단한 국회의원, 사장, 회장들이었다. 장사꾼은 하나도 없었고, 카센터 주인들도 없었다. 파리바게트를 경영하는 사람도 없었고, 택시기사도 없었다. 컴퓨터 프로그래머는커녕 컴퓨터 AS숍 주인도 없었다. 불행인지 다행인지 내 이름도 없었다. 그 '저명인사'들이 한 일은 이런 것이었다.

"명문거족으로 명신, 대유, 석학들을 배출시켜 나라에 공헌하고 명문의 긍지를 심어 신라와 근대를 잇는 역사적인 사건 속에서 김씨의 입김이 닿지 않은 일이 없을 정도로 훌륭한 업적을 많이 남겼다. 현대에 와서도 많은 김씨들이 조국의 발전과 가문의 번영을 위하여 명문의 전통을 이어가고 있다."

그 책을 보지 말았어야 했다. 이런 사람들과 함께 호흡하고 있다는 사실만으로도 나는 숨이 답답해졌다. 그래 좋다. 왕손이라고 치자. 그럼 그 대단한 황금 궤짝은 누가 가져다놓은 것인가? 임자를 못 찾는다면 그 잘난 경주 김가의 조상은 사생아가 된다.

중국의 고대 언어와 문화를 연구하는 입장에서 볼 때, 한국 학계의 가장 큰 병폐의 하나는 지나친 문화적 콤플렉스다. 관련된 논문과 저서들 속에는 있어야 할 학문적 치열함과 담담한 분석보다는 '민족의 우수성'을 고취하고 싶은 비분강개가 몇몇 사료들을 근거로 자라나고 있다. 한 핏줄, 단일 민족론이 단지 중화사상에 대항하기 위한 반발이며, 일본 식민사관을 벗어나기 위한 탄력 때문에 중심에서 오히려 반대 방향으로 더 튕겨져나간 것이라면, 우리 역시 같은 함정에 빠진 모습이 되고 만다. 그리고 그 것은 허세가 되고 만다. 역사적 허세는 더 큰 허세를 불러오게 마련이고, 허세의 연속은 결국 더 큰 좌절을 초래하고 만다.

중국과 한국, 일본에는 서구의 오리엔탈리즘적 비판에서처럼 못난 모습을 허세로 커버해보려는 자격지심이 도사리고 있다. 이 자격지심은 중국과 일본에게서 겪은 900번 이상의 전쟁의 고통 속에서 더욱 증폭되어 중국, 일본과 관련된 모든 역사는 우리가 '세계 최초'이며, '일본에 건네준' 것으로 해석하고 마는 못난 심성으로 굳어지고 말았다.

물론 인간이라면 누구든지 자신의 위치를 우주의 중심으로 생각하고 싶은 본능이 있다. 하지만 '민족'을 사수하려는 반발이 기조를 이루는 역사 해석은 이미 해석으로서의 자격을 잃고 있는 것이며, 이를 토대로 이루어진 민족 정서 또한 하나의 허상에 불과한 것이 되고 말 것이다.

모두가 왕손인 나라

무조건 넓은 땅은 다 우리 것이었고, 핏줄은 오로지 한 줄기였다는 '기대'를 역사에 라면 수프처럼 뿌려 넣는 한 국물은 탁할 수밖에 없다. 제대로의 역사 가 보일 리 없다. 우리는 이 부분에서부터 자유로워야 한다.

까놓고 얘기해서 우리가 단일 민족이어서 어떻다는 것인가? 또 아니면 어떤가? 설사 단일 민족이었다 하더라도, 수많은 중국의 침입과 몽골의 긴 지배, 자기네 놀이터처 럼 경상도, 전라도, 충청도를 드나들던 왜구들의 행동은 어떻게 받아들여야 하는가?

실크로드 서쪽에서나 볼 수 있는 서역인들의 특징인 곱슬머리, 흰 피부, 쌍꺼풀을 한 수많은 경주 김씨, 전주 이씨들, 여진족들의 특징일 수 있는 외꺼풀에 검은머리, 작은 어깨의 황씨, 박씨, 정씨들을 우리는 어떻게 해석해 야 하는가? 왜인들의 특징인 검은 눈썹, 작은 입, 작달막 한 키를 유달리 해변 도시에서 많이 볼 수 있는 현상을 무엇으로 설명해야 하는가?

고고학적 발굴을 토대로 보면, 기원전 4000~3000년경 동아시아에는 신석기 문화가 형성되고 있었다. 여기서 우리가 눈여겨볼 부분은 황허 서쪽 일대를 포함하는 앙소 문화, 산동 반도 일대를 포함하는 대문구 문화, 그리고 리야오닝 성 일대를 포함하는 홍산 문화 지역과 산동 일대의 대문구 문화 지역이다.

이들 지역 중에서 가장 북방에 있던 홍산 문화는 다시 하가점 하층문화로 불리는 청동기시대로 이어지는데, 사실은 이 문화가 오늘날 한반도로 '민족들'을 송출한 주요 뿌리가 된다.

하지만 이 일대에는 수백 개의 크고 작은 부족들이 있었고 이들의 근원에 대해서는 전혀 파악할 길이 없다. 그저 여기저기(말이 여기저기지 수십, 수백 킬로미터가 떨어진)에서 파헤쳐진 발굴품들을 토대로 커다란 문화권의 줄긋기를 하는 것이 이른바 역사이고, 문화권 구분이기 때문이다. 이들 문화권이 우리 한반도의 가장 북쪽에 위치하고 있기 때문에 우리는 이 지역 문화를 고조선과 연결시키고 부여, 고구려와 연결해 해석하고 추리하고 있는 것이다.

학문 연구를 너무 단순화시키고 우스갯거리로 만들어 버릴 위험성이 없는 것은 아니지만 때로 단순한 상식이 수십 년의 연구를 뛰어넘을 수도 있는 것이 인문과학의 약점이기도 하다.

그러니까 이 가설들을 근거로, 그 많던 부족들 중에 어느 부족이 어떤 경로로 어떻게 한반도에 들어왔는가를 헤아리며 내 조상, 네 조상, 내 핏줄, 네 핏줄 하는 일이 우스꽝스러워진다는 뜻이다. 문화 인류학자들의 정의를 빌지 않더라도 모든 국가는 본질적으로 '혼혈 민족 국가 (Mongrel nations)'다.

중국측 기록을 보면 부여 사람들은 체격이 크고 성질은 군세며 마음이 넓다고 했다. 중국의 역사서들은 대부분 황허를 중심으로 한 북방 문화권에서 주도해 써왔는데, 이들 북방 문화권의 사람들은 양쯔 강을 중심으로 한 남방 문화권 사람들보다 체격이 큰 편이다. 이런 사람들 눈에 '크게' 비친 부여 사람들을 현재 우리들의 체격을 이어준 조상으로 연결하는 것은 무리가 있지 않을까? 더구나 부여의 중심 지역이었던 쏭화 강 일대는 바로 현재의 러시아 국경과 맞닿아 있다. 그들은 눈이 크고 키가 크고 입도 크다. 북방 종족과 피가 섞인, 동양인도 서양인도 아닌 사람들을 헤이롱쨩 성에서는 흔하게 볼 수 있다. 헤이롱쨩 성의 수도인 하얼빈의 분위기에는 상당 부분 러시아적인 인상이 숨어 있음을 부인할 수 없다. 도시 한복판에 솟아 있는 러시아 정교 성당은 이 지역의 문화 혼합의 역사가 간단치 않음을 상징적으로 보여준다.

또 러시아, 북한, 중국의 국경이 맞닿아 있는 동북의 가장 끝머리 훈춘 보세 구역에서 북한의 초소와 러시아의 초소, 그리고 중국 세관원을 동시에 바라보면서 우리들의 '외줄의 역사 찾기' 노력이 얼마나 우스꽝스러운 일인가를 실감한 적이 있다. 영하 25도의 추위 속에서 국경의 삼각지대임을 뜻하는 차가운 돌비석에 주저앉아 멀리 능선 사이로 보이는 북한 초소를 바라보면서 나는 갑자기 내 행동이 도대체 무슨 의미가 있는 것인지 의문이 떠올랐다. 우리 땅의 끝을 찾아보려고 오기는 했다만 이게 도대체 무슨 의미가 있는가 싶어졌기 때문이었다. 민족이고 국경이고 하는 것은 수시로 변하는 것이고 해석하기 나름인 것 아닌가? 도대체 무엇 때문에 국경이라고 그어진 그 선들을 가지고 우리들의 삶을 재단해야 하는 것인지 하는 의문이 다시 떠올랐다.

국가며 혈통이며 법률이며 예술이며 상식이며 인간관계라고 하는 것들이 결국은 차가운 북풍이 부는 훈춘의 능선에 세워진 저 초라한 초소만큼의 의미밖에는 없는 것이 아닐까? 언젠간 사라질 저 초소, 그리고 그 안의 보초는 정말 국경을 지키는 것일까? 아마 그토록 위대한 사명감보다는 교대 시간이 더 기다려지는 평범한 사내에 불과할지 모른다.

무조건 넓은 땅은 다 우리 것이었고, 핏줄은 오로지 한 줄기였다는 '기대'를 역사에 라면 수프처럼 뿌려 넣는 한 국물은 탁할 수밖에 없다. 제대로의 역사가 보일 리 없다.

우리는 이 부분에서부터 자유로워야 한다. 같은 맥락으로 우리 조상은 모두 왕손이고 양반이라는 한국인의 족보 자랑 정서 역시 어색한 콤플렉스의 발로임에 틀림없다. 누가 물었나? 또 바꾸어보면 우리나라에 있는 약 200개의 성씨는 바로 그만큼 갈래가 일정치 않은 집단임을 스스로 증명하는 꼴이 된다. 더구나 그들 모두가 왕손이었음을 강조하면 할수록 말이다.

역사를 자기중심주의적 입장에서 자의적으로 해석하는 일에 익숙한 중국인들에 대해 독일계 중국학자 에버하르트는 이렇게 비웃은 일이 있다.

"모든 시대의 중국의 지배 엘리트들은 중국 문화와 사회의 단일성을 주장해왔고, 외국의 학자들도 이를 받아들이는 경향이 있었다. 그들은 중국을 4,000여 년에 걸쳐 동일성을 유지해온 세계의 유일한 문명으로 보고 싶어 한다. 우리는 이러한 이론 안에서 전통적인 나라들과 좀 근대화된 나라들에서조차 전형적인 국수주의의 강한 요소와 어떤 경우 인종차별주의의 요소까지 인식할 수 있다."

한국의 경우도 이 비판에서 자유로울 수 없다. 그러나 이 비판은 지식인들에게만 해당하는 것은 아니다. 오히려 지식인들을 통해 세뇌된 한국인 모두가 이 비아냥거림에서 자유로울 수 없다.

동북아 일대의 문화적 역사적 다원성을 인정할 수 있어야 우리는 동아시아 사회에서 역사적으로 문화적으로 자유스러워질 수 있고, 운신의 폭을 넓힐 수 있다. 먼 옛날 이 지역에 운신하던 수백 개의 부족들이 세운 문화는 모두 지역 문화(Local Culture)였다. 그리고 이들 지역 문화들은 다양한 접촉과 충돌을 통해 섞이고 혼합되었다. 문화인류학적 자료들을 보아도 당시의 족외혼 풍습은 너무도 보편적인 것이었고, 정치적 이해를 위해 진행되는 여자들의 거래 또한 흔한 일이었다.

여기서 또 하나 짚고 넘어가야 할 부분이 있다. 그것은 우리 민족 최대의 관심사인 동이족에 관한 것이다. 동이족은 지금의 산동 일대에 거주하면서 황허 유역의 중국 상족과 치열하게 세력 다툼을 한 종족이다. 이들에 대한 기록은 갑골문과 청동기에 주로 남아 있기 때문에 일반인들에게는 생소하지만 대단히 강력하고 뛰어난 민족이었다. 그런데 이들 동이족 역시 단일 종족은 아니었고 크게는 아홉 개 종족, 적게는 수십 개의 종족이 기원전 2000년경 이전부터 있었던 것으로 확인되고 있다.

갑골문을 통해보면, 상족을 이은 은나라가 자신들의 동쪽에 있는 나라였기 때문에 '東人(동인)'으로 부르면서 점차 東夷(동이)라는 'ㄴ탈락'의 유사음으로 바뀌게 된 것이다. 때문에 사실 딴 이야기지만 동이족의 '夷'자만을 가지고 '큰 활을 쏘는 민족' 운운하는 것은 다소 황당한 해석이 된다. 왜냐하면 그 글자는 동이족이 거의 사라져버린 한나라 때쯤 '人'자 대신 대타로 등장한 글자이기 때문이다.

우리가 흥미를 가져야 되는 이유는 바로 이들 동이의 행방 때문이다. 현재까지 알려진 것으로는 이들 동이는 아까 말한 하가점 하층문화권에 일부 동화되었고, 일부는 중국의 한족에 동화되었으며, 일부는 바다를 건너 한반도 서쪽 해안으로 들어왔고, 일부는 멀리 일본으로 건너갔다.

　특히 일본은 우리 민족이 부지런히 돌아다닌 것만큼이나 많이 싸돌아다녀, 동아시아 동북 지역 즉 중국의 동북부와 한반도 북부 지역의 신화와 문화를 수집해놓은《산해경》에도 이미 기록이 되어 있을 정도다. 같은 맥락에서 일본으로 건너간 다수의 동이족, 그리고 한반도 서쪽 해안을 통해 다시 일본으로 흘러들어간 동이족 등 이 지역의 종족 이동은 복잡하기 그지없었다. 그러니 이런 상황을 알게 된다면 단일 민족 운운은 더 이상 설 자리를 잃고 만다. 더구나 한반도 어느 문화권과도 다른, 중앙아시아의 황금문화가 특징인 스키타이계의 신라가 긴 이동 경로를 가지고 한반도로 들어선 것을 고려한다면, 한반도 내에서의 한 혈통 운운은 스스로의 어리석음만을 증폭시키는 결과가 된다.

　우리는 더 이상 단일 민족이라는 문고리만을 잡고 있어서는 안 된다. 학문적 담론으로서 '민족'과 '핏줄' 문제가 원만한 해결을 보기 위해서는 일방적 부정이나 어설픈 학술적 절충보다는 담담한 심정으로 자료들을 찾고 분석하려는 공감대가 있어야 할 것이다.

단군의 곰이 반달곰이었든지 북극곰이었든지 그건 별로 중요한 것이 아니어야 한다. 그 곰의 쓸개에도 관심이 없고, 더구나 그 곰으로부터 수혈 받고 싶은 생각도 전혀 없다. 그저 나는 '단일 민족'의 역사에서 벗어나 조금은 홀가분해지고 싶을 뿐이다. 동양의 역사도 사랑하고 싶고, 서구의 문화와 역사와도 친구하고 싶은 마음이다.

찬호와 세리가 미국으로 간 까닭은?

우리의 역사를 돌이켜볼 때 우리들의 가장 큰 문제점은 문화적 폐쇄성에 있었다. 그것이 우월의식에서 비롯되었건 자격지심에서 비롯되었건 간에, 결과적으로 우리들 삶을 망가뜨리고, 새로운 미래를 담보할 수 없게 만든 것임에는 의심의 여지가 없다.

한국에서 가장 신성불가침의 마력을 지닌 단어가 무엇일까? '민족' 혹은 '민족주의'라는 단어가 아닐까.

민족이라는 말은 그 자체가 '선'이요, 우리에게 있어서 어쩌면 궁극의 목적이기까지 한 단어다. 사실 한국의 역사를 조금이라도 들추어보면 민족이라는 말이 이처럼 신성불가침의 얼굴을 하게 된 까닭을 이해하는 것이 어려운 일은 아니다.

나는 IMF를 '자본종속' 운운으로 해석하는 민족적 울분에서 그 뒤에 숨어 있는 허탈과 두려움, 그리고 부끄러움의 콤플렉스를 읽는다. 분노는 수치심과 연결된 감정이라던가? 수치심을 감추기 위해 미리 펄펄 뛰는 것이 분노라면, 우리의 민족주의적 구호가 커지면 커질수록 우리들의 부끄러움도 점점 더 짙은 색으로 변해가고 있다는 반증일 것이다.

민족주의, 그 속을 뒤집어보자. 우리 사회 저층에 깔려 있는 폐쇄적이고 배타적인 민족주의적 정서가 오늘 이 사회에 공헌한 것은 무엇인가? 척화비의 주인공 대원군이 승리했는가? 사대부들이 일제의 침략을 효과적으로 막았는가? 해방을 우리 손으로 만들었는가? 남북을 이어놓았는가? 전쟁을 막았는가? 민주주의를 발전시켰는가? 투명하고 건강한 경제구조를 만들어놓았는가? 무엇 하나 바꾸어본 일도 없고 올바른 예측도 한번 변변히 해보지 못한 우리들이 여전히 우리 민족 만세를 외칠 수 있는 이유는 무엇인가? 귀 막고, 입 막고, 눈을 가린 채 '우리끼리 만세'를 부르면서 미래 사회를 운운해도 되는 것일까? 정말 우리들은 도도하게 변하며 흐르는 세계적 흐름 속에서 살아남을 수 있을 것인가?

바뀐 것이 무엇이 있는가?

정치인들은 선거 벽보에 붙어 그 앞을 오가는 우리들을 여전히 비웃고 있다. 그들의 개인적 성취감을 위해 아침 일찍 일어나 주민등록증을 내보이고 화장지보다 조금 빳빳한 투표용지를 받아 기표소로 들어가 한 표를 던지는 것이 우리의 존재 이유인가?(물론 합법적으로 하루를 쉬게 해주는 것에 대해서는 감사를 표한다.) 선거 참가는 민주

시민의 권리 행사라는 알량한 입발림보다는, 차라리 그게 바로 이 땅에서 살아남을 수 있는 생존 방법, 바로 권력과 힘에 대한 복종과 예의라고 솔직히 고백이라도 해주기 바란다.

하지만 이 땅의 오피니언 리더라고 할 수 있는 정치인, 언론인, 학자들은 한통속이 되어, 민족주의 속에 마련된 기득권과 권위의 달콤한 꿀을 나누어먹고 있다.

정치인들, 당연히 그들을 믿지 말라. 그들은 본질적으로 유전자가 왜곡되어 있는 존재들이다. 그들은 한 입에서 두 가지 말을 아무런 혀 물림 없이 내뱉을 수 있는 요괴 인간들이다.

기자들을 믿지 말라. 그들은 진실을 찾으려 하지 않는다. 그저 청국장처럼 냄새가 풀풀 나는 현장을 보면서도 아무런 감정 없이 채팅하듯 기사를 뱉어내는 고급 룸펜들이다. 권력의 해바라기들이 되어 있는 편집 데스크의 심중을 충분히 헤아리면서 만들어낸 원고들을 기사랍시고 만들어낸다.

학자들을 믿지 말라. 그들은 거짓과 위선으로 만들어진 가면이 없으면, 한 발자국도 스스로 움직이지 못하는 빙충이들이다. 그들이 논문에 써대고 강의실에서 뱉어내는 말들은 아무 곳에도 써먹을 수 없는 그들만의 헛소리에 불과하다. 그들은 언제나 끼리끼리 만나서 자리를 나누고, 적당히 등록금과 세금을 연구비나 학술보조비 따위로 나누어먹으며 시시덕거리지만 돌아서기가 무섭게 서로를 물고 뜯고 비방하는 저열한 인간들이다.

정치인, 기자, 학자들처럼 민족과 민주주의를 열심히 외치는 집단도 찾아보기 힘들다. 그래서 찾아낸 우리들의 대안이 찬호와 세리, 그리고 릭 윤이지만 이것이 해답이 될까? 찬호의 스트라이크와 세리의 버디 퍼팅, 릭 윤의 미소에 일희일비하면서 손에 땀을 쥐어야 비로소 한국인인가? 그것이 나의 삶과 무슨 연관이 있는가? 그들의 개인적 선택에 대해 왜 우리가 '애국적' 박수를 쳐주어야 하는 것인가? 그렇게라도 해서 그들이 사실은 돈 때문에 나간 것이 아니고 국위선양을 위해서라고 자위를 해야 마음이 편하기 때문일까? 아니면 열등한 대리만족 때문일까?

21세기 미래학자들이 지적하듯이 이제 우리는 새로운 유목민 시대의 한복판에 서 있다. 정보와 돈과 문화적 가치는 이제 한가하게 국경 앞에서 차례를 기다리지 않는다. 그것들은 시간과 공간의 벽을 뚫고 지구 어디로든지 치닫고 있다. 유목민들이 풀을 찾아 양떼를 몰았듯이 이제 우리는 우리들의 삶을 담보할 수 있는 곳이라면 어디든지 가야 하고, 생면부지의 사람들과 더불어 살아야 한다. 그런 지금, 한가하게 그들을 향해 박수를 칠 시간이 어디 있는가? 정치적 우울과 경제적 실연을 달래기 위해 마련된 3S(sport, sex, screen)의 구호품을 받아 정신적 삶의 한 끼를 때워야 할 정도로 우리가 가치 없는 존재들일까?

나는 나로 살고 싶다. 사람이 되고 싶다. 하지만 쉬운 일이 아님은 누구보다 잘 알고 있다.

우리들의 10대는 문화적 고아들이다. 한국이라는 문화적 공간 속에 살고 있지만, 그들은 '한국 싫어'를 노골적으로 외치고 있다. 그렇다고 서구의 자식이 될 수도 없는 일이다.

우리들의 20대는 사회로부터 버림받은 세대들이다. 시대를 예측하지 못했던 지식인들의 피난처인 대학이라는 공간에서 세월을 죽인 결과는 졸업장과 동시에 수여된 실업 면허다. 이제 시간이 지나면 나이 제한에 걸려 입사 원서조차 쓰지 못하게 생겼다.

30대는 1회용 반창고다. 어설픈 지식을 다 써먹는 5년 후쯤이면 미국, 유럽, 일본에서 밀려들어온 실력자들에게 밀려날 신세들이다. 이미 이들은 물 좋은 카페에서 밀려나고 있다. 하지만 미련을 갖고 있다. 그래봐야 후회의 시간이 조금 늦어질 뿐이다.

지금의 40대는 이미 용도 폐기를 언도받았다. 뛸 만한 힘도 없고 감각도 없다. 그렇다고 권위도 없다. 이들의 곁에는 기력이 최고조에 달한 마누라와 한창 등록금과 용돈을 퍼주어야 할 아이들이 펄펄 뛰고 있다.

그 옆에는 엉거주춤한 50대가 있다. 어차피 이제 운명은 내가 결정할 수 없는 것임을 경험으로, 직감으로 알아버린 이들의 마음은 스산하기 그지없다. 눈치나 보면서 연명하는 것이 최고다. 이에 비해 제 나름의 퇴직금이라도 건진 60대는 노여워해 볼 수도 있다. '괘씸한 것들' 하면서. 하지만 차라리 행복한 분노다.

70대를 포함한 그 이상의 세대들은 가뜩이나 졸린 눈을 더욱 껌벅거린다. "도대체 어떻게 돼가고 있는 거야?" 하면서.

우리의 역사를 돌이켜볼 때 우리들의 가장 큰 문제점은 문화적 폐쇄성에 있었다. 그것이 우월의식에서 비롯되었건 자격지심에서 비롯되었건 간에, 결과적으로 우리들 삶을 망가뜨리고, 새로운 미래를 담보할 수 없게 만든 것임에는 의심의 여지가 없다.

대원군이 닫았던 문은 결국 포연과 함께 깨졌다. 이제 범세계화 시대(Global Age)로 들어서고 있는 오늘, 우리가 다시 폐쇄적 민족주의로 해답을 적어낸다면, 몇 장의 개량 한복과 김치 몇 포기는 더 팔 수 있을지 몰라도 더 많은 수의 사람들은 헤어나기 힘든 함정에 빠지게 될지도 모른다. 이제 21세기의 열차는 빠르게 달리고 있다. 한번 탈락하면 다시는 올라탈 수 없을지도 모른다.

개방이 없으면 개인도 사회도 국가도 죽어버리고 만다. 영국이 영어의 주도권을 미국에 넘겨주고 만 이유 역시 거만한 우월의식과 폐쇄성 때문이었다.

이제는 문화적 공존을 위한 자세 전환을 할 때가 되었다. 아니 이미 지났는지도 모른다. 한국인으로서가 아니라, '인간'으로서의 아이덴티티를 확보해야 할 때가 된 것이다. 폐쇄적 '민족적 아이덴티티'는 그것에 집착하면 할수록 더욱 더 우리를 불행하게 할지 모른다. 오히려 열린 마음과 유연한 태도로 나의 문을 열고 타인의 문화와 공존할 수 있을 때, '우리 것'이 그 나름의 생존 공간을 얻게 될 것이다.

적절한 예가 될 수 있는 영어를 보자.

헌팅턴이 지적하듯이 이제 세계적 공용어가 된 영어를 더욱 광범위하게 받아들인다고 해서 정체성이 엉클어지는 것은 아니다. 영어를 사용한다고 해서 한 문화권의 사고가 영어화, 서구화된다고 보는 것은 어불성설이라는 지적은 한국어를 외국어에 오염시키지 않겠다는 신념으로 전전긍긍하고 있는 많은 국수주의자들에게 적절한 '어드바이스'가 될 수 있을 것이다.

친구인 인도 국제대학 중문학과 교수 쿠마의 영어는, 뿌리는 라틴어였지만 영국 영어와도 다르고 미국 영어와도 다른 독특한 인도식 영어다. 어려서부터 힌두어와 함께 익힌 영어가 그의 인도적 정체성을 망가뜨렸다는 생각은 들지 않는다. 그들에게 있어서 영어는 국제사회에서의 언어적 문화적 차이를 극복하는 하나의 수단일 뿐이다. 그리고 그들은 국제어인 영어를 이용해 자신들을 보다 적극적으로 알리고 자신들의 몸값을 높인다.

하지만 누구보다 한국적인 나는 그 잘난 영어 몇 마디

를 못해 실력이 평가절하되기 일쑤다. 결국 외부의 언어인 영어를 국제어로 받아들이면 들일수록 문화적 정체성은 보호될 가능성과 기회가 훨씬 높은 것이다.

우리 문화에 대한 적극적 해체는 자기 비하가 아니다. 그것은 오히려 자신의 제대로 된 모습을 확인할 수 있는 마지막 기회일지도 모른다.

3김의 DNA—'거시기'와 '챠라'

문화적 습성은 단순히 뇌에 의해 기억되는 것이 아니고 말과 음식과 놀이 속에 숨어서 오래도록 유전되는 것이기 때문에, 수백 년의 시간이 흐른 조선시대에도 백제와 신라의 근원적 갈등은 모습을 달리해 드러나게 마련이다. 조선 500년이 지나고 다시 100여 년이 지난 오늘날에도 여전하듯이 말이다.

《로마는 왜 멸망했는가》라는 책이 있다. 일본인 유케 토루가 쓴 이 책은 로마 멸망의 원인에 대해 이렇게 쓰고 있다.

"주변과 중심의 힘은 교체되게 마련이다. 로마는 주변과 중심의 역전을 솔직하게 받아들이지 못했다."

자신들 외에는 모두를 '야만인'으로 규정하고 로마인의 단결을 위해 '개들을 몰아내라'는 구호를 외쳐대던 그들, 공존이 아닌 지배에 즐거웠던 로마는 화려했던 역사만큼 비참한 몰락을 맛보았다. 아름다운 공존은 공존의 룰만이 담보할 수 있다.

1997년 겨울 대선이 있을 때 나는 중국에 있었고, 중국에서 결과를 들었다. 중국 중원의 한복판에 있는 안훼이 대학의 교수들과 대학원생들을 모아놓고 '한국문화의 어제와 오늘'이라는 거창한(?) 강연을 진행하고 있었는데, 때가 때인 만큼 대선 결과에 대한 질문이 쏟아져 들어왔다. 한국에 대해 지식이 많지 않은 그들은 왜 한반도의 서남부 지역에서 DJ에게 몰표가 쏟아졌는지 알 길이 없었다. 또 내 말끝에 묻어 있는 정치인들에 대한 빈약한 애정 표현들은 전통적 카리스마와, 사회주의적 'Big Brother' 통제에 익숙한 그들을 무척 당혹스럽게 만들었다.

물론 답변은 쉽지 않았다. 하지만 나는 천천히 역사를 더듬기 시작했다.

초등학교 수준의 역사 상식에서도 알 수 있듯이 백제와 신라(초기의 작은 부족 집단들)가 한반도 남부로 이주할 당시 한반도 남부에는 이른바 3한이 있었다. 바로 마한, 그리고 변한, 낙동강 유역의 진한이다. 그런데, 소백산맥 동쪽에 있던 변한과 진한은 남북을 관통해 흐르는 낙동강에 의해 하나의 지형구를 이루면서 통합되고 곧 신라에 흡수되었지만, 마한은 달랐다.

마한은 원래 한강 이남에 위치하고 있던 부족으로, 이들이 어디서 왔는지는 아직도 미스터리다. 흔히 고조선 세력이 흩어지면서 내려온 것으로 해석하지만, 중국에서 발해나, 황해를 건너 한강을 따라 올라오다가 정착한 유민들일 가능성도 제시되고 있다. 어쨌든 이들은 백제라는 이질 세력에 의해 남쪽으로 내몰렸다.

문헌을 통해 확인할 수 있지만, 백제와 마한의 두 세력은 말이 다소 달랐고, 주검을 다루는 묘지의 모습도 달랐다. 묘제란 원시적 생사관을 대변하는 것으로 문화의 갈래를 다룰 때 중요하게 채택되는 고고학적 증거물이지 않은가? 이 때문에 동일한 서해안 지역으로 보이는 충청도, 전라도(백제의 세력은 충청도와 전라북도의 일부가 포함됨)의 내면에는 보다 재미있는 문화적 현상이 숨겨져 있는 것이다.

즉, 크게 볼 때는 하나의 세력권이지만 내면에는 서로 다른 두 개의 세력이 잠재해 있음을 알 수 있다. 한국 정당들의 어색한 악수와도 같이. 그 속에는 바로 정복자 백제와 백제에게 밀려난 마한이 존재하고 있는 것이다. 백제에 의해 남쪽으로 밀려나던 마한은 정주영의 아성인 아산만과 서울에서 고속도로로 1시간 거리인 천안을 잇는 일직선상에서 한동안 방어벽을 쳤다. 그러나 그것도 잠시, 백제는 다시 금강 유역을 점령하면서 마한을 영산강이라는 코너로 몰아넣는다.

바로 이 무렵, 왜는 언제나처럼 바다를 건너와 낙동강 하구를 중심으로 좌우, 즉 경상도, 전라도 일대를 휘저으며 가뜩이나 불편한 마한 사람들의 심기를 해치고 있었다. 때는 서기 369년이었다.

새로운 정복자인 백제는 느긋해졌다. 쫓겨난 마한 유민

들은 이래저래 심기가 불편해졌다. 동일한 서해안 일대의 충청권이 상대적으로 비교적 느긋한 성격을 지니게 된 연유를 해석할 수 있는 최초의 단서일 것이다. 물론 비옥한 토지, 금강 등의 풍부한 물, 온화한 기후 역시 충청도 기질 형성에 한몫을 더했을 것이다. '그려, 마음대로 햐아.'는 바로 있는 자의 여유 내지는 거드름이 아닐 수 없다.

반면에 백제에게 근거지를 빼앗긴 마한은 다급해질 수밖에 없었다. 그리고 새로운 정복자에게 고개를 숙이지 않을 수 없었을 것이다. 하지만 마음까지 숙일 수야 없는 법, 그래서 찾아낸 화술이 바로 '거시기' 아니었을까? 나의 마음을 알리기 싫은 상대를 앞에 두고 이야기를 꺼낼 때 '거시기, 아니 거시기'만큼 좋은 암호도 없을 것이다. 결국 백제계의 충청에는 정복자의 느긋함이 서려 있고, 마한계의 전라에는 고토 회복과 밀려난 자의 와신상담의 의지가 잠재해 있는 것이다.

하지만 신라는 달랐다. 중앙 아시아의 스키타이계 문화를 배경으로 한 신라는 철제 병기를 들고 낙동강 지역으로 들어선다. 이들이 정확하게 어떤 경로로 이곳에 도착했는가에 대해서는 아직도 시원한 답변은 없지만, 이들이 낙동강 유역의 수많은 철광(밀양, 부산, 창원 등 주요 철광이 경주 일대에 위치하고 있다. 특히 울산 지역 철광은 노천 채광이 가능한 곳)과 거대한 숲을 목표로 내려왔을 가능성은 무엇보다 높다. 특히 고분 속의 철제 도끼와 정들이 이러한 역사적 해석을 돕고 있다.

이 때문에 신라 문화는 기본적으로 대장장이 문화다. 거친 채굴과 제련의 문화는 단발적인 동작과 소리를 낳게 마련이다. '헉헉'거리는 풀무와 '쿵쾅'거리는 망치 소리 속에서는 늘어지는 사설이나 창이 불가능한 법이다. "밥 도오, 아이는, 자자."로 축약되는 우스개는 신라의 철기문화를 읽을 수 있는 흥미 있는 문화적 코드다. 빠른 결단과 강한 부정을 담은 '챠라!' 역시 같은 맥락에서 풀 수 있는 표현이다. 막 장신구와 광산 도구 등을 만들 때, 벌겋게 달군 쇠를 찬물에 담그는 순간 발생하는 '촤아' 소리만큼 강하고 열정적인 소리 말이다.

백제 계열의 해상 문화, 신라 계열의 철기 문화는 근본적인 출발이 다르다. 해풍을 예측해야 하고 돛을 만들고 키를 조절해야 하는 백제 문화와 철광석을 캐고 풀무질을 하고 마구를 두드려 만들고 말을 몰아야 하는 신라의 기질이 쉽게 화합할 수 없음은 자명한 사실이다.

이렇게 보면 많은 국민들의 기대와는 달리 지금도 우리 정치계의 '현실'로 존재하는 3김의 저력과 그 문화적 내력을 인지인류학적인 측면에서 풀어볼 수도 있겠다.

1937년 일본은 한반도를 샅샅이 뒤졌고, 조선 내의 모든 미신 습속들을 조사한 후 《부락제》라는 보고서를 만들었다. 보고서에 의하면, 조선에는 해양계 미신 습속과 대륙계 미신 습속이 있는데, 서해안 일대에 있는 해신당 등의 사당들은 모두 해양계 미신을 나타내는 장소로 다른 지역 등에는 없는 '물귀신'이 등장하고 있음을 지적하고 있다. 원시 종교의 갈등이 구성원들의 충돌을 낳곤 하는 고대 사회의 현실을 상기해볼 때, 두 지역의 갈등은 역사와 농도가 꽤 깊은 편이다.

이렇게 보면, 신라계의 YS, 마한계의 DJ, 백제계의 JP(사실 DJ와 JP의 경우는 DNA 검사라도 해야 할 판이다.)가 보여 주는 성격적 특성과 정치적 태도, 그리고 그를 추종하는 동네 사람들의 화해 역시 쉬워 보이지는 않는다.

하버드 대학의 사무엘 헌팅턴이 《문명의 충돌》에서 지적하듯이, 종교 문화의 차이는 이데올로기적인 분할보다 더욱 근원적인 갈등을 초래하는 요인으로 궁극적 충돌을 피할 수 없음이 사실이라면, 말(馬)귀신과 물(水)귀신과의 화해는 애초부터 글러버린 일일지도 모른다.

백제와 신라의 문화적 패러다임의 근원적 차이는 역사 속에서 지속된 정치적 배반들을 통해 점차 거친 모습으로 변모해가면서, 화해의 길은 점점 멀어져간다.

서기 538년. 백제는 공주와 부여를 저울질 한 끝에 산으로 둘러싸인 협소한 공주보다는 호남평야의 경영에 더 유리해 보이는 부여를 수도로 삼는다. 새로운 출발을 한 백제는 과거 자기들의 땅이었던 한강 유역의 땅을 되찾기 위해 고구려와 싸우며 일부의 땅을 회복한다. 그러나 이때 공짜 땅을 노리고 있던 신라의 배반이 시작된다. 신라는 그 동안의 동맹관계를 깨고 조용히 백제의 뒤통수를 친다. 열을 받은 당시의 백제왕 성왕은 친히 원정길에 오르지만 신라의 복병에 의해 죽고 만다.

그 다음은 유명한 한국의 삼국시대다. 이 시기에는 우리가 놓쳐서는 안 될 상황이 하나 있다. 그것은 백제와 신라가 불교를 받아들이면서 내린 묘한 처세적 해석이다. 백제 혜왕의 아들인 법왕은 자신이 즉위하자마자 모든 살생을 금하는 칙령을 내려, 민가에서 기르던 사냥매들까지 훨훨 날려버렸다. 물론 모든 사냥도구 역시 불태워버렸다. 그러나 신라는 어떠했는가? 중국에서 불교를 배우고 돌아온 원광법사는 이른바 '세속 5계'에서 '살생유택', 즉 골라 죽일 수 있다는 살인면허를 부여한다. 더구나 신라의 김유신은 백제로 첩자를 보내 기밀을 입수하고 유력인사들을 포섭하는 데 성공했다. 반면에 백제는 이상하리만치 첩보전에 무관심했다.

이 때문에 007이 된 신라가 미륵불의 백제를 간단히 제압할 수 있었음은 자명한 일이다. 더구나 신라는 당시의 역동적인 국제관계의 변화에 적응하며 당나라를 끌어들이고 있던 시점이었다. 결국 백제는 3,000 궁녀를 끌어안고 백마강으로 뛰어들 수밖에 없었다. '시의 도시, 꿈의 도시'였던 백제의 멸망은 두고두고 이 지역의 한으로 남게 된다.

이 두 지역 문화의 갈등은 왕조가 바뀌었다고 간단히

봉합되지 않는다. 신라 골품제도를 통해 강화된 지역 차별은 북방 계통이 주류가 되어 이루어낸 고려를 지나면서 수면 아래로 사라지는 듯했다. 그러나 조선시대로 들어서면서 이러한 차별의 문화는 다시 고개를 들기 시작한다. 문화적 습성은 단순히 뇌에 의해 기억되는 것이 아니고 말과 음식과 놀이 속에 숨어서 오래도록 유전되는 것이기 때문에, 수백 년의 시간이 흐른 조선시대에도 백제와 신라의 근원적 갈등은 모습을 달리해 드러나게 마련이다. 조선 500년이 지나고 다시 100여 년이 지난 오늘날에도 여전하듯이 말이다.

조선시대에는 너무도 선명했던 사색당파의 싸움 때문에 백제와 신라 계열의 갈등이라고 분명히 드러나 보이지는 않으나, 그 내면에는 여전히 뿌리 깊은 지역 갈등이 지속되었다.

조선은 개국 초기부터 개국 공신들을 중심으로 토지를 나누어주었다. 처음에는 서울과 경기 일대의 땅을 분배했으나 점차 하삼도(충청, 전라, 경상)의 땅을 나누어주었는데, 이것이 영호남의 지방 토착 세력들의 힘을 기를 수 있는 기반 역할을 했다. 양반 신분을 가진 이들의 수가 점점 불어나면서 한정된 감투 자리를 놓고 치열한 싸움을 벌이게 되는데, 이것이 이른바 사색의 당파 싸움이다.

이들은 서로 쟁투를 벌이다 지게 되면 잠시 자신의 경제적 배경이 되는 하삼도로 낙향했다가 기회를 잡으면 다시 서울로 들어오는 악순환을 계속했다. 물론 이 당시는 지금의 영호남 분열과 같이 감정의 골이 깊은 것은 아니었지만, 동인의 뒤에 이퇴계의 영남학파가 있었던 것처럼 그 나름의 작용을 했음이 사실이다.

또 훗날 왕의 외척이었던 안동 김씨들의 득세나, 정조 때 650개가 되던 서원들이 대원군에 의해 47개로 줄어들 때 당시의 대표적 서원이었던 충청도 청주의 만동묘 등이 사라짐과 동시에 충청도에는 5개, 전라도에 3개만이 남는 사건 등도 그저 단순한 사건이 아니다. 경상도에는 모두 14개를 남겨, 인물이 밀집했던 경기도 지역의 12개보다도 많았던 상황을 단순한 학문적 성과로 풀기에는 뭔가 석연치 않은 점이 있다.

조금 길게 역사를 살펴본 이유는 지역감정의 봉합은 단순한 정치적 이벤트만으로 되지 않는다는 점을 말하고 싶기 때문이다. 사실 지역감정이란 전 세계 문화권 어디에나 존재한다.

캐나다 사람들은 해외를 여행할 때, 온몸 구석구석에 콩알만 한 캐나다 국기를 붙이고 다니곤 한다. 이유는 단 하나, '미국인이 아니라는 것'을 보여 주기 위해서다. 또 한때 독립을 위해 주민 투표까지 실시했던 퀘벡 시를 떠올려 봐도 캐나다 사람들의 지역 정서 또한 만만치 않음을 알 수 있다.

중국도 마찬가지다. 늘 서로의 험담을 하며 우스개를

즐기는 중국의 베이징과 상하이. 주석을 지낸 짱저민과 총리 주룽지는 모두 상하이에서 잔뼈가 굵은 사람들이다. 이 때문에 그들을 상하이 빵(帮―방: 중국 고대 사회의 이익 단체)으로 부르기도 한다.

타 지역과의 갈등 상황을 모를 리 없는 상하이 빵은 지역감정의 함정에 빠지지 않기 위해 노력을 하며, 특히 전통의 북방 세력 베이징 빵과의 협력을 위해 최선의 노력을 한다. 그 최일선에 선 사나이가 '관을 100개 준비하라. 그중의 하나는 내 것이다.'라고 외치며 부정부패, 지역 이기주의 문제 해결에 앞장선 주룽지다. 그는 주석 짱저민보다 국민의 사랑을 더 받았다.

타이완의 경우는 훨씬 심각하다. 그들 사회는 원래 타이완 원주민으로 살던 사람들과 대륙에서 이주해온 대륙계 사람들로 구성되어 있다. 처음에는 결혼은 물론 서로 인사도 하지 않았던 그들은 말도 서로 달라 전혀 의사소통이 이루어지지 않아 방송도 타이완 방언 방송과 표준어 방송이 있을 정도로 두 문화의 이질감은 삼하다. 심지어 대륙계는 모두 물러가라, 우리 타이완은 독립을 하겠노라는 선언 때문에 중국이 미사일을 쏘고, 미국이 항공모함을 급파하는 등으로 동북아시아 전체를 아슬아슬한 수준까지 몰고 간 적도 있으니 그들의 지역감정은 가히 세계적 수준이다.

일본의 경우도 지역적 특성은 선명하기 이를 데 없다.

흔히 일본인은 모두가 꼼꼼하고 깍쟁이 기질이 있는 것으로 알려져 있지만 내면에는 역시 다른 점이 존재한다. 특히 잘 알려진 것처럼 도쿄와 나고야 사람들의 경우, 빠릿빠릿하고, 엄청나게 아끼고, 저축률 높고, 조금은 쌀쌀 맞은 깍쟁이 기질은 도쿄 사람들과 비슷하지만, 뭔가 일이 있을 땐 뻑적지근하게 쓸 줄도 아는 점은 도쿄와 또 다른 점이다. 특히 혼인을 성대하게 했던 문화 때문에 "딸 셋이 있으면 집안이 망한다."는 우스갯소리를 듣기도 한다. 이런 점은 잘 알려진 도쿄 사람들의 침착하면서도 꼼꼼한 기질이나, 허풍 떨기 좋아하는 큐슈 사람들과도 구별된다.

결국, 요미우리 자이언츠의 도쿄 돔 마운드에서 강속구를 뿌리는 조성민과 그 강속구를 향해 배트를 휘두르는 쥬니치의 이종범의 대결은 단순한 스타들의 몸값 싸움만은 아닌 것이다.

중국, 일본, 타이완의 역사를 들여다보면 그들도 우리 못지않은 갈등의 과거가 있었다. 그러나 현재 상태로 보면 일본과 타이완은 비교적 성공적인 모습이다. 이들의 공통점은 서로의 능력을 인정하는 것과 공정한 경쟁이 되도록 노력한다는 점이다. 일본 같은 경우, 출신 지역 때문에 불이익이 생긴다는 것은 상상하기 힘들다. 타이완 역시, 신분증이나 모든 서류 등에서 본적을 삭제하는 등 구체적 조치들로 지역감정을 풀어나가고 있다.

남은 것은 중국과 한국인데 한국의 경우, 《서동요》가

전하는 백제 무왕과 신라 선화 공주와의 러브스토리를 상기해본다. 근대 한국의 정치적 갈등이 원인이라고들 하지만 영호남이 서로 미워하는 것은 결국 서로에 대한 신뢰와 사랑이 없기 때문 아니겠는가?

인간이란 따지고 보면 참 웃기는 존재들이다. 양복을 입고 핸드폰을 손에 들었지만 뇌는 여전히 청동기시대에서 멈추어 있다. 청동기, 철기시대부터 이어온 이 긴 애증의 역사와 함께 우리는 사이버 시대를 살고 있다. 이제 우리는 21세기로 들어가려 한다.

영남은 영남대로 '챠라!'만을 내뱉지 말라. 호남은 호남대로 너무 '거시기 하게' 뭉치지 말라.

우리는 무엇으로 한국인인가?

평범한 우리들의 삶이 거대한 세계적 질서 앞에서 위협받는 상황에서 우리는 어디서 돌파구를 찾아야 하는가? 쇼비니즘적인 맹목적 민족주의가 우리들의 대안이 될 수 있을까? 역사를 불과 수십 년만 거슬러 올라가도 '우리 것'의 뿌리는 중국에 닿아 있고, 일본과 연결되어 있고, 서구, 아니 좀더 정확히 표현하면 미국적인 것과 궤를 같이 하는 것들이 너무도 많다. 그것들의 포장만을 슬쩍 바꾸어 '우리 것'이라고 외치는 우리들의 목소리는 오히려 더 공허하게 들린다.

딱딱한 비닐로 코팅된 명함 크기의 주민등록증이 있다고만 해서 한국인이 되는 것은 아니다. 우리끼리 우리는 위대한 한국인이며, 전 세계가 우리를 주목하고 있으며, 잠시 후 있을 남북통일을 통해 새로운 세계 질서 확립에 이바지할 것이라는 자기 암시적 구호를 외쳐본다고 해서 한국인이 되는 것도 아니다.

사회심리학의 변별 이론은 사람들은 특정한 상황 안에서 타인과 자신을 구별함으로써 스스로를 정의한다고 본다. 즉, 나는 무엇이다라고 해서 자신의 정체성이 확립되는 것이 아니고, 자기가 무엇이 아닌지를 통해 스스로를 정의할 수 있다는 의미다.

사람들 사이의 교류, 즉 무역, 투자, 관광, 방송, 통신의 발전으로 공동의 새로운 세계 문화가 만들어지고 있다. 이 새로운 세계 문화는 자본, 상품, 지식, 사상, 이미지의 세계적 이동을 쉽고 빠르게 만들고 있다. 그중에서도 각 국의 문화적 색깔을 근거로 만들어졌던 기존의 이미지들은 다국적 기업이나 더 강력한 경제 통합체들을 통해 새로운 차원으로 변모해가고 있다. 이제 CNN이나 인터넷을 통해 쏟아지는 문화상품이나 광고들에서 그 국적을 명확하게 알아낼 방법이 없다. 기껏해야 지역적 특성, 예를 들면 북미, 남미, 유럽, 서남아시아, 동남아시아, 동북아시아 정도의 구별이 가능할 뿐이다.

베이징, 상하이를 거쳐 한국으로 들어온 외국인 관광객이 경복궁에 들어가 외치는 원더풀이 진정한 칭찬인 줄 착각하는 한 '우리 것'의 생존가능성은 점점 희박해진다.

문화 강의를 하면서 디자인을 전공하는 학생들에게 한국적 '선'을 찾아보도록 리포트도 내주고 시험에도 문제로 제시해보았다. 그러나 그들이 경복궁의 처마나 태극문양, 한복 등에서 찾아낸 '선'들은 안타깝게도 중국의 황궁이나 당나라 여인들의 의상들과 이어져 있었고, 일본 신사의 처마와 여인들의 기모노 옷깃과 뚜렷하게 구별되지도 않았다. 더구나 그것을 이미지화했을 때는 더욱 변별력을 잃고 말아 학생들과 함께 실망을 맛보면서 '우리 것'의 차별화가 얼마나 어려운 일인가를 실감하지 않을 수 없었다.

중국이나 일본인의 그것과 뚜렷이 구별되지 않는 것이 우리들의 모습임을 우리는 인정해야 한다. 우리끼리 만들어놓고 우리끼리 의미 부여해봐야 결국 서로 속고 마는 것이다. 이 점을 인정해야 다음 답이 나온다.

문화란 흐르는 물이고, 향수와 같은 것, 알게 모르게 젖어 있어 자신은 모르지만 타인은 그 냄새를 잘 맡을 수 있다. 한국, 중국, 일본의 문화는 하나의 뿌리에서 성장한 서로 다른 가지에 불과하다. 이것을 제대로 알고 인정할 때 우리는 올바른 우리를 볼 수 있다. 서로 다른 것임을 인정함과 동시에, 서로의 동질성을 공감할 때 우리는 제대로 된 자신의 모습을 볼 수 있다.

나는 우리들이 힘차게 휘둘러대는 태극기의 태극이 중국 송나라의 주돈이라는 한 철학가의 머리에서 나온 단순한 철학 공식이며, 관련된 내용 전문이 249자에 불과하다는 것을 생각할 때마다 당혹스러웠다. 또 중국인들이 태극기의 내력을 물을 때마다, 그것이 1882년 박영효라는 사람이 임오군란의 뒤처리를 위해 일본에 수신사로 가던 중 엉겁결에 배 안에서 만든 것이었노라는 대답을 할 수가 없어 난처했다.

조선시대 말기, 중국은 마찌엔쭝이라는 사신을 보내 조선은 중국의 동쪽에 있으니 청색의 청룡기를 국기로 삼으라고 강요하였다. 그러나 김홍집은 '용은 그리기 까다롭다'는 이유 아닌 이유로 이를 거절했다. 그러고 나서 박영효에 의해 태극기가 만들어진 것으로 기록들은 전하고 있다. 그러나, 학자들 간에는 그보다 8년 앞선 1874년에 태극기와 비슷한 국기가 등장했었노라는 주장을 하기도 하지만, 현재까지 누구의 제안으로, 어떤 이유로 태극 도안을 국기로 쓰게 됐는지 확실한 기록은 없다.

그리고 그 태극의 문양이 중국의 지방 도시 곳곳에서 태극권과 활법을 다스리는 도교주의자들의 깃발과 닮은 꼴임을 확인할 때마다 황당한 마음을 추스를 수가 없다. 그 후로 나는 태극기는 태극의 철학으로서가 아닌 수많은 선조들의 선혈로 이루어진 존재임을 떠올리려고 애쓰곤 한다.

우리가 즐겨 먹는 전통 음식 청국장이 사실은 청나라의 장이라는 사실을 아는 사람은 별로 없다. 주로 동북의 중국인들이 즐겨 먹는 이 청국장은 때로는 날것으로 먹기도 하고, 때로는 명주실처럼 가는 흰줄이 쩍쩍 눌어붙는 청국장을 맹물에 풀어먹기도 한다. 일본인들 역시 이 청국장에 와사비와 양념을 섞어 날것으로 먹는데, 작은 것을 좋아하는 그들인지라 콩알조차 자그마한 것들로 청국장을 만들어 먹는다. "일본사람들도 우리 전통 음식을 좋아한다."고 으쓱해 하다가는 머쓱해지기 십상이다.

또 민족의식의 고취를 위해 자주 동원되곤 하는 동학 운동의 사상적 근원인 '人乃天(인내천: 사람이 곧 하늘이라는 뜻. 乃는 '이다'의 뜻을 지닌 한자)'이 지니고 있는 폐쇄적 민족주의도 결국은 천주교의 서학에 대항하고자 했던 반대 논리로 개발되었음을 인정하지 않을 수 없을 때, 그리고 그것을 통해 7천만 민족의 대동단결을 이룩하겠다는 의지를 들을 때마다 마음은 더욱 답답해진다. '人乃天'이란 어떻게 보면 지구상의 모든 인간을 아우를 수 있는 말임에도 불구하고 그것을 통해 '민족'의 존엄과 단결을 이룩하겠다는 발상은 대단한 아이러니다.

백두산 천지를 두고 수많은 미사여구로 민족의 위대함을 노래하는 자아도취는 결국 시선을 백두산 천지에 모두 빼앗기고 만다는 측면에서 다시 한 번 생각해보아야 할 논조들이다. 산을 가다보면 산이 있고, 산이 있다 보니 폭포도 있고, 호수도 있음이 무에 그리 넋을 놓고 노래하며 민족 장래 모두를 부탁할 만큼 대단한 것이던가? 그것은 백두산 아랫마을 이도백하의 시장 언저리에서 더덕 몇 뿌리를 천년 묵은 약초라고 팔고 있는 허술한 장사꾼의 보따리만큼이나 우스꽝스러운 몸짓들이다.

지금 세계는 새로운 삶의 질서를 실험하고 있는 중이다. 하지만 안타깝게도 그 시대적 변환의 저변에 흐르는 새로운 질서를 우리는 꺼내보지 못하고 있다.

그러나 신자유주의라는 겉으로는 아름다워 보이는 이 질서 안에는 사실 날카로운 비수가 숨겨져 있다. 이제 모두 몸과 마음의 문을 열고 함께 삶을 이야기해보자는 이

질서 속에는 어느 한 지역 문화의 '성스러움'이나 '순수'가 그들만의 원시적 가치로 남아 있도록 놔두지는 않겠다는 '열어라'의 메시지가 담겨 있다. 이제 그 흐름 앞에서 우리가 언제까지 '우리 것은 좋은 것이여!'를 외치게 될지는 참으로 의문이다.

특히 무역과 교류, 금융 자본의 빠른 교류가 지역의 평화나 유대감을 조성하는 데 실패했다는 것은 사회과학적으로 이미 밝혀진 사실 아닌가? 우리가 얻어맞은 IMF의 미사일과 이라크에 쏟아진 토마호크 미사일은 전혀 다를 바 없는 동질의 무기다. 단지 화약 냄새가 진동하지 않을 뿐 사회와 가정이 풍비박산나기는 마찬가지다.

역사적으로 가히 유례가 없을 만큼 문명적, 사회적 상호 의존도가 깊어지고 확산되는 세계화의 추세 속에 살면서도 우리는 우리의 옛 모습만을 간직하기 위해 애쓰고 있다. 우리 것을 지금 보호하지 않으면 그 흐름 속에서 가을 낙엽처럼 흔들리고, 해변에 쌓은 모래성처럼 씻겨가고 말 것이라는 비장한 읊조림과 함께 말이다.

이제 우리는 냉정해져야 한다. 특히 우리 것에 대해 냉정해져야 한다. 버려야 할 것과 새롭게 정립해야 할 것을 차분히 골라내야 한다. 더 이상 새로운 세계의 흐름인 문화의 다원주의 앞에서 우물쭈물해서는 안 된다. 국경의 선이 희미해지고 문화적 교류와 혼합이 대세를 이루고 있는 현실과 그 한편에서 분출되고 있는 각 개인의 창조적 공간과 자유스러운 삶의 욕구를 동시에 아우를 수 있는 문화적 유연성은, 이제 더 이상 몇몇 지식인들의 한가로운 시간 죽이기의 대상만은 아니다. 평범한 우리들의 삶이 거대한 세계적 질서 앞에서 위협받는 상황에서 우리는 어디서 돌파구를 찾아야 하는가?

쇼비니즘적인 맹목적 민족주의가 우리들의 대안이 될 수 있을까? 역사를 불과 수십 년만 거슬러 올라가도 '우리 것'의 뿌리는 중국에 닿아 있고, 일본과 연결되어 있고, 서구, 아니 좀더 정확히 표현하면 미국적인 것과 궤를 같이 하는 것들이 너무도 많다. 그것들의 포장만을 슬쩍 바꾸어 '우리 것'이라고 외치는 우리들의 목소리는 오히려 더 공허하게 들린다.

물론 나는, 한국의 모든 역사와 문화는 중국을 원천으로 출발했다는 중국적 문화중심주의를 반복하려는 의도는 전혀 없다. 왜냐하면 한국적 쇼비니즘의 토대가 흔히 중국적 문화중심주의를 반대한다는 입장, 다시 말해서 오래도록 외부 침략에 시달려온 민심에 감정적으로 호소하면서 나름의 목소리를 높이는 현실을 알고 있기 때문에 그런 우를 범할 생각은 없는 것이다. 하지만 우리는 우리의 역사와 과거 문화를 냉정하게 바라볼 필요가 있다.

이 말마저 국수적 민족주의를 고취시키는 타깃으로 쓰겠다면 더 이상 할 말은 없다.

2

공자가 죽어야 나라가 산다

유교의 유효기간은 끝났다

나는 우리 사회 곳곳에 검은 곰팡이처럼 자라고 있는 유교의 해악을 올바로 찾아내고 솎아내지 못한다면 우리의 미래는 없다고 단언하고 싶다. 때문에 나는 이 글에서 우리가 미처 눈치 채지 못했던 잘못된 단초들, 말하자면 우리의 본래적인 삶이 영위해야 할 아름다움을 끝내는 망가뜨려 버리고야 마는 우리 문화 속의 독소와 같은 요소들을 가능한 한 많이 꺼내 펼쳐보이고자 한다.

1910년 한일합방, 1950년 한국전쟁, 1997년 IMF. 불과 100년이 안 되는 기간 동안 세 번에 이르는 천지개벽을 불러들인 이 땅의 지식인들, 좀더 클로즈업해서 표현하면 유교 문화 속에서 성장해온, 그래서 알게 모르게 유교적 위선에 절어버린 엘리트들. 이들에게서 어떤 희망을 발견할 수 있을까?

그래도 여전히 이 시대를 예측하고 진단하고 처방을 내릴 수 있는 사람은 자신뿐이라는 오만한 그들이 제시하는 지도를 들고 우리는 다시 1,000년의 여행을 떠나야 하는가? 어지럽다. 어지럽지 않다면 당신은 이미 혼절해 있다. 아니 죽어 있을지도 모른다.

혹자는 이쯤해서 필자를 다양한 사회 현상을 유교라는 하나의 잣대로 매도하는 우를 저지르는 멍청이라고 쉽사리 반박할 수도 있을 것이다. 하지만 'cultural core', 번역하자면 '문화의 핵심' 정도 되는 이 용어를 상기할 필요가 있다. 다양한 문화 현상의 기저에 저수지의 밑바닥처럼 검게 자리하고 있는 본질 비슷한 거 말이다.

《국화와 칼》—일본 사회를 예리하게 해부해낸 고전인 이 책은 미국의 문화인류학자인 루스 베네딕트의 작품이다. 당시 그는 이른바 국민성 연구 프로젝트에 참가하여 이 분석을 내놓았다. 일본에는 가보지도 않은 베네딕트가 사용한 분석 방법은 '문화와 퍼스낼리티의 상호 변화 관계'를 이용한 것이었다. 개인과 집단 문화가 서로 영향을 주고받는 가운데 형성되는 개개인의 성격 특성과 태도 특성을 예리하게 끄집어내는 데 성공한 것이다.(몇몇 어휘 분석을 놓고 이견을 다는 사람들의 의견을 충분히 반영한다 해도 그렇다.)

사실 구차하게 이런 이야기를 주석으로 달지 않아도 우리 사회의 저변에 유교 문화의 특성이 두텁게 깔려 있음은 누구도 부인하지 못할 것이다.

우리 사회에 더러운 부유물처럼 떠 있는 목소리와 주장과 구호와 이념들 밑에 도사리고 있는 유교적 권위, 그리고 그것 앞에 엎드리는 타협, 그래서 만들어지는 불공평과 불투명함들. 그 본질들을 해체하고 찢어내고 씻어내지 않는다면 우리들 삶의 나무는 가지를 뻗지 못할 것이며 푸른 잎이 돋아나지 못할 것이다. 늘 그래왔듯이 이끼나 버섯처럼 칙칙한 그늘 밑에서 잠시 돋아났다가 스러지고 말 것이다.

이제 알고는 더 이상 이렇게 살 수 없다. 나야 그렇다 치고 내 자식들의 세대에까지 이 더러운 유산을 물려줄 수는 없는 일이다.

'공자가 죽어야 나라가 산다'는 이 거친 타이틀에 대해 나는 진지하게 답변하고 싶다. 나는 한국사회의 발전, 아니 한국이라는 문화의 테두리 안에 살고 있는 사람들의 생존권과 삶의 아름다움을 누릴 수 있는 인간적 권리가 질식되고 있는 이유를 유교에서 찾아냈다.

나는 우리 사회 곳곳에 검은 곰팡이처럼 자라고 있는 유교의 해악을 올바로 찾아내고 솎아내지 못한다면 우리의 미래는 없다고 단언하고 싶다. 때문에 나는 이 글에서 우리가 미처 눈치 채지 못했던 잘못된 단초들, 말하자면 우리의 본래적인 삶이 영위해야 할 아름다움을 끝내는 망가뜨려 버리고야 마는 우리 문화 속의 독소와 같은 요소들을 가능한 한 많이 꺼내 펼쳐보이고자 한다.

그러나 나는 정치가들처럼 허무맹랑한 구호를 외쳐대고 싶은 생각은 없다. 그보다는 남의 땅 중국의 중원에서 시작된 유교의 출발에서부터 정치적 의도에 의한 왜곡 과정, 그리고 우리 사회에 뿌리를 내리면서 인간성을 말살시켜온 과정들을 객관적으로 자세히 소개하고자 한다. 판단은 어디까지나 독자들의 몫이다.

1995년에 있었던 한중일 3국 학자들의 '동양 문명' 진단 결과는 한국인들에게는 다소 충격이었다. "유교적 동양 문명이 향후 근대 세계의 보편적 사상이 될 수 있을 것인가?"의 질문에 대한 답변은 다음과 같았다.

한국 : 그렇다 90%

중국 : 그렇다 22%

일본 : 그렇다 63%

세 나라 중에서 유교의 본산지인 중국의 답변, 그리고 탈동양을 통해 새로운 위상 정립을 노리는 일본의 태도는 무엇을 말하는 것일까? 이것을 우리는 어떻게 해석해야 할까? 오직 우리만이 십자군처럼 사라져가는 유교적 가치를 최후까지 지켜야 하는 의무를 부여받은 것을 기뻐하며 죽음을 각오한 성전을 결의해야 할까? 우리는 엄청난 착각을 하고 있는 것이 아닐까?

그런가 하면 1996년 KBS와 일본의 〈마이니치신문〉이 실시했던 '한중일 국민의식 조사'를 통해서도 우리는 중국에 비해 오히려 더 강한 유교적 가치관을 지니고 있음을 엿볼 수 있다. 두어 가지 질문 항목을 소개한다.

■ 이혼에 대해 어떻게 생각합니까?

	한국	중국
긍정 :	60%	90%

■ 대를 잇기 위해 아들이 필요하다.(남자들의 경우)

	한국	중국
긍정 :	38%	19%

■ 장남이 부모를 모셔야 한다.

	한국	중국
부정 :	60%	28%

위의 사실들을 통해서도 동양 3국 중 우리가 가장 보수적인 유교의 가치관을 가지고 있음을 알 수 있다. 그리고 이런 태도가 바로 유교에 우리 사회의 미래를 맡길 수도 있다는 생각을 하도록 만드는 것이다.

한국사회의 현상과 미래에 대해 막연한 불안감을 느끼고 있는 우리들. 한국적인 것에 대한 막연한 싫증과 거부감을 느끼면서도 어느 길로 접어들어야 할지 몰라 세기의 사거리에서 망설이고 있는 우리들. 한번쯤 일찍이 돌아보았어야 할 과거가 우리에게는 있다. 과연 이제껏 해왔던 생활방식과 삶의 모습, 생각들을 그대로 유지한 채 새로운 1,000년을 살아야 할까?

중국과 일본이 유교를 버린 이유

우리는 한 번도 유교를 정리할 기회를 갖지 못했다. 기회가 없었다. 한일합방, 해방, 전쟁, 쿠데타, 지역 싸움, IMF 등등 정신을 차릴 수 없을 만큼 떠밀려왔다. 중국과 일본에 비해 100년도 더 늦은 오늘에서야 이런 이야기를 꺼내는 자체만으로도 부끄럽기 그지없지만, 아직도 그것을 끌어안고 나름의 방법과 위안을 찾는 우리의 어리석음은 우리를 더욱 무기력하게 만든다.

"중국은 잠자는 사자다."

한때 나폴레옹이 서구의 경거망동을 두고 한 경고였다. 그러나 1842년의 아편전쟁은 서구와 중국 모두를 놀라게 했다. 중국은 잠자는 사자가 아니라 별 볼일 없는 종이호랑이에 불과하다는 것을 알게 되었다. 당시 서구의 놀라움과 기쁨은 대단한 것이었다. 더욱 흥미로운 것은 아편전쟁의 전장이 바로 후먼(호랑이 문)이라는 해변이었고 중국이 그 모래사장에서 대패했다는 점이다. 중국 역시 천자의 위엄이 총과 대포 앞에서는 전혀 먹혀 들어가지 않는다는 것을 깨달으면서 크게 당황한다. 홍콩, 상하이, 베이징이 순식간에 '서양 귀신'들에 의해 난장판이 되고 말았다.

충격을 받은 중국의 지식인들은 1910년대 초, 유교에 맹포격을 퍼부으며 새로운 진로를 모색하기 시작했다. 당시의 지식인을 대표하던 후쓰는 '우리는 어느 길로 가야 할 것인가'라는 글을 통해 유교의 폐해를 조목조목 열거한 후, 마침내 '완전한 서양화'를 주장하게 된다. 그의 이러한 주장은 '유교는 사람을 잡아먹는 것'이라는 공감대를 확산시키며 중국사회가 새로운 선택을 하도록 몰아갔다. 물론 이러한 와중에서 천두씨유(陳獨秀) 같은 인물을 통해 공산주의의 씨가 뿌려지는 잘못된 선택을 낳기는 했으나, 당시 중국인들의 새로운 진로 모색은 진지한 것이었다.

또 1966년 마오쩌뚱에 의해 시작된 10년 문화대혁명이 유교를 공격 목표로 한 것이었다는 점을 떠올려볼 때(물론 정치적 이유가 숨어 있었지만), 중국인들의 유교에 대한 피해의식이 얼마나 깊은 것이었는가를 알 수 있다.

한편 서구에 녹아버린 중국의 모습이 일본에게는 커다란 충격이었다. 더구나 1854년 도쿄 만에 250문의 대포로 무장한 10척의 군함을 이끌고 나타난 미 해군제독 페리의 모습은 도쿠가와 막부를 불안과 회의 속으로 몰아넣었다. 결국 도쿠가와 막부는 오랜 쇄국을 풀고 미국과 화친조약(?)을 맺게 되었고, 그 이후 일본은 차례로 서구 열강들과 비슷한 조약을 체결해가게 된다.

무력한 막부의 모습을 본 사무라이들의 가슴은 끓어올랐고, "우리의 왕을 보호하고 오랑캐를 몰아내자."라는 이른바 '존왕양이'의 슬로건을 내건 메이지유신이 성공을 거두게 된다. 265년간의 어두운 쇄국의 시대가 막을 내리는 순간이었다.

1868년 출범한 메이지 정부는 새로운 일본 건설을 위한 연구에 착수했다. 이미 네덜란드와 교역을 계속해온 탓에 어느 정도 서양문물을 이해하고 있던 일본은 서구 연구를 위해 총명한 청년들을 골라 영국으로 보낸다. 그 중 한 명이 바로 하얼빈에서 안중근에게 죽은 이토 히로부미였다.

뛰어난 한학자였던 이토는 철저한 서구화만이 강대국이 될 수 있고, 그것만이 식민지가 되지 않는 유일한 길임을 주장했다. 그는 중국 관원들과 접촉하면서 중국인들의 대국적 자존심 뒤에 숨은 자격지심을 읽어냈다.

특히 당시 중국의 군사 외교 실권을 쥐고 있던 리홍장 등의 인물들이 '목숨을 건 일전'을 두려워하고 있음을 간파하고는 중국을 먹을 수 있다는 생각을 굳히게 된다. 이쯤 되니 중국의 정신적 식민지인 조선, 스스로 주자학의 족쇄를 목에 채운 채 '문치 국가'의 자존심 운운하는 조선의 모습은 가소롭기 그지없을 수밖에 없었다.

메이지유신의 사상적 기초를 놓은 계몽사상가 후쿠자와 유기치는 '탈아시아론'을 주장하며 중국 전통의 유학문화를 맹비난했다. 그는 유교를 국가와 개인의 자유로운 발전을 저해하는 적으로 간주한 다음 신랄한 비판을 퍼붓게 되는데, 후대 역사가들의 평처럼 그의 유교에 대한 감정은 '대단히 증오에 찬' 것이었다.

메이지 정부는 근대 국가 건설의 성공을 위해 두 가지 점에 특히 유의했다. 하나는 중국 문화의 잔재를 최대한 씻어버리고 철저한 서구화를 이루는 것이고, 다른 하나는 시민 의식을 불러일으키는 것이었다. 메이지유신 이전까지 일본은 철저한 신분사회였다. 그런데 쇼군을 정점으로 270명의 번주인 다이묘, 그 아래의 사무라이, 그리고 평민과 천민으로 구성되어 있던 신분사회가 천황을 제외하고는 모두 동일한 신분으로 바뀌게 되었다. 모두 평등해진 것이다. 이제 신분과 지위의 고하는 더 이상 의미가 없었다. 일본인들의 자유스러운 자기 개발 분위기가 조성되는 순간이었다.

이러한 와중에 조선이 한 일은 끊임없는 당파 싸움이었다. 결론적으로 우리는 한 번도 유교를 정리할 기회를 갖지 못했다. 기회가 없었다. 한일합방, 해방, 전쟁, 쿠데타, 지역 싸움, IMF 등등 정신을 차릴 수 없을 만큼 떠밀려왔다. 중국과 일본에 비해 100년도 더 늦은 오늘날 이런 이야기를 꺼내는 자체만으로도 부끄럽기 그지없지만, 아직도 그것을 끌어안고 나름의 방법과 위안을 찾는 우리의 어리석음은 우리를 더욱 무기력하게 만든다.

누군가 선거는 살아 있는 생물체라고 말했다지만 문화야말로 살아 있는 존재다. 문화란 카멜레온보다도 민감하게 주변에 반응하며 새로운 환경에 적응해가기 위해 몸부림치는 삶의 집합체다. 그 문화 속에 살고 있는 인간 군상들이 새로운 외부 환경에 적합하도록 유연하고 탄력 있게 변해갈 때 그 문화는 더 건강해지고 매력적인 것이 되어 주변으로 쉽게 확산된다.

그러나 멍청이들로 가득해 새로운 세계의 패러다임을 눈치 채지 못하고 시름시름 썩어갈 때, 내부에는 혼란과 기만이 가득하게 되고 외부의 건강한 문화체의 공격을 받아 심한 타격을 입거나 때론 절명하고 만다.

한국사회를 지탱해온 유교 문화의 수명은 이제 끝났다. 아니 오래 전에 끝났다. 정다산의 학문을 실학(實學)으로 부르는 순간부터 공학(空學)으로서의 유교는 이미 유효 기간의 만기가 선언된 셈이다. 새로운 선언이 새삼스러운 일이다. 우리가 눈치 채지 못했을 뿐이다. 또 눈치 챘던 소수의 선각자들은 이런저런 이유로 이 사회에서 밀려나거나 자신의 의지를 쌀 몇 말과 바꾸는 수밖에 없었다.

우리 사회에는 세 가지 세대가 있다.

하나는 유교 문화의 마지막 진수를 맛본 사람들이다. 이제 천수를 다해가고 있는 그들이지만 적지 않은 수의 사람들이 여전히 유교의 마지막 그림자를 붙들고 놓지 않는다. 권위와 복종을 인간 사회의 마지막 이데올로기로 착각하고 있는 유교 근본주의자들이다. 이들은 명령에 익숙하며 토론에 약하다. 입은 언제나 굳게 닫혀 있고, 눈꼬리는 여간해서 움직이지 않는다. 언제나 심각하다. 이들에겐 공자가 절대 수호신이다. 이들은 붓으로 글씨를 배웠다.

다른 하나는 유교 사회의 폐해를 심각하게 입은 세대들이다. 한국전쟁을 전후해서 태어난 이들 세대들은 전쟁의 폐허 속에서 올바른 교육을 받지 못했다. 이들은 어수선한 사회 분위기 속에서 유교 교육만이 교육의 전부인 것으로 알고 있는 세대들로부터 교육을 받았다. 동시에 한국전쟁 이후, 태평양을 건너온 초콜릿, 옥수수 빵, 우유가루 등의 구호품을 먹으며 자라야 했다. 해서 이들 세대의 옆구리에는 언제나 두 권의 책이 들려 있었다. 한문책과 영어책이었다.

이들은 영어책을 한문책처럼 읽었고, 그 깊은 뜻을 헤아리기에만 몰두했다. 영어가 '말'이라는 사실을 깨닫지 못했다. 그 결과 단어들의 깊은(?) 뜻은 알지만 말은 못하는 쪼다들이 되고 말았다. 이들은 글에는 강하지만 기계에는 젬병이다. 그 결과 컴퓨터와 영어가 인간 가치의 척도가 된 오늘날 길바닥에 내팽개쳐지고 말았다. 이젠 재교육의 기회도 시간도 없다. 그러나 남은 인생은 길다. 이들은 공자와 유교가 자신을 얼마나 망쳐놓았는지에 대해 알지 못한다. 그것은 너무도 은밀한 음모였기 때문이다.

이들은 연필을 깎아 글씨를 썼다.

마지막은 잘 나가는 요즘 세대들이다. 나는 나이가 점점 들어가지만 해마다 늘 19세의 신입생들을 맞는다. 그들을 통해 나는 세대를 이해하고 나를 점검한다. 이들에게는 한문책도 영어책도 없다. 그들의 옆구리에는 만화책이 있다.

그들은 강의 시간에도 모자를 쓴다. 책가방에서는 시도 때도 없이 핸드폰이 운다. 그들은 칠판 글씨를 싫어하며 설명을 싫어한다. 15초 꼴로 한 번씩 웃겨주지 않으면 다음 학기에는 폐강을 각오해야 한다. 그들에게는 성별이 없다. 이들은 컴퓨터에 익숙하다. 그들은 빠른 컴퓨터 커서에 익숙하다. 책을 읽는 속도만큼이나 빠르게 컴퓨터로 쳐낼 수 있다. 이들은 글씨를 거의 쓰지 않는다. 때로 샤프로 글씨를 쓰긴 하지만 주로 핸드폰에 메시지를 남긴다.

이 세대는 이제껏 경험하지 못한 새로운 생각과 삶의 형태로 포맷된 삶의 흐름에 몸을 맡기는 세대들이다. 이들은 어느 항구에도 정박하지 않으며 어떤 폭풍우도 두려워하지 않는다. 이들은 사소한 자유의 한 조각일지라도 그것을 위해 목숨을 버릴 만큼의 자유론자들이다. 이들은 남의 눈치를 전혀 보지 않는다. 남녀 교제에 있어서도 기존의 굴레에 연연해하지 않는다. 이들은 대학의 간판에도 크게 마음 두지 않는다. 두세 개의 외국어에 능통하며 장롱 대신 멋진 배낭을 사놓을 세대들이다. 개인적 삶의 자유를 만끽하겠다는 이른바 신자유주의, 바로 네오리버럴리즘의 시대로 돌진해가고 있는 아이들의 모습이다.

이들은 공자를 모른다. 그들에겐 이미 공자는 죽었다. 다행이다.

이들 세 세대가 한 공간에 모여 있다. 누구에게 기준을 맞추어야 할까? 우리들의 삶의 공간이 좀더 따뜻해지기 위해서 우리는 어떤 문화적 타협과 가치의 빅딜을 해야 할까? 해답은 공자의 몇 마디로 재구성된 허구의 세계인 유교, 그리고 그 픽션의 허구를 따라가며 허공에 지어놓은 유교 문화에 대한 반성적 해체에서 얻어질 수 있다.

유교의 그릇된 출발 ─ 역사의 왜곡, 왜곡의 역사

유교 근본주의자들은 토론을 원천 봉쇄했다. 가장 완벽한 경전의 '진실'만이 아랫사람에게 하달될 뿐이다. 언로가 왜곡되었다는 것은 사회의 부패가 시작되었음을 알리는 바로미터다. 오류를 인정하지 못하는 풍토 속에서 자란 동양사회가 만들어낸 것이 바로 동양사회의 뿌리 깊은 가짜 문화라고 볼 수 있겠다. 그 가짜의 역사가 유교의 커다란 물줄기를 따라 지금까지 전해지고 있는 것이다.

유교의 이상 사회는 픽션이다. 허구다.

그것은 공자가 지나가는 말처럼 내뱉은 몇 마디 말을 가지고 부풀려놓은 허상에 불과하다. 그러면 공자라는 사내의 머릿속은 어떻게 구성되기 시작했을까? 그의 의식 구조는 어떻게 형성된 것일까? 왜 그는 그런 말들을 했을까? 맨 처음 시발점은 무엇일까? 짐작하겠지만 상투적인 답을 할 생각은 전혀 없다. 뿌리를 캐보면 공자도 결국은 전수자에 불과함을 알 수 있다. 유교가 그 양반의 독창적 작품만은 아니라는 이야기다.

옛날 옛날, 좀더 정확하게 말하면 기원전 1324년 쯤, 중국의 황허 유역 '은'이라는 지역(지금의 安陽)에서 쿠데타가 일어났다. 공자는 기원전 551년에서 479년까지 산 인물이니까 어림잡아도 공자가 태어나기 700~800년 전의 일이다. 현재까지의 고고학적 발굴과 역사의 실록인 갑골문, 그리고 《상서》라는 문헌을 토대로 재구성해보면 당시에 이런 일이 있었다.

중국 황허 유역, 그중에서도 한반도 쪽에 가까운 지역들에는 수백 개의 부족들이 살고 있었다. 그 가운데 세력이 강한 부족이 둘 있었는데 하나는 상족이고, 다른 하나는 후일 한반도로도 흘러들어온 동이족이었다. 그런데 상족은 조금 내륙 쪽에 자리하고 있었고 동이족은 바다 가까운 해안 쪽을 장악하고 있었다. 이 동이족은 해안에 가까이 있었기 때문에 이들의 일부가 바다를 통해 한반도로 흘러들었다.

이 두 종족은 앙숙인지라 늘 전쟁에 전쟁을 거듭했다. 잘 알다시피 고대의 전쟁은 우선 혼령 전쟁이다. 즉 각자의 토템을 두고 서로에게 저주를 퍼붓는 제례를 집행하면서 기를 죽인 후, 날카로운 화살촉(짐승의 뼈로 된 삼각형 모양의 화살촉들은 정교하기 이를 데 없다)을 쏘아대거나 근접전이 벌어지면 창으로 찔러대는 것이다. 이 때문에 전쟁의 승패를 좌우하는 것은 무기보다도 강력하고 권위 있는 토템이나 혼령을 소유하는 일이었다. 프로야구팀의 상징 동물들을 떠올려도 되고, 왜 중국이 기를 쓰고 가상의 짐승인 용을 국가의 문화적 상징으로 쓰려고 하는지를 생각해보면 쉽사리 이해할 수 있다.

기록을 보면, 상족은 초기에는 황허신, 산신, 조상신, 천신 등을 혼합하여 숭배하면서 전쟁을 치르곤 했다. 반면에 동이족은 새를 토템으로 하고 있었다. 이렇게 늘 싸우던 두 부족이었는데 어느 날 싸움에서 상족은 치명적인 패배를 당하자 동이족의 근거지를 떠나 좀더 내륙 쪽으로 옮기게 되는데 이 땅이 바로 '은'이라는 지역이었다.

'은'으로 상족을 이끌고 들어온 인물은 반경이라는 왕이었다. 반경은 미신을 대단히 신봉했던 인물로 온갖 잡신을 다 거느리고 있었다. 또 그가 죽자 아들인 무정 역시 앞서 언급한 황허신, 산신, 조상신, 천신 등 온갖 잡신에게 날이면 날마다 제사를 지내곤 했다.

이 무정에게는 아들이 여럿 있었는데, 죽을 때가 되어 그중 하나에게 왕의 자리를 물려주어야 했다. 기원전 1400년에 이미 왕위 세습 제도가 있었다. 무정은 왕위를 장자인 조강이라는 인물에게 물려주었다. 그런데 문제가 있었다. 맏형인 조강보다 동생인 조갑이 더 똑똑했던 것이다.

아버지 무정은 똑똑한 동생 조갑을 왕실에서 먼 곳으로 보내버렸다. 똑똑한 동생이 사고 칠 가능성을 미리 없애자는 생각에서였다. 그러나 일은 그렇게 쉽게 끝나지 않았다. 몇 년간 숨어 지내던 동생 조갑은 마침내 쿠데타를 일으켰고 형을 해결해버렸다. 어떻게 해결했는지에 대한 기록은 없지만 짐작컨대 얌전하진 않았을 것이다.

이 쿠데타를 놓고 《상서》와 관련된 여러 문헌들은 이런 기록을 전하고 있다.

"아버지 무정이 형인 조경을 두고 동생 조갑을 왕으로 세우려 하자 조갑은 이를 피해 있다가 할 수 없이 왕위에 올랐다."

그러나 이는 다 거짓말이다. 유교 문헌들, 다시 말해 유교 근본주의자들(모든 것을 공자의 말에 맞도록 상황을 해석하고 왜곡하려는 사고를 지닌 자들)의 눈에 세습 체계를 흔드는 조갑의 행동은 못마땅한 것일 수밖에 없었기 때문이다.

《상서》를 서구에서는 'The Book of Documents' 즉, 공문서 모음집이라 부른다. 그 내용이 모두 중국의 왕실 비사이며 정치 행적의 X-파일들이기 때문이다. 약 4,000년 전에서 3,000년 전의 하나라, 은나라의 왕실 파일들을 모아놓은 게 《상서》다. 이 책을 통해 우리는 신석기시대를 막 벗어나 유치한 부족 국가를 세우고 있던 당시 문화의 단편들을 이해할 수 있다.

문제는 이 책의 변질이다. 고대로부터 전해오던 하나라, 은나라 왕실 기록들의 일부를 공자가 100편으로 추려서 묶었고, 이는 다시 29편으로 줄어들었다. 진시황의 분서갱유 때 모든 경서가 불타 사라졌다가 한나라 때의 유학자 복생(伏生)에 의해 다시 29편으로 만들어졌던 것이다. 따라서 우리는 원래의 역사적 실록이 공자와 복생이라는 인물을 거치면서 유교적 가치와 편의를 위해 상당 부분 변질되었으리라 짐작할 수 있다.

하지만 변질의 역사는 언제나 진실에 의해 밝혀지는 법. 3,500년 이상 땅 속에 파묻혀 있던 갑골문들이 발견되었던 것이다. 1899년의 일이다. 그 동안《상서》들의 문헌이나 전설에 의해서만 전해지던 은나라의 본모습이 갑골문을 통해 드러나게 된 것이다. 중국 최고의 지성이 모인 베이징의 사회과학원은 20여 년의 세월 동안 10만 조각 이상의 갑골문을 정리한 끝에《갑골문합집》이라는 거대한 텍스트를 완성시켰다.

일본의 도쿄 대학 역시 갑골문을 정리한 귀중한 텍스트를 발표했으며, 프랑스와 영국도 자신들의 역량으로 갑골문의 기록들을 정리해 전 세계 인문학계에 내놓았다. 한문과 동양의 역사라면 한가락한다는 우리나라는 아직까지 아무것도 내놓지 않았다.

아무튼 이 갑골문과 함께 발견된 수많은 고고학적 발굴품들은 당시의 생활상을 조금의 가식도 없이 시대를 건너뛰어 전달하고 있다. 땅 속에 묻혀 있었기 때문에 유교 근본주의자들의 손으로부터 안전할 수 있었고 역사 왜곡을 피할 수 있었던 것이다.

이 갑골문의 발견은 특히《상서》와《주역》의 오류를 밝히는 데 커다란 공헌을 하고 있다.《주역》의 경우는 나중에 기회가 있을 때 이야기하기로 하고 우선은《상서》이야기를 조금 할 필요가 있다.

이 책은 본래 기록이란 의미로 서(書)라고만 불리었으나, 그 후 오랜 고대의 기록이란 뜻을 첨가해 상서(尙書)라고 불렀다. 그 후 유교의 정치적 필요에 의해 경서의 범주에 넣어지면서 서경(書經)이라고도 불리고 있다. 그런데 이 책은 간략한 문장과 고어들 때문에 사서삼경 중《주역》과 더불어 가장 난해한 책으로 꼽혀왔지만 과거 국가의 정치와 왕실의 행정을 알기 위해서는 반드시 읽어야하는 책, 특히 과거시험에 응시하는 이들의 필독서로 전해져왔다.

과거란 무엇인가? 한 나라의 행정 업무를 담당해야 할 엘리트를 선발하기 위한 제도 아닌가? 과거제도의 얼룩진 모습은 과거 동양사회에서 흔히 볼 수 있었던 일이었다. 하지만 보다 큰 문제점은 이미 왜곡된 문헌을 통해 국가와 행정을 이해하도록 강요받은 엘리트들은 이미 현상을 올바로 볼 수 있는 눈과 마음을 잃어버린 사람들이라는 점이다. 그들은 유교의 가장 중요한 텍스트를 통해 거짓과 왜곡과 더러운 타협을 학습하고 있었던 것이다. 겉으로는 가장 도덕적인 가치로 벌벌 떠는 체하면서 말이다.

한자 중에 무(武)라는 글자가 있다. 전통적인 유교 학자들은 이것을 '창[戈]'을 '그치게 하는[止]' 능력이라고 풀고 있다. 역시 희망 사항이다. 원시 문화의 보고인 갑골문을 참고해볼 때 '武'는 '戈+止(발의 상형문)'의 합성 문자로 창을 들고 공격해가는 적극적 행동이다.

나는 이런 왜곡된 기술들이 한국사회 매스컴들의 글쓰기와 일맥상통하고 있음을 느낀다. 신문이나 TV의 내용을 만들고 있는 사람들은 누구인가? 그 내용을 '지도'하고 있는 사람들은 누구인가? 그들이 아무리 기자로 자처한다 해도 나는 그들의 흥정 과정을 많이 목도하고 들은 사람이다. 설사 목도하지 못했다 하더라도 많은 국민들은 진실을 안다. 데스크의 어딘가로 향한 흥정과 충성을 눈치 챌 수 있다.

그들은 유교 근본주의자들의 교육을 잘 받은 사람들이다. 그들은 충성의 목표가 주어지지 않으면 불안한 사람들이다. 때로 독자들에게 행간을 읽어달라는 아양을 떨기도 하지만 본질적으로 유교 근본주의자들의 왜곡된 경전 주해 달기 태도에서 한 치도 전진하지 못했다.

인류의 발전은 자신에게도 오류가 있을 수 있음을 인정하는 투명한 사회 속에서 가능하다. 역사적 진실을 독점할 수 있는 사람은 아무도 없다. 오류가 있음을 인정하는 사람끼리라야 토론이 가능하다. 서로의 오류를 인정하고 더 나은 해결책을 도모하는 것이 토론이며 화합이다. 하지만 유교 근본주의자들은 토론을 원천 봉쇄했다. 가장 완벽한 경전의 '진실'만이 아랫사람에게 일방통행으로 하달될 뿐이다. 언로가 왜곡되었다는 것은 사회의 부패가 시작되었음을 알리는 바로미터다. 이렇게 볼 때 때로는 얄밉기까지 한 서방의 언론이 사실은 민주주의와 번영을 짊어지고 있는 숨은 공신일지도 모른다.

오류를 인정하지 못하는 풍토 속에서 자란 동양사회가 만들어낸 것이 바로 동양사회의 뿌리 깊은 가짜 문화라고 볼 수 있겠다. 그 가짜의 역사가 유교의 커다란 물줄기를 따라 지금까지 전해지고 있는 것이다. 가짜 영수증, 가짜 박사, 가짜 물건, 가짜, 가짜, 가짜……

그 가짜의 기초 위에서 살고 있는 우리들. 가짜의 천적 은 진짜다. 진짜들은 이제 참을 만큼 참았다.

조상 숭배 의식의 기원

역사 속의 수많은 쿠데타의 주인공들이나 대권 등극자들은 성공과 함께 깜짝쇼를 준비한다. 이승만은 분단된 나라의 한쪽 대통령이라는 콤플렉스 때문에 '북진통일'의 구호를 만들었다. 그러고는 전쟁을 만났다. 박정희는 가난을 물리치겠다며 '조국근대화'의 구호를 만들었다. 그러고는 수많은 재벌들을 양산하면서 새로운 정경유착의 씨앗을 뿌렸다. 전두환은 '정의사회구현'을 외쳤다. 그리고 그의 동생은 새마을운동을 전혀 정의롭지 못하게 퇴락시켰다.

앞서 말했듯이, 1899년 중국 허난 성의 안양 지역에서 갑골문이 발견되면서 중국의 고대 역사는 다시 쓰이기 시작했다. 그동안 철석같이 믿었던 수많은 유교 경전과 역사서의 내용 가운데 일부가 사실이 아니고 유교 근본주의자들의 희망 사항에 불과했다는 점이 속속 드러나고 만 것이다. 또 외롭게 홀로 메아리치던 야사들이 사실이었음이 입증되기도 한다.

먼 훗날 중국의 벌판에서 농부의 괭이에 걸려 튀어나온 갑골문 조각들이 수천 년간 지속되어왔던 거짓말들을 하루아침에 부끄럽게 했듯이, 현재 우리들 지식인들의 모습을 부끄럽게 할 갑골 조각들이 튀어나올 날도 있을 것이다.

혁명은 제 나름의 정의를 위한 최악의 정치적 선택이다. 혁명처럼 아름답고 감동적인 구호를 동원하는 정치 행위는 없다. 그러나 그토록 잔인하고 피비린내 가득한 과정 또한 드물다. 유교의 씨앗은 이 피비린내 나는 역전극 끝에 동양사회에 뿌려졌다. 무척 생소해 보이는 이 표현에 대해 찬찬히 설명을 해보이겠다.

왕이 된 조갑이 취한 첫 번째 조치는 제례 문화의 정비였다. 그는 이전에 있던 모든 토템, 즉 황허신, 천신 등에 대한 제례를 폐지했다. 그러고는 자신의 직계 혈족들의 제례만을 강화했다. 그것은 마치 박정희나 전두환이 정치적 견해를 달리하는 모든 정치인들을 맨땅에 패대기친 후 워커들을 끌어들인 사건과 전혀 다르지 않았다.

이것은 중국 역사상 최초로 일어난 인위적 문화혁명으로, 유교 문화의 시발점이 되는 사건이었다.

왜냐하면 유교 문화의 핵심 내용의 하나가 바로 조상에 대한 제사이기 때문이다. 이 사건은 갑골문을 통해서만 확인할 수 있는 일이기 때문에 후대의 한자로 된 문헌들, 이른바 《시경》《상서》《주역》《주례》 등 이른바 '13경'을 통해서는 알 방법이 없다. 그리고 알 방법이 없기 때문에 고대 문화에 대한 오해가 쌓이며 새로운 오해를 낳곤 했던 것이다.

어쨌든 조상신을 가장 위대하고 유일한 신령으로 삼겠다는 이 행동은 당시의 종교 문화적 행태들을 볼 때 여간

돌발적인 것이 아니었다. 조갑의 이러한 혁명적 조치를 당시의 모든 집단 구성원들은 무리 없이 받아들였을까? 또 조갑은 왜 당시의 수많은 토템과 애니미즘(만물 모두에게 신령이 존재한다는 생각), 샤머니즘 등을 강제로 폐하고 조상신 하나만을 숭배의 대상으로 삼았을까? 갑골문의 기록을 보면, 조갑에 의해 조상신은 전쟁, 농사, 날씨, 질병 등을 조절할 수 있는 능력이 있는 전천후적 존재로 만들어지고 있다.

그것은 자신의 정치적 위상 강화를 위한 고도의 전략이었다. 조갑과 그의 왕실 신하들은 우선 자신들 조상들의 족보를 재수정했고 조상에 대한 제사를 정례화했다. 이것은 주변 부족들에게 자신들의 조상이 모든 토템과 샤머니즘적인 숭배 대상들을 초월한 존재임을 과시하기 위한 대단히 정치적인 전략이었다. 유교 문화의 족보 만들기, 족보 캐기 등의 출발은 바로 여기에서 비롯됐으며, 자신의 씨족 혈통 우월 의식 또한 여기에 뿌리를 둔다.

또 그들은 수시로 수많은 제물(대부분 소와 양)을 동원해 전쟁의 승리나 풍년을 기원하는 제례를 진행했다. 이렇게 조상신은 거듭되는 제례와 정치적 설계를 통해 권위가 축적되어 갔다.

역사 속의 수많은 쿠데타의 주인공들이나 대권 등극자들(형식은 민주주의였지만 초법적 권한을 만끽하곤 하는 사람들)은 성공과 함께 깜짝쇼를 준비한다. 이승만은 분단된 나라의 한쪽 대통령이라는 콤플렉스 때문에 '북진통일'의 구호를 만들었다. 그러고는 전쟁을 만났다. 박정희는 가난을 물리치겠다며 '조국근대화'의 구호를 만들었다. 그러고는 수많은 재벌들을 양산하면서 새로운 정경유착의 씨앗을 뿌렸다. 전두환은 '정의사회구현'을 외쳤다. 그리고 그의 동생은 새마을운동을 전혀 정의롭지 못하게 퇴락시켰다. 노태우는 '보통사람'을 외쳤다. 그러고는 법정에 서게 되는 대단히 특별한 사람이 되고 말았다. 김영삼은 '문민통치'를 외치며 새로운 민주주의를 약속했다. 하지만 그의 시대는 왕자 통치로 끝났고, 새로운 경제 신탁통치 IMF를 부르고 말았다. 김대중 대통령은 '제2건국'을 외쳤다.

조갑이 만든 깜짝쇼 '조상신 숭배'는 훗날 공자에 의해 유교 문화의 단초로 사용된다. 역대의 모든 왕들은 자신들이 만든 깜짝쇼들이 막판에는 전혀 예상치 못한 모양으로 바뀌리라는 것을 알지 못했다. 조갑 역시 자신이 이끈 쿠데타와 깜짝쇼가 유교 문화의 씨앗으로 남을 줄은 꿈에도 생각지 못했을 것이다.

그러면 조갑의 조상 숭배 의식은 어떻게 공자에게 전수되었는가? 그리고 깜짝쇼에 불과했던 조상 숭배 의식이 어떻게 동양사회 전체에 영향을 끼치는 거대한 유교의 시발로 자리매김하게 되었는가?

조갑이 만든 깜짝쇼는 오래 가지 못했다. 주변 환경과

어울리지 않는 통치자의 억지와 조급함은 언제나 화를 자초하는 법. 주술적 미신으로 가득한 3,500년 전의 중원, 그 중원에서 '우리 조상이 최고'라는 억지는 주변 부족들의 시기와 질투를 한 몸에 받기에 충분한 것이었다.

기록을 통해 확인할 수 있는 당시의 종족들이 이미 200여 개가 넘었다. 그리고 그들의 일상사는 언제나 전쟁을 통한 여자와 식량 조달이었다. 늘 무녀와 점술을 동원해 서로 치고 받으면서 정복하고 정복당하고 있었다. 오늘날, 세계 금융 시장에서의 국가와 펀드들끼리의 투기나 싸움과 전혀 달라 보이지 않는다. 전문인들을 동원한 상황 분석, 예측 그리고 공격. 힘과 정보를 구비하지 못한 나라는 한순간에 재앙 속으로 빠져들고 만다. 다른 게 하나도 없다.

그런데 당시 은나라의 '우리 조상 최고'를 보다 못한 여러 부족들은 몰래 연합을 해 은나라를 깨부수기로 결의를 했다. 이 연합에 앞장을 선 부족 이름이 바로 周(주)였다.

주는 은나라 서쪽 그러니까 지금 중국의 산시 성의 곡창 지대에 자리하고 있던 나라였다. 이곳은 황허가 싼시 성과 산시 성의 경계를 따라 북에서 내려오다 오른쪽으로 강하게 꺾이는 지역으로 예부터 홍수도 많았지만 퇴적물로 인한 비옥한 토지 때문에 농사도 잘 되는 천혜의 곡창 지역이었다. 때문에 周의 자형은 원래 수많은 논과 밭이 연결된 모습이었으며 변화를 거듭하면서 오늘에 이른

것이다. 어쨌든 주나라는 두 가지를 내세우며 연합을 이끌었다. 바로 풍부한 곡물과 새로운 초월적 존재 '하늘'을 제시하면서 새로운 중원 재편의 기치를 높이 들었고, 수많은 부족들이 그 깃발 밑으로 모였다.

당시 전쟁을 이끈 주나라의 왕은 武(무)였고 은나라의 왕은 紂(주)였다. 이 전쟁 후에 후대 유교 사가들은 은나라의 주왕을 천하의 폭군으로 묘사하고 있다. 또 당시 은나라 주왕의 여자는 달기(妲己)였는데 그녀를 요물로 묘사하며 전쟁의 정당성을 강조하고 있다. 좌우지간 전쟁이고 선거고 이기고 볼 일이다. 좋은 대학에 붙고 볼 일이다.

그러나 상황을 면밀히 살펴보면 당시 은나라가 패망한 이유는 '조상 강조'로 인한 폐쇄적이고 권위적인 외교 분위기와 우리 민족의 기원과 연관이 깊은 동이족과의 지속적인 싸움으로 인한 국력의 약화 때문이었다.

어쨌든 전쟁은 주나라의 승리로 끝났고 은나라의 백성들은 노예가 되는 처참함을 맛보게 되었다. 진 자는 이긴 자의 종이라던가? 그런데 주나라가 패망국 은나라에 취한 조치 중에 특이한 것이 있었다. 그것은 바로 은나라의 제례 전문가들을 살려둔 것이었다.

고대 사회의 최대 현안은 제례와 전쟁이었다. 그중에서도 제례는 전쟁보다도 중요한 사안 중의 하나였다. 왜냐하면 전쟁의 승패 역시 제례를 통해 기원되고 때로 점복을 통해 예측되기도 했기 때문이다. 그런데 주나라는 중원과는 조금 외떨어진 지역에 있던 전통적인 농업국으로 제례 문화는 크게 신경을 쓰지 않았던 것이다.

실제로 주나라 왕실도 자신들의 행위를 갑골문에 남겨 놓기도 했다. 1951년부터 발견되기 시작한 수백 조각의 주대 갑골문들이 그것인데, 내용이나 문자의 상황은 10만 조각이 넘는 은대 갑골문에 비해 수준이 현저히 떨어진다. 이런 단순한 비교를 통해서도 당시 주나라의 문화적 수준을 가늠할 수 있다.

그러나 중원의 패자가 된 지금 수많은 외교, 전쟁, 농업, 수렵 등에 따른 제례들을 관장해야 할 필요가 있었다. 그래서 당시 최고의 제례 문화를 보유하고 있던 은나라의 제례 문화 전문가들을 살려둔 것이었다. 이른바 브레인들을 살려둔 것이다. 야전 사령관들만으로는 뭔가 부족했던 어떤 쿠데타 성공자들이 귀여운 대학교수들을 곁에 두었듯이 말이다.

공자는 왜 거짓말을 했나

3,000년 가까이 여성의 삶이 왜곡되어 온 것은 몇몇 儒(유)들의 비굴한 처세 때문이었다. 목숨을 연명하기 위해 주나라 왕실에 바친 잔머리의 결과치고는 너무도 처참한 결과였다. 하지만 당시로서는 새로운 시대에 걸맞은 멋진 통치 이데올로기였으리라. 전두환, 노태우의 쿠데타 이후 서로의 잔머리를 바쳐가며 빵을 구걸하던 우리 사회의 지식인들, 그러나 그 후유증은 자신들이 얻은 조그만 빵조각에 비하면 너무도 큰 것이 아니었던가?

동양 문화의 핵심을 이루며 동양사회의 발전을 주도했던 인물들, 그리고 마침내 동양사회를 처절한 실패의 구렁텅이로 몰아넣었던 인물들이 있다. 바로 동양사회의 엘리트 儒(유)다. 그리고 이들 유를 동양사회의 핵심 자리로 스카우트한 장본인이 바로 공자다. 그것은 참으로 커다란 실수였다.

동양 속에 살고 있고, 때로는 동양적인 것에 자부심도 느끼지만 때로 말 못할 자격지심에 빠져드는 독자들을 위해 유의 출신 배경을 추적해보고, 우리들이 느끼는 자격지심의 실체를 찾아보자.

유의 출신 배경에는 제례 문화가 있다. 유는 바로 제례를 총괄하고 집행하는 인물로 일종의 정치적 분위기마저 주술적으로 통제하는 존재였다. 그런데 기록을 살펴보면 이 글자는 은나라 때에는 아직 없었다. 문자의 등장이란 새로운 사회적 필요를 반영하는 것으로 은나라 때에는 없던 유라는 글자가 주나라 이후에 등장한 것은 새로운 사회적 필요가 주나라 이후에 생겼다는 것을 의미한다.

유라는 글자를 뜯어보면 우리는 재미있는 현상을 하나 발견하게 된다. 분석을 보자.

儒=사람 亻(인)+필요 需(수)

고대 한자에 '亻'이 붙어 있는 경우는 해당 문자가 '사람'임을 밝히는 의미만 있는 것은 아니다. '亻'의 첨가 의미는 이 문자가 구체적으로 남성이며 성인이고, 또한 사회적 신분이 만만치 않음을 암시한다. 이번에는 需(수)를 보자. 두 덩이로 되어 있으니 다시 쪼개볼 필요가 있다. 흔히 푸는 방식으로 음과 훈을 쓰면 이런 모습이 된다.

需=비 雨(우)+말미암을 而(이)

비와 말미암을? 전혀 어울리지 않는 이 두 문자의 결합은 무엇을 의미하는 것일까?

한자의 자형 풀이는 일반적으로 진행되고 있는 뜻풀이

방법 중의 하나다. 그러나 그것은 고도의 전문 지식을 배경으로 진행해야 하는 전문가의 영역이다. 하지만 누구나 한번쯤은 시도해보게 마련으로 해석이 즐거울수록 권위 있는 해석으로 통하기도 한다. 우리 사회에서는. 하지만 내용을 들여다보면 엉터리 투성이다. 우리나라 한자 교육의 맹점 가운데 하나가 바로 이런 글자 풀이의 남용으로 인한 잘못된 지식의 지속적 전수다.

아무튼 '비와 말미암을'에서 '말미암을'의 풀이는 다소의 오해가 곁들여진 것이다. 즉 '而'의 자형은 흔히 턱수염의 모습으로 보기도 한다. 위 '一'을 오목한 곡선으로 만든다면 턱의 곡선을 연상시킬 수 있다. 그리고 죽죽 늘어진 수염. 그러나 글자의 원형을 보면, 이것은 서 있는 사내의 모습이 변형된 것이다.

종합해보면 '儒'는 '성인 남자+비+성인 남자'의 구성 요소를 담고 있다. 여기서 우리의 눈길을 끄는 것은 '비'다. 한자는 기본적으로 깊은 문화적 내면 세계를 고도의 축약을 통해 상징하고 있는 심벌이다. 따라서 이들 한자를 풀어내려고 할 때에는 그 글자가 지닌 문화적 상징의 문제를 언제나 우선적이고도 깊이 있게 고려해야 한다.

'비'는 고대의 농업 문화에서 없어서는 안 될 존재다. 그 가장 중요한 자연현상을 관리하는 성인 남자. 자연 현상을 관리한다니? 신이 아닌 인간이 어떻게 관리할 수 있단 말인가? 그렇다. 바로 무당이다.

유란 바로 농업 사회가 너무도 소중하게 다루어야 하는 '비'를 부르고 멈추게 하는 존재였다. 이 유는 정치적으로는 왕에게 종속되어 있었다. 그러나 왕의 명령을 수행하는 하수인이 아닌 왕의 정치적 고민을 주술적으로 해결해주는 해결사였다.

정리하면 유는 은나라 출신의 무당 집단들로 주나라의 제례 문화를 관장하게 되었는데, 그들의 하는 일 중 농업과 관련이 깊은 '비'를 들어 문자의 상징으로 삼았던 것이다. 때문에 유는 또한 고대의 관리와 행정을 담당하는 일종의 공무원들로도 볼 수 있는 것이다.

이른바 빅딜 끝에 얻어낸 고용 승계라고나 할까. 뭐 그런 일이 기원전 1111년에 일어났던 것이다. 주나라에서 자리를 얻은 이 유들이 맨 먼저 착수한 일은 주나라의 족보를 체계화하는 일이었다.

족보의 체계화는 얼핏 보면 은나라의 조상 숭배의 정치적 이용과 동일한 것으로 볼 수 있지만 조금 다른 점이 있다. 지나친 자기 조상의 권위 강화가 타 부족의 불만을 일으켰고 마침내 정권 붕괴로 치달은 것을 깨달은 은나라 출신 유들은 이번에는 보완책을 마련했다. 그들은 제례 대상을 두 가지로 나누는 이원화 정책을 펼쳤다. 즉 왕실 내부적으로는 주나라의 왕통 족보를 다시 다듬었고, 외부적으로는 타 부족과 공통으로 숭배할 수 있는 존재인 '하늘', 즉 '天(천)'을 대체의 절대신(High God)으로 제시했다.

즉 이 '천'의 개념은 은나라 때 조갑에 의해 사라진 지약 300년 만에 다시 주나라에 의해서 등장한 것으로, 이 사실은 주나라 때의 청동기인 '大盂鼎(대우정)'에 쓰인 문장을 통해 확인된다. 조금 어렵지만 유교 문화의 뿌리를 이해하는 데 꼭 필요한 문장이니 잠깐 소개한다.

"주나라의 위대한 문왕이 하늘의 커다란 천명을 받았다"(不顯文王, 受天有大命 ― 불현문왕, 수천유대명)

주나라에 의해, 실제적으로는 주나라의 통치를 위해 머리를 빌려준 은나라 출신의 유 집단에 의해 컴백한 '하늘'은 그 후 동양인의 머릿속에 초월적 존재자로 자리 잡는다. 동양 문화 속의 '하늘'은 이처럼 출발부터 대단히 정치적이었고 낭만적이기까지 했다.

당시 유 집단이 만들어낸 주나라의 정통성은 대충 이런 것이었다. 즉 타 부족을 포함한 모든 종족들의 토템이나 조상신을 초월하는 존재자가 '하늘'인데, 유일하게 주나라의 왕만이 '하늘'의 아들이라는 것이었다. 이게 바로 天子(천자)다.

천자는 따라서 정치적 존재인 동시에 종교적 존재였다. 수시로 신분을 바꾸어가며 권위를 지켜나갈 수 있는 길이 트인 것이다. 동양 정치의 검은 그림자인 통치자의 카리스마, 혹은 쉽사리 법을 유린해버릴 수 있는 초법적 권한 행사의 문화적 면죄부가 바로 이때 주어진 것이다. 때문에 시간은 많이 흘렀지만 이 천자의 정치문화를 극복하지 못했기 때문에 한국과 중국, 그리고 메이지유신 이전까지의 일본의 정치가들의 '준법정신'은 낙제점을 면치 못하고 있는 것이다.

어쨌든 초월자의 아들인 천자는 자신들의 아들을 각 지역의 정치 책임자로 보냈는데, 이것이 바로 지역의 제후들이다. 즉 천자와 제후의 통치 체제는 근본적으로 혈친 관계를 이루고 있는 것이다. 이것이 바로 주나라 때의 宗法(종법) 정치로 후일 동양사회의 뿌리 깊은 혈연주의의 시발이 된다.

그런데 문제가 하나 발생했다. 그것은 보내야 할 정치 책임자는 많은데 한 여자에게서 낳는 남자의 수는 너무 적다는 것이었다. 이러한 정치적 현안을 해결하기 위해 만들어진 것이 바로 축첩 제도였고 남존여비 사상이었다.

3,000년 가까이 여성의 삶을 왜곡의 현장으로 몰아넣는 결과를 부른 시발은 몇몇 유들의 비굴한 처세가 불러온 것이었다. 목숨을 연명하기 위해 주나라 왕실에 바친 잔머리의 결과치고는 너무도 처참한 결과였다. 하지만 당시로서는 새로운 시대에 걸맞은 멋진 통치 이데올로기였으리라. 전두환, 노태우의 쿠데타 이후 서로의 잔머리를 바쳐가며 빵을 구걸하던 우리 사회의 지식인들, 그러나 그 후유증은 자신들이 얻은 조그만 빵조각에 비하면 너무도 큰 것이 아니었던가?

유에 대한 이야기를 이렇듯 상세하게 한 이유는 공자가

바로 이들 유 집단의 이데올로기를 정통으로 받아들인 인물이었기 때문이다. 그러면 왜 공자는 이들 유 집단의 이데올로기를 받아들였을까? 공자(기원전 551~479)는 종법 정치가 중국 중원에 뿌리를 깊게 내린 시기에 태어났다.

그의 출신 성분을 먼저 살펴보자.

공자는 산동 지역의 魯(노)나라에서 태어났다. 노나라는 예로부터 생선 요리가 유명했던 지역으로 魯라는 글자는 생선이 그릇 위에서 익고 있는 형태의 문자다. 공자의 아들이 태어났을 때도 누군가 잉어를 선물했는데, 기분이 좋았던 공자는 아들 이름을 '리(鯉잉어 리)'라고 지었다.

이 지역에는 청춘 남녀의 집단 미팅 습속이 고대부터 있었는데, 들판에서 벌어지기 때문에 사마천의 《사기》에서는 이를 '야합'이라고 불렀다. 어쨌든 이 난장판에서 공자의 어머니는 한 사내를 만났고 공자를 얻었다. 낳고 보니 머리가 심한 짱구인지라 이름을 울퉁불퉁한 언덕이라는 뜻의 구(丘)로 붙였다. 그러나 웬일인지 어머니는 아버지에 관해 끝내 함구했고 심지어 무덤도 가르쳐주지 않았다.

그는 처음에는 벼슬이 신통치 않았으나 선천적으로 예리한 관찰력을 지녔던 듯하다. 그는 사람들을 관찰했고, 특히 각 제후국을 다니면서 주나라의 종법 제도와 제례 문화에 대한 강연을 많이 했다. 그러나 그의 학문 세계는 그다지 깊어 보이지 않는다. 기록들을 가만히 분석해보면 인간관계나 제례 등에 대해서는 나름의 견해가 있었으나 역사적 안목이나 지리 등에 대한 상식은 거의 없었던 것처럼 보인다.

어쨌든 그는 주나라의 종법 제도에 크게 심취해 있었고 이를 제자들에게 집중적으로 가르쳤다. 주나라의 종법 제도를 가르치면서 그는 주나라의 종법 제도가 완벽한 것임을 강조하기 위해 은나라의 모든 역사적, 정치적 사건들을 점차 미화하기 시작했다. 《효경》에서 공자가 그의 제자 증자에게 건네는 과거 미화론을 들어보자.

"옛 왕들은 모두 진실하고 정직함으로 나라를 다스렸다. 백성들은 언제나 화목했고, 관리와도 아무런 원한이 없었는데 너는 이 사실을 알고 있느냐?"

왜 공자는 이런 엉뚱한 말을 했을까? 그는 정말로 이렇게 믿고 있었을까? 그런 것 같지는 않다. 필자가 보기에 공자의 이런 표현은 다분히 의도적이었다. 즉 도덕적 기준을 만들면서 검증이 불가능한 과거의 인물을 내세워 논쟁의 싹을 처음부터 잘라버리고자 했기 때문이었던 것 같다. 성인(聖人)으로 불리는 이 검증 불가능한 인물들의 가치, 즉 존재하지 않는 허구 속의 가치를 공자는 열심히 전파했던 것이다.

과거 속에 존재하는 허구의 가치 추구, 여기에는 인간 자유의지의 발휘를 본질적으로 가로막는 두 개의 위험한 요인이 숨어 있다.

미국의 인류학자인 클리포드 기어츠는 수많은 문화 현

상을 해석하면서 마침내 이런 결론을 내렸다.

"인간은 의미를 추구하는 동물이며, 스스로 얽은 그 의미의 그물에 구속되는 동물이다."

이 말에 비추어볼 때, 허구의 가치, 왜곡된 가치를 추구했고 심지어 이를 제자들에게 강요했던 공자는 대단히 위험한 인물이 되고 만다. 동양사회의 스승은커녕 동양사회 전체를 거짓과 왜곡으로 끌어들인 장본인이 될 수도 있는 순간이다.

본질적으로 존재하지 않는 의미를 찾기 위해 공자의 제자들 모두는 과거 속으로 빠져들어가야 했으며, 모든 역사적 사실들을 왜곡하고 미화하지 않으면 안 되게 되었다. 그리고 그 과거의 그물에 스스로를 구속하는 상태에 빠지게 되고 말았다. 이제 '과거'는 시간 속의 과거가 아닌 삶의 의미를 결정지을 수 있는 가치적으로 대단히 '위험한 과거'가 되고 만 것이다. 그런데 슬픈 일은 공자의 제자들이 문헌에 나오는 3,000명뿐 아니라 오늘날 유교문화의 입김에서 벗어나지 못하고 있는 우리들 모두를 지칭한다는 점이다.

하지만 문제는 여기서 끝나지 않는다. 당시로서는 별볼일 없어 보이는 공자의 이런 교훈 몇 마디는 참으로 기막힌 반전을 통해 동양사회의 주류 이데올로기로 자리하고 인간을 속박하게 된다.

우리는 영원한 중국의 속국인가

유교만이 최고의 진리이기 때문에 더 이상 다른 것은 배울 필요도 생각할 필요도 없다는 선언과 함께 유교를 제외한 모든 사상은 사라져버리고 말았다. 요즘말로 하면 언론에 대한 기술적 통제다. 유교의 가르침이란 무엇인가? 바로 공자의 교훈이다. 공자의 가르침이란 무엇인가? 요약하면 '과거 무결점주의' '조상 숭배' '수직 윤리' '인과 의' 등인데, 동중서는 이 중에서 '인과 의'에 대한 교훈은 완전히 들러리로만 써먹었다.

한국은 2,000년 전에 태어난 중국 한나라의 속국이다. 적어도 문화적으로 볼 때는. 때론 잘 모르고, 때론 스스로 원하는 사람들에 의해서 이 문화적 속국은 오늘도 계승되고 있다.

중국인들은 중국 문화의 원류를 말할 때는 언제나 漢(한)을 들어 말하고 있다. 한자(漢字)가 그렇고 중국어를 뜻하는 한어(漢語)가 그렇고, 지식인들 사이에서 은근히 만들어지고 있는 단어 한혼(漢魂)이 그렇다. '한혼'이란 일부 중국 지식인들이 즐겨 사용하는 표현으로 '중국인의 정신'과 같은 말이다. 그런데 '우리 것'으로 알고 있던 문화의 깊은 곳 여기저기에는 이른바 '한혼'이 그을음처럼 달라붙어 있다. 그것은 긴 시간 동안 유교의 뒤에 숨어서 우리들의 마음과 생각과 생활 속에서 암처럼 성장해왔다. 이제 그것을 한 번쯤 들추어내도 되지 않을까 싶다.

왜 긴 중국 역사 속에 부침한 수많은 나라들 속에서 유독 한나라가 중국의 정신을 대표하는 것이 되었고 이웃 나라들까지 문화적으로 집어삼키는 힘을 갖게 되었을까? 여기에는 강력한 힘과 위장된 도덕의 묘한 타협이 숨겨져 있다. 바로 한나라의 정치적 역량과 유교의 통치 기술이 만든 희대의 사기극이 그것이다.

긴 춘추전국의 혼란을 마감한 인물은 진시황이었다. 하지만 진시황의 통치는 불과 26년이라는 짧은 시간에 끝을 맺고 말았다. 바로 한나라의 유방에 의해서 무너져내린 것이다.

천하를 통일한 유방은 두려울 것이 없었다. 그는 모든 글쟁이들을 우습게 여겼다. 오만방자하기 이를 데 없었다. 그러나 전쟁과 통치는 다른 법, 그의 브레인들은 "말을 타고 천하를 얻을 수는 있어도 천하를 다스릴 수는 없다."는 간언을 하며 그를 타일렀지만 그는 별로 귀를 기울이지 않았다. 타고난 성질대로 나라를 통치했다. 때문에 유방이 통치하던 한나라 초기는 노장 사상이 기승을 부렸고, 나라는 무척 어수선한 분위기였다.

그러나 한무제가 등극하면서 상황은 달라지기 시작했다. 창업보다 수성이 더 어려운 것임을 직감한 한무제는 천하에 영을 내려 이른바 '대책'을 구했다. 이때가 기원전 134년으로, 나름의 국가 마스터플랜을 제출한 전국의 재사들만도 100명이 넘었다 한다. 이 수많은 재사들의 '대책' 중에서 한무제의 눈길을 끄는 인물과 '대책'이 하나 있었다. 바로 얼굴이 동그마하고 콧수염과 턱수염이 삐죽한 나이 예순넷의 동중서라는 인물과 그가 제시한 '대일통(大一統)'론이었다.

한무제는 이 '대일통'론에 홀딱 빠져버렸다. 그것은 중앙 집권의 강화와 불필요한 사상 논쟁을 금지하는 내용이었기 때문이다. 통치권자의 입맛에 더없이 맞는 대책이요 상책이었다.

동중서의 '대일통'론은 노회하기 이를 데 없는 출세용 작품이었다. 통치자의 취향을 잘 분석한 후 거기에 맞는 정책을 내놓아 출세하는 학자들의 전형적인 처세술의 결과였다. 학문은 정치를 만나 권위를 더해가고 정치는 학문을 통해 거칠고 사나운 모습을 포장하게 되는 그렇고 그런 '빅딜'이 한무제와 동중서 사이에 진행되었다. 영국의 젊은 수상 토니 블레어의 브레인이 되면서 몸값이 높아지는 《제3의 길》의 저자 앤터니 기든스 비슷한 상황이 벌어진 것이다. 하지만 비판과 정치적 사회적 안전장치가 없었던 시대에 벌어진 한무제와 동중서의 짝짜꿍은 심각한 후유증을 남기게 된다.

'대일통'은 정치와 사상 두 부분으로 나뉘어 전개되는

데, 특히 사상 부분에 주안점을 두고 전개된다. 왜냐하면 황제의 정치적 권한 강화와 중앙 집권 강화를 위한 나름의 이론 근거가 바로 사상 부분이었기 때문이다. 동중서의 논리는 사실 간략했다.

"천자는 하늘로부터 명을 받았다. 때문에 제후는 천자로부터 명을 받아야 한다. 또 신하는 통치자로부터 명을 받아야 한다. 마찬가지로 아들은 아버지로부터 명을 받아야 하고, 아내는 남편으로부터 명을 받아야 한다. 따라서 명을 받고 위를 섬기는 자들이 실제적으로 섬기는 것은 하늘이다."

이 글을 읽고 나름의 매력을 느끼는 사람은 '윗대가리'나 '사내'들일 거고 쪼끔 열을 받는 사람은 '아랫것들' 그리고 좀더 열을 받는 사람들은 '여자'들이 아닐까 싶다. 도대체 이건 누구를 위해 울리는 종인가?

각각의 상하 관계(평등은 처음부터 없다)는 서로 다르지만 하늘을 섬기게 되는 원리는 동일하다는 것이 바로 '대일통'의 논지다. 즉 크게 볼 때는 모두 하나로 모아진다는 것이다. 그는 또 천명을 받들고 천자를 중심으로 하늘의 뜻을 받들기 위해서는 유교의 교훈 외에는 어떤 것도 가르쳐서는 안 되고 논의를 해서도 안 된다는 주장을 폈다.

유교만이 최고의 진리이기 때문에 더 이상 다른 것은 배울 필요도 생각할 필요도 없다는 선언과 함께 유교를 제외한 모든 사상은 사라져버리고 말았다. 요즘말로 하면 언론에 대한 기술적 통제다.

유교의 가르침이란 무엇인가? 바로 공자의 교훈이다.
공자의 가르침이란 무엇인가? 요약하면 '과거 무결점주
의' '조상 숭배' '수직 윤리' '인과 의' 등인데, 동중서는
이 중에서 '인과 의'에 대한 교훈은 완전히 들러리로만 써
먹었다. 왜냐하면 그는 공자 교훈의 실패가 어디에 있었
는지 너무도 잘 알고 있었기 때문이다. 즉, 춘추전국시대
의 역사를 공부하면서 공자가 이야기했던 '인과 의' 따위
는 현실 정치에 전혀 걸맞지 않는 것이었음을 잘 알고 있
었다.

특히 진시황이 중국을 통일하기 직전인 전국시대 말기
의 유학자인 순자의 실패는 그로 하여금 무엇을 선택해
야 할지를 분명하게 웅변해주었다. 순자의 수제자였던 이
사와 한비자 역시 유교를 버리고 법가로 돌아섰던 기억은
당시 동중서의 뇌리에 너무도 생생하게 남아 있었다.

때문에 동중서는 공자의 유교를 끌어들이되 몇 가지
보완과 수정을 가했다. 그는 주나라 때부터 성행한 정치
적 존재 '하늘'과 공자의 '과거 숭배' '제례 문화' 등의 토
대 위에 주술적 분위기를 첨가했다. 즉, 통치에 적합한
'수직 윤리' '조상 숭배' 등은 천명사상과 믹스해 써먹되
'인과 의'의 교훈은 대 국민 순화용으로만 이용했다. 동시
에 그는 몇 가지 주술적 분위기를 첨가해 정치에 힘을 더
했다. 그것은 바로 흔히 '오행설'로 불리는 주술적 우주관

이었다.

그는 우주의 모든 존재를 다음과 같은 10개로 단순화시켰다.

하늘, 땅, 사람.

음, 양.

금속, 나무, 물, 불, 흙.

이 10개 원소설의 오리지널 명칭은 10端(단)이다. 그리고 금속, 나무, 물, 불, 흙의 다섯 가지만을 강조해서 말할 때는 오행설이라고 부른다.

동중서는 이 10가지 원소들이 서로 상호작용을 하면서 인간 세계에 화와 복을 만들게 되는데, 그 화와 복은 전적으로 인간의 하늘에 대한 태도 여하에 달려 있다고 주장했다. 즉 인간이 하늘에 잘못하게 되면 음과 양, 그리고 오행의 요소들이 순환하며 우주의 질서를 만들어가다가 엉기면서 재앙을 만들어낸다는 논리다. 그래서 그는 일식과 월식, 지진, 홍수와 가뭄 같은 자연현상을 백성들과 신하들의 행위를 들어 설명했다.

물론 때로는 황제의 행위에 대해서도 언급을 하기는 했지만 그건 완전히 짜고 치는 고스톱이고, 중요한 것은 어디까지나 신하들의 황제에 대한 보필이나 백성의 관리들에 대한 충성 여부였다. 하늘이 인간 행동에 반응을 보인다는 논리이기 때문에 '천인감응설'이라고도 하는 이 동양적 우주론은 사실은 이렇듯 정치에 서비스를 하기 위해 만들어진 일종의 시나리오였던 것이다.

이것은 일종의 희극이다. 이것을 희극이라고 부르는 이유는 당시의 모습이 우스워서만은 아니다. 아직도 이것을 세상만사에 적용해보려는 어리석음들이 있기 때문에 우습다는 것이다. 당시 동중서는 이 10단의 '천인감응설'을 통해 홍수와 가뭄을 막는 방법을 고안해냈는데 대충 이런 것이었다.

"남자는 양에 속하고 여자는 음이다. 비는 음에 속하고 가뭄은 양에 속한다. 가뭄이 오는 것은 양이 지나치게 강하기 때문이니, 여자들은 나와 춤을 춰 음기를 발산해야 한다. 이때 남자들은 숨어야 한다. 반대로 비가 많이 오면 여자들은 숨고 남자들이 나와 활동을 해야 한다."

호기심 있는 분들은 한번 길거리에서 날씨에 따라 춤을 춰보기 바란다. 이런 황당한 '이론'에 대해, 당시 유학자들에 의해 이단 중의 이단으로 불리던 왕충이란 학자는 이런 말을 했다.

"비가 오다보면 그치는 법이고, 오래 가물다보면 비가 오는 거지 뭐!"

그가 왜 이단이 됐는지 알 만하지 않은가? 그러고 보면 유교 사회 속에서의 이단이란 바로 합리주의와 동일어가 되기도 한다. 어쨌든 이런 독설 때문에 그는 평생을 불우하게 지냈다. 역시 진실은 함부로 떠들어낼 일이 아니다.

이렇듯 유교는 한나라 동중서에 이르러 정치력을 얻으며 동양 문화의 주류로 자리하게 되었다. 역사를 보면 정치에 머리 숙인 철학은 언제나 그 시대의 주류로 자리매김하곤 했다. 그리고 그 정치력에 힘입어 철학은 그 시대의 문화적 속성을 결정짓는 주류가 되곤 했다.

특히 인간들은 가치를 추구하며, 주어진 가치를 토대로 자신에게 동기를 부여하는 동물군이기 때문에 집단이 원하는 일정한 행동과 보조를 맞추려는 속성이 있다. 이 속성이 바로 일반적인 '집단의 인격 유형'으로 발전하곤 한다.

우리 문화 속에 남아 있는 정치의 횡포, 그 횡포는 바로 '민심은 천심'이라는 논리를 통해 변죄부가 주어졌기 때문에 가능한 억지들이다. '민심은 천심'의 논리 속에 숨은 선거의 교묘하고 더러운 과정을 떠올려보자. 민심을 통해 확인된 천심을 부여받은 '정치인'이 다소 '법'을 조금 뛰어넘는 권한을 행사하는 것은 그래서 용서되어야 하는 것일까? 그리고 그 정치 앞에 고개 숙이는 학자들의 허연 머리 조아리기는 그래서 눈감아져야 하는 것일까?

그리고 우리 사회에 만연해 있는 수많은 동중서적인 '우주 해석론'들. 당시 동중서의 인식 범위가 오늘날 과학이 구축해놓은 세계마저 뛰어넘을 만큼 위대한 것이었을까? 다섯 가지 물질의 순환 논리가 우주의 깊이와 높이와 길이를 재단할 수 있을 만큼 오묘한 것일까?

이 글의 맨 처음 내용을 상기해보자. 우리는 한나라의 영원한 문화적 속국이라는 말을. 아니 말을 조금 바꾸어야겠다. 우리는 어쩌면 동중서의 정신적 노예들일지도 모른다고 말이다. 지금도 동중서는 당신의 머릿속으로 들어가 있다.

주자학, 그 위대한 사기극

나는 우리 사회 병폐의 원인을 유교에서 찾았고, 그중에서도 주자학을 주범으로 지목했다. 그리고 그의 여러 담론과 책들을 읽어보았다. …… 잘못된 출발, 정적을 죽음으로 몰아넣는 이 비열한 싸움, 당쟁으로 불리는 싸움의 시작은 처음부터 예고된 것이나 다름없었다. 그리고 그 파국의 그림자가 지금껏 길게 드리워져 있다.

미국의 저명한 무대 디자이너인 패트리샤는 자신의 창조적 활동의 비결을 묻는 질문에 이렇게 답했다.

"인간의 비전이란 칠판과 같죠. 한번 줄이 그어지면 여간해서 지워지지 않습니다. 저는 유사한 것을 미리 보지 않습니다."

유교가 우리나라에 소개된 것은 삼국시대부터였지만, 그것이 국가의 지도이념으로 자리 잡고 사회제도를 지배하기 시작한 것은 조선의 건국과 더불어였다. 유학의 한 갈래인 주자학은 조선 500년은 물론 우리의 근현대사에서 막강한 영향력을 행사해왔다.

조선이라는 칠판에 한번 그어진 주자학은 결코 지워지

지 않았고, 지우개로 지우면 지울수록 더욱더 지저분해지고 말았다. 후대의 중국 학자들조차도 "윤리와 과학을 혼란스럽도록 뒤섞어놓은 사상"으로 평가하는 주자학은 정치적 필요에 의해 조선 왕조의 기틀로 자리매김되면서 커다란 재앙을 잉태하게 된다.

정권이 새로 세워지면 자천 타천의 인물들이 권력자 주변에 들끓는 법. 태조 이성계 주변도 예외는 아니었다. 이성계 주변을 맴돌던 인물들 중, 정치적 야심과 두뇌를 갖춘 인물이 하나 있었으니 그의 이름은 정도전(?~1398)이었다. 당시 전국의 학자들은 고려 충렬왕 때 수입된 주자학을 놓고 명륜당에 모여 활발한 논의를 벌였는데, 정도전은 성균 박사, 태상 박사에 임명되어 주자학의 토론을 실질적으로 이끌었다.

주자학적 이상사회를 실천하려던 정도전은 고려 말기 흔들리는 사회 속에서 힘을 보유하고 있던 이성계를 자신의 정치적 포부를 현실로 바꾸어줄 수 있는 인물로 점찍었다. 그는 이성계를 만나기 위해 갖은 노력을 기울인 끝에 드디어 함주까지 따라가 그의 막료가 된다. 1383년의 일이다. 이때는 아직 이성계가 왕이 되기 전이었는데, 그는 이성계 앞에서 자신이 장차 이성계의 오른팔이 될 것을 암시하는 시를 써서 바치기도 했다. 이때부터 정도전은 이성계의 가려운 곳을 주자학을 가지고 긁어주게 된다.

주자학(한국과 일본에서는 주자학(朱子學)이라고 하지만, 중국에서는 주로 이학(理學)이라 부른다)은 주자(1130~1200)가 공자, 맹자의 유교를 자기 나름대로 해석한 논리체계로 송대에 만들어졌기 때문에 송학이라고도 하고, 공자, 맹자의 유교를 새롭게 해석했기 때문에 신유학이라고도 불린다. 주자학이 무엇인가에 대해서는 잠시 후에 설명하기로 하고 우선은 정도전의 놀라운 정치적 수완에 대해 좀 더 이야기해보자.

정도전은 이성계의 세력 강화를 위해 두 가지 일에 착수했다. 하나는 당시 고려 귀족들의 정신을 지배하고 있던 불교를 몰아내는 일이었다. 그는 주자학적 입장에서 모든 이단을 배척하려는 사명감마저 느끼고 있었다. 특히 그는 고려 말 불교가 지니고 있던 예언이나 참언들을 공박하면서 불교 대신에 주자학을 대체 윤리로 삼을 것을 주장했다. 이것은 얼핏 보기에 사상적 논쟁처럼 보이지만 사실은 정치적 힘겨루기의 성격이 강했다. 즉 그는 초기에는 주자학적인 측면에서 불교를 배척하였지만 이성계와 가까워지면서부터는 고려 말기의 세력가들의 힘을 약화시키기 위해 그들의 사상적 기반을 공격했던 것이다.

또 다른 이유는 불교가 가져온 왕권 약화 현상을 보면서 그는 더 확고한 정치적 안전장치가 필요함을 느끼고 있었다. 그런데 고맙게도 주자학에는 절대 왕권의 논리가 있었다. 이건 이성계로서도 무척 마음에 드는 점이었다. 정도전은 먼저 다음과 같은 논리로 왕권 강화와 동시에 자신의 입지를 확고히 했다.

"군주는 하늘을 대리하여 통치하며, 군주가 치정을 하는 데 있어서는 관리를 두고 직무를 나눈다."

또 그는 조선이 한양으로 천도할 때(1393년) 궁궐과 종묘의 위치를 지정해주고, 경복궁과 각 궁전 및 궁문의 칭호, 8대문 등의 명칭을 만들었다. 그리고 중국의 경서와 주자학의 논리를 토대로 《조선경국전》(이것이 나중에 《조선경국대전》으로 정리된다)을 만들어 조선 왕조 법제의 기틀을 세우게 된다.

이성계로 봐서는 대단히 다행스러운 이 거대한 작업은 차라리 없었어야 했던 것들이었다. 이성계의 왕위 등극이 지금에 와서 보면 후회스러운 것이었던 만큼 정도전의 정치적 야심이 불러들인 주자학 역시 후회스럽기 그지없는 것이다.

많은 학자들이 분석하듯이 주자학은 공자, 맹자가 말했던 순진한 윤리적 메시지가 아니었다. 그것은 과학적 검증도, 열린 토론도 거치지 않은 한 사나이의 깊은 사유가 만들어낸 불완전한 우주론적 에세이에 불과한 것이었다.

그것은 근본적으로 우주를 담론의 대상으로 하는 도가적 발상에 불과할 뿐 더 이상의 우주적 통찰도 철학적 성찰도 아니었다. 이것은 주자학을 신봉하고 연구하며 500년을 보낸 조선시대의 불행했던 역사가 알려주는 우울한 결론이기도 하다.

'윤리와 과학을 혼란스럽도록 뒤섞어놓은 사상'인 주자학의 내용을 단순화시키면 이런 말이 된다.

"우주는 어떤 특정한 힘에 의해 논리적으로 움직인다. 인간은 그 특정한 힘이 만든 존재다. 따라서 인간에게는 그 특정한 힘이 지니고 있는 특정한 논리가 내재되어 있다."

그런데 주자는 자신이 이 논리의 체계를 알아냈다는 것이었다. 우리가 흔히 말하는 태극이며, 음양이며, 이(理)며, 기(氣)며 하는 따위의 것들이 모두 주자에 의해 다시 해석되었다. 그리고 그것은 아직도 우리 사회에서 사용되고 있기도 하다. 즉, '어떤 특정한 힘'은 태극이며, '논리적으로 움직이는 상황'은 음과 양이 서로 순환한다는 설명과 동일한 의미다. 그리고 '인간에게 내재하는 특정한 논리'를 풀어내겠다는 것이 바로 점술이다. 다소 지나치게 간소화한 느낌이 없진 않지만 그렇다고 틀린 점도 별로 없을 것이다. 현란한 수식어가 없을 뿐이다.

그런데 만일에 주자의 논리가 절대적이고 분명하다면, 이 위대한 논리를 기반으로 출발한 조선의 역사는 아름다웠어야 했다. 그러나 사실은 어떠했는가? 500년 동안, 주변의 나라들이 새로운 생각과 행동으로 숨 가쁘게 발전해 가고 있는 상황에서 우주의 이치는커녕 자신들의 운명조차 제대로 헤아리지 못했던 논리와 점술들, 그것이 정말 논리이고 점술이었을까? 앞에서 주자학이 불안전한 우주론적 에세이에 불과하다고 말한 이유가 바로 여기에 있다.

나는 누구일까, 우주는 무엇일까라는 질문에 답을 하고 싶었던 주자라는 한 사나이의 고민에는 동조하고 싶은 생각이 없진 않지만, 그것을 절대의 '진리'로 숭상하며 모든 토론과 비판을 원천봉쇄한 정도전과 그 뒤를 잇는 수많은 조선의 유학자들과는 별로 친구하고 싶은 생각이 없다.

앞서도 언급했지만 나는 우리 사회 병폐의 원인을 유교에서 찾았고, 그중에서도 주자학을 주범으로 지목했다. 나는 그의 여러 담론과 책들을 읽어보았다. 하지만 주자가 살았던 깊은 산수(지금도 교통이 불편)와 그가 살았던 남송의 역사를 살펴보면서 나는 그의 우주론적 에세이에 담긴 조금은 서글픈 한 사내의 고독과 우울을 알게 되었다.

주자는 중국 양쯔 강 남쪽에 있는 쨩시 성 우이산(푸지엔 성 경계선)에 거주하고 있었다. 그는 그곳에 집을 짓고 자신을 찾는 제자들에게 자신의 우주론과 《논어》《맹자》《중용》《대학》《시경》《주역》 등에 대한 자신의 인식을 이야기했다. 또 때로는 시도 쓰고 글도 썼다. 또 자신의 생각들을 이 책들에 주석으로 달기도 했다.

그런데 쨩시 성을 하늘에서 내려다보면, 북쪽의 베이징에서부터 양쯔 강까지 평평하던 땅들이 쨩시에 도달하면 갑자기 날카로운 삼각형으로 일어난다. 그러고는 수많은 산들을 만들어낸다. 어느 해인가 상하이에서 남쪽 광저우로 가는 비행기 창밖을 내다보면서 알게 된 쨩시의 모습

이었다. 깊고 깊은 숲과 물이 지속되는 짱시는 중국에서
도 역대로 가장 가난하고 숲이 깊은 지역이다.

주자는 왜 이런 깊은 곳으로 내려와 있었을까? 그것은
바로 중원(황허와 양쯔 강 사이)에 거주하던 송나라가 여진
족인 금나라에게 땅을 빼앗기면서 지세가 험한 그곳으로
숨어온 까닭이었다. 따라서 송나라의 최대 이슈는 오랑캐
를 몰아내고 정통의 왕업을 잇는 것이었다. 그것이 바로
존왕양이(尊王攘夷: 왕통을 잇고 오랑캐를 몰아낸다)로, 이런
특성 때문에 주자학을 송학이라고도 부르는 것이다.

정치적 좌절, 깊은 산, 지금도 밤이면 별들이 폭포처럼
쏟아지는 중국의 내륙 지역, 이곳에서 사색에 익숙한 사
내 주자는 무엇을 했을까? 그는 이런 독백을 하고 있다.

"맑고 높은 기를 받은 사람은 귀한 사람이 되고, 맑고
두터운 기를 받은 사람은 부자가 된다. 그러나 약하고 얇
으며 흐린 기를 받은 사람은 어리석고 불초한 사람이 되
고, 가난하고 비천한 사람이 되며 일찍 죽게 된다."

너무도 허망하다. 한 사내의 한밤중의 사색이 만든 에
세이 몇 편을 두고 우리는 조선 500년 동안 허송세월을
했던 것이다. 그가 주해를 달았던 경서들을 가만히 보노
라면 이러한 자신의 공상을 경서에 '덮어쓰기' 한 냄새가
물씬하다.

스스로 땅을 보고, 물을 보고, 사람을 보고, 세계를 보
았어야 했을 세월을 그렇게 허송세월로 다 날려버리고 만

것이었다. 한 사나이가 만들어낸 잘못된 공식을 붙들고 500년이나 한반도의 문제와 삶을 풀어본 것이었다. 그리고 그 500년 만에 얻은 결론은 '나라가 망한다'였다.

《로마인 이야기》를 통해 우리 사회 평범한 상식인들의 지적 호기심을 자극한 시오노 나나미. 석사도 박사도 아닌 그녀의 시선과 통찰력은 진정한 배움이 학교를 넘어선 곳에 있음을 잘 보여주고 있다. 그녀의 글 중에서 나는 《나의 친구 마키아벨리》를 제일 좋아한다. 허공에 달린 이상과 현실이란 두 줄을 냉혹한 균형으로 밟고 서 있는 마키아벨리, 그는 왜 마키아벨리가 되었을까? 시오노 나나미 역시 이 점이 궁금했던지 책의 첫머리를 이렇게 열고 있다.

"마키아벨리는 무엇을 보았는가?"

대나무 울타리에 둘러싸인 초가에서 밤마다 별을 보았던 주자. 그는 본 것을 생각했고, 생각한 것을 써냈다. 그도 만일 쩌짱의 항구나 황푸 강변의 상가를 맴돌았다면 마키아벨리가 《군주론》을 써냈듯이 《상인론》이나 《처세론》을 썼을지도 모를 일이다.

주자가 사색하고 나름대로 결론내린 공상적 우주론은 조선 유교의 근본적 뿌리가 되어 어느 누구도 토를 달지 못했고 다른 해석을 달지 못했다. 조금의 이견도 용납되지 못하고 이단으로 치부되고 말았다. 해서 조선의 사내아이들은 걸음마만 끝나면 외우기 시작한 주자의 주해를 죽을 때까지 외워댔다. 심지어 주자는 《시경》이 담고 있는 청춘 남녀를 주제로 한 풍속시를 '음탕한 시'로 규정, 읽지도 못하게 했다. 조선 500년 동안 지식인들의 사유는 주자의 관념 체계 안에 갇혀 한 걸음도 밖으로 나가지 못했다.

그러면 왜 500년 동안 이들은 이렇듯 황폐한 사상을 붙들고 마침내 파멸로 치달았는가? 거기에는 두 가지 이유가 있는 듯하다. 하나는 결론을 얻지 못했기 때문이었다. 그건 당연했다. 가설에 불과한 한 사내의 수상록을 종교로, 진실로 믿으며 분석을 해댔으니 답이 나올 리 만무했다.

다른 하나는 권력을 쥔 사람들의 사상 체계가 철저하게 주자학으로 무장되어 있었기 때문이다. 정도전에 의해 주자학으로 시작된 나라에서 주자학을 비판하는 것은 바로 체제비판 아닌가? 그것은 바로 주류에서 밀려나는 것을 의미하고 잘못 엮이면 삼족이 멸망하는 역적의 누명까지 뒤집어쓸 수 있는 무서운 재앙의 시작이 아닌가? 실제로 수많은 사화들이 유교와 주자학의 해석 논쟁에서 비롯되지 않았는가? 더구나 주자학의 정치적 이슈였던 '존왕양이' 사상은 조선시대 내내 왕실과 사대부들을 지배해 쇄국정책으로 이어졌고, 나라가 망하는 불행을 자초하기에 이르지 않았는가?

도덕이며 우주론은 모두 허황된 이야기였다. 그건 가면에 불과했다. 그들은 그것을 매개로 정적들을 제거하는

데 혈안이 되어 있었다. 어차피 황당한 논리였으니 결론이 날 리가 없었다. 그것은 정도전이 초기에 힘을 기르기 위해 이색, 권근, 정몽주, 우현보 등을 무자비하게 탄핵하면서부터 뿌린 씨앗이 맺은 열매이기도 했다. 그리고 그것은 저 먼 옛날 은나라의 조갑이 자신의 정치적 입지를 위해 조상을 끌어들일 때부터 잉태된 씨앗이었고, 한무제를 위한 동중서의 계략 속에 감추어진 씨앗이었다. 또 자신의 철학적 사유를《논어》《맹자》에 덮어씌운 주자의 영민함과도 맥을 같이 한다.

잘못된 출발, 정적을 죽음으로 몰아넣는 이 비열한 싸움, 당쟁으로 불리는 싸움의 시작은 처음부터 예고된 것이나 다름없었다. 당쟁이 만드는 죽음들은 연극〈어느 무정부주의자의 사고사〉처럼 우아하지도 않았다. 나라의 문을 꽁꽁 걸어 잠그고 벌인 당쟁의 결과는 너무도 엄청났다. 짱시의 깊은 산 속에서 별을 헤며 끼적였던 한 불면증 환자의 에세이가 불러온 파국치고는 너무 비참한 것이었다.

그 파국의 그림자가 지금껏 길게 드리워져 있다.

죽은 박정희가 다스리는 나라

한국인의 뇌리에 각인된 '온고지신'의 '뒤돌아보기 문화'는 미래를 지향하는 우리들의 발목을 수시로 붙잡는다. 뭣 좀 해보려는 젊은이들의 발목을 꽉꽉 틀어잡는다. 도저히 앞으로 나갈 수가 없다.

IMF가 터지기가 무섭게 사회 전반에 박정희 신드롬이 일었다. 근면과 희생과 절약의 미덕 말이다. 문제는 미래 사회로의 진입 실패에 있는데 답은 박대통령의 관 뚜껑을 열어 꺼내고 있었다. 옥중 출마가 아니라 무덤 출마를 해도 대통령 당선이 넉넉할 만큼의 분위기였다. 우리 사회 전반에 드리운 과거 지향의 '옛날 만세' 정서가 다시 한 번 터져 나온 것이다. 한국인들 뇌리 속에 너무도 강렬하게 뿌리내린 '온고지신'의 강박관념이 다시 한 번 설교를 시작한 것이다.

한국인과 중국인은 유난히 역사에 매달린다. 험난한 사건과 문제에 맞닥뜨리기만 하면 바로 과거의 역사 속에서 해답을 찾아보고 비슷한 상황을 꺼내 위안의 말잔치를 풍성하게 차린다. 모든 정답은 과거에 있다는 답답한 문제 해석 의식 때문이다.

"옛것을 익혀 새로운 것을 안다(溫故知新)."

물론 때로 과거를 참고할 필요는 있겠지만 동양인들은 이 논리를 천고 불변의 진리로 못 박아버렸다. 그리고 이를 증명하기 위해 2,000여 년 이상 중국과 한국의 지식인들은 수많은 해석들을, 아니 억지들을 써왔다. 그러고는 새로운 현상이 나올 때마다 낡은 경전을 뒤적였다. 때문에 이 옛것에 맞지 않는 것들은 가치를 부정당했고, 새로운 것을 주장하는 문인, 지식인들은 경전을 펼쳐대는 지식인들에 의해 매장당해 왔다.

새로운 것은 새로운 곳에 있다. 현재보다 낮은 수면에 미래는 존재하지 않는다. 이제까지의 언어를 계속하는 한 새로운 미래는 만들어지지 않는 법. 물론 역사 전체를 부정하겠다는 억지를 부리려는 생각은 아니다. 하지만 동양인들, 그리고 한국인의 뇌리에 각인된 '온고지신'의 '뒤돌아보기 문화'는 미래를 지향하는 우리들의 발목을 수시로 붙잡는다. 뭣 좀 해보려는 젊은이들의 발목을 꽉꽉 틀어잡는다. 도저히 앞으로 나갈 수가 없다.

설사 몇몇 사소한 예를 들어가며 '온고지신'의 타당성을 웅변한다 해도 '온고지신'이 만들어낸 '뒤돌아보기 문화'의 해악에 대해서만은 적절한 변호가 궁색할 것이다.

한자의 기원을 통해볼 때, 조상의 祖(조)라는 글씨는 제단의 상형문인 '示(시)'와 남성 성기를 상형해낸 '且(차)'로 구성되어 있다. 즉 '祖'는 남성 우월의 가부장 제도가 자리 잡기 시작하는 청동기시대 전반부터 형성된 개념으로, 이러한 발생론적 이유 때문에 제사 때는 여성이 제례에 참석하지 못했던 것이다. 그것은 바로 남성들만의 축제이며 남성이 사회의 모든 가치와 재산과 권력을 계승해가고 있다는 사내들만의 은밀한 축제였던 것이다.

이 축제에는 대단히 내밀한 남성 우월의 문화적 설계가 숨겨져 있다. 즉 여성은 제례 음식을 준비하는 과정에서부터 철저하게 보조자로서의 문화적 위치만을 부여받게 된다. 그들의 공간은 마당보다 조금 낮은 부엌(전통적으로 동양의 부엌은 마당보다 낮다)에 국한되며, 그곳에서 자신들의 참석이 허가되지 않을 마루 위의 제례 음식을 만드는 것이다. '남성 우월'과 '어르신네 말씀'을 위한 세밀한 설계다.

이 '뒤돌아보기 문화'가 만든 또 하나의 악습은 주검 숭배 문화, 이른바 독특한 상례 문화다.

한국의 수많은 당쟁들이 바로 이 상례를 중심으로 전개되었음은 새삼스러운 설명이 필요 없을 정도다. 애도의 기간, 상복의 종류, 상례 참가자 등의 결정을 '빌미'로 서로의 정적을 제거하기 위한 긴 음모에 빠져들어간다. 주검을 둘러싼 권력과 돈의 쟁탈전은 지금도 그치지 않고 있다.

주검의 처리는 가족 구성원 사이에서의 자신의 권위와 권력을 확인할 수 있는 훌륭한 기회다. 거기에는 수많은 지식과 정보가 난무하게 마련이다. 주검을 어디에 어떻게 처리할 것인가에 대한 소란은 언제나 상갓집을 더욱 분주하게 만든다. 특히 주검을 주검으로 처리하지 않고 '또 다른 삶의 연장'으로 해석하는 유교의 상례 문화는 주검 치장과 분묘 치장 문화를 만들었다.

주검을 '또 다른 삶의 연장'으로 보는 문화 역시 중국 은나라의 매장 문화에서부터 비롯된다. 은대의 묘지 내부를 위에서 내려다보면 모두 '亞(아)' 자 형태로 되어 있다. 즉 가운데 시체를 두는 곳을 중심으로 동서남북으로 길이 뻗은 형태이다. 주검의 혼백이 떠나갔다가 다시 어느 쪽 길을 통해서든지 돌아올 것이라는 생각에서 비롯된 모습이다. 또 돌아올 것이라는 생각 때문에 주검을 생전의 모습과 동일하게 치장함과 동시에 그의 영혼 복귀를 기원하는 갖가지 장치들을 해놓았다.

그 대표적인 것이 시신의 입안에 옥을 집어넣는 습속이었다. 옥은 고대로부터 영원히 죽지 않는 영물로 여겨져 왔으며, 인간을 부활시킬 수 있는 물체로 간주되었다. 때문에 옥을 시신의 입에 물려놓곤 했는데, 현재는 생략에 생략을 거듭한 끝에 입에 쌀을 퍼넣기도 한다. 뭔가를 집어넣긴 집어넣는데 옥은 비싸고 하니까 대체 상품으로 내놓은 것이 바로 저승길 도시락인 것이다.

이밖에도 수의나 부장품 등의 여러 복잡한 것들이 있는데, 이는 모두 주검 치장 문화에서 비롯된 것으로 우리의 매장 문화를 만든 배경이기도 하다. 동시에 이런 문화적 풍토는 장기 기증이나 이식 수술 같은 몸 나누기 문화, 심지어는 헌혈마저도 쉽지 않게 하는 걸림돌이 되기도 한다.

뿐만 아니라 묘지 안에는 생전에 쓰던 물품들을 비치해두었고 심지어 사람들까지 생매장을 하기도 했다. 이것이 바로 순장이며, 분묘 치장이 극에 달해 '제 정신이 아닌 상태'였다.

특히 공자가 《논어》에서 한 다음과 같은 대목은 분묘 치장 문화를 더욱 부추긴다.

"죽으면 예를 갖추어 장사를 지내고, 또 예를 갖추어 제례를 지내야 한다."

물론 공자는 다음과 같은 말을 통해 호화스런 풍토에 나름의 안전장치를 해놓으려는 시도는 했다.

"예는 사치스러워서는 곤란하며 검소하게 해야 한다. 상례의 경우는 슬퍼하는 마음이 우선되어야 한다."

그러나 그는(언제나 공자의 말에서 느끼는 것이지만) 인간의 욕망과 욕심을 충분히 이해하지 못했다. 너무 느슨한 한두 마디의 선문답 때문에 상황을 더욱 복잡하게 만들어버리고 있다.

결국 이 놈의 '예'는 더욱 화려한 분묘 치장 문화로 발전했고 나중에는 급기야 풍수지리설까지 끌어들이고 만다. 그리고 분묘 치장 문화와 풍수지리설은 묘한 화학적 결합 끝에 묏자리 쟁탈이라는 희한한 풍토를 낳고 말았다. 난다 긴다 하는 정치인들의 적지 않은 수가 묏자리 때문에 구설수에 오르곤 했던 신문의 가십을 떠올려보자. 때문에 현재는 산 사람 살 집도 없는 판에 죽은 사람을 위해 묏자리를 미리 분양받아야 하는 촌극이 어색하지 않은 사회가 되어버렸다.

이 '뒤돌아보기 문화'로 인해 한국인은 오래도록 미래를 보는 눈을 갖지 못했다. 종갓집 맏며느리는 새해가 다가오면 그 해에 지내야 할 제사의 음력 날짜부터 헤아려 달력에 수십 개의 동그라미를 그려 넣는다. 이미 새로운 1년은 과거로 가득 차버리고 내일은 어제의 장례식 기억을 되살리는 데 필요한 시간으로 전락하고 만다. 자신의 인생은 없는 것이다.

또 기껏 미래를 위한 행동이라고 해봐야 묏자리 미리 봐두는 차원에 머물고 있다. 늘 미래를 꿈꾸어도 아름다운 내일을 만들어내기란 쉽지 않은 법이다.

그런데도 구성원 거의 모두가 늘 어제와 과거를 기억하며 살아온 이 사회. 이들이 어지러울 만큼 빠르게 변하고 있는 미래 사회를 올바로 예측하고 적응해갈 수 있기를 바라는 것은 당나귀가 언젠간 귀여운 망아지를 분만하리라는 믿음을 갖는 것만큼이나 순진한 일일지도 모른다.

공자 바이러스

우리들 대부분은 민주주의와 자유 자본주의의 옷을 걸치고 있을 뿐 본질적으로는 3,000년 전 원시 가부장 시대의 의사결정 구조를 조금도 바꾸지 못하고 있는 이 사회의 내면을 올바로 들여다보지 못하고 있다. 때로 민감한 사람 몇몇이 비인간적이고 혐오스러운 분위기를 감지하기도 하지만 그 힘의 실체와 근원이 무엇인지에 대해서는 잘 모르고 있다.

유교 문화의 내부에는 스스로를 붕괴시키는 모순이 내재되어 있다.

유교 문화는 그 자신이 몸담고 있는 사회 자체를 부식시켜 마침내 붕괴에 이르게 하는 바이러스와 같다. 그것은 트로이 목마처럼, 때로는 컴퓨터 바이러스처럼 프로그램 곳곳에 숨어 적당한 타이밍이 되면 작동하기 시작한다. 그러고는 마침내 자신이 몸담고 있는 프로그램을 마비시켜버린다. 나는 그것을 '공자 바이러스'라고 부르고 싶다.

이 공자 바이러스는 사회 구성원들조차 눈치 채지 못하는 상황 속에서 유교 문화 스스로를 차츰 부식시킨 후 마침내 붕괴시켜버리고 만다. 그리고 이 내적 모순은 새로운 대안이라고 내놓는 유교적 처방전을 통해 다시 지속적으로 순환한다. 붕괴가 사이클을 그리며 순환하는 것이다.

그러나 유교 문화권 안에 살고 있는 우리들은 이 '문화 제국'의 프로그램 속에서 우리 자신이 부식되고 있다는 것을 거의 느끼지 못한다. 이 왕국을 통치하고 있는 수많은 공자 추종자들, 공자를 황제로 떠받들면서 자신들만의 힘과 자유를 만끽하는 이들의 횡포를 잘 알지 못한다. 우리들 대부분은 민주주의와 자유 자본주의의 옷을 걸치고 있을 뿐 본질적으로는 3,000년 전 원시 가부장 시대의 의사결정 구조를 조금도 바꾸지 못하고 있는 이 사회의 내면을 올바로 들여다보지 못하고 있다. 때로 민감한 사람 몇몇이 비인간적이고 혐오스럽기까지 한 분위기를 감지하기도 하지만 그 힘의 실체와 근원이 무엇인지에 대해서는 잘 모르고 있다.

그 가장 큰 이유는 유교 문화가 내거는 가치 척도가 바로 모든 인류가 추앙하는 도덕 바로 그것이며, 도덕 사회를 이상으로 내세우고 있기 때문이다.

유교의 이상적 도덕 사회, 흔히 '仁(인)'의 세계로 표현되는 이 사회는 절대적 인격체 '聖人(성인)'에 기반하고 있다. 이 성인은 자신의 이익이나 욕망으로부터 초월해 있는 신에 가까운 인격체로 절대적 도덕 기준을 기초로 사회를 리드하고 통솔할 수 있다고 주장되는 존재다. 칸트가 말했던 도덕적 국가론과 비슷한 개념의 세계다.

대단히 완벽해 보이는 이 시나리오는 사실 인간들 사이엔 절대적 성인이 존재할 수 없다는 현실에서 실행에 브레이크가 걸린다. 이 시나리오는 사실 억지와 희망이 만든 착각의 세계였다. 하지만 칸트의 도덕적 국가론과 다른 점이 조금 있다면 칸트가 몸담았던 서구 사회의 구성원들은 '법'과 '규칙'을 좀더 상세하게 만들었고 좀더 세심하게 실행했다는 점일 게다.

주로 정치적 사고에 익숙한 한국사회의 구성원들은 자신들의 삶을 다른 각도에서도 살펴보고 또 다른 삶의 지평으로 넓혀갈 수 있다는 면에 대해 대단히 무지하다. 이들은 그들의 삶 속에서 정신적, 문화적 독재를 획책하고 있는 지배자들(정치, 경제, 교육, 문화, 예술 등 모든 분야에 걸친)의 교묘한 통치에서 헤어나지 못하고 있다.

유교가 만든 '문화 제국'은 영토는 없지만 수많은 피지배자들을 기술적으로 통치하고 희롱할 수 있다. 가끔씩 뉴스거리가 되곤 하는 성희롱 사건은 몇몇 민감한 피지배자들의 몸부림에서 비롯된 작은 에피소드에 불과하다. 지금도 우리 사회의 내면에서 여전히 너무도 쉽게 만날 수 있는 이 희극적 비극이 바로 성을 매개로 한 파워 게임이다. 딸만 한 여학생의 목덜미를 주물럭대는 지도층이 아직도 한국의 대학이나 직장에 존재하는 것이 사실이다. 유교의 가치관이 만든 '문화 제국'에서는 언제든 일어날 수 있는 해프닝이다.

성적인 문제를 예로 들긴 했지만 이런 사건들은 바로 유교 문화 속에 내재한 사회 구조의 형태를 반영하는 것이다. 모든 문화 집단은 '힘'을 주고받는 나름의 방식이 있다. 유교 문화 속에서의 '힘'은 단순한 이분법적인 관념을 기초로 하고 있다. 하늘과 땅, 남과 여, 왕과 백성, 부모와 자식들은 이 '힘'을 주고받는 이분법 체계 속의 대표적 존재들이다. 그리고 이 존재들 속에서 '힘'은 상하 수직의 루트를 따라 일방적으로 전달된다. '힘'은 한번 발생하면 지속적으로 전달되며 쉽사리 소멸되지 않는다. 때문에 우리가 보기에는 하나의 독립적이고 우발적으로 보이는 사건들이 본질적으로는 동일한 구조 속에서 발생하고 처리되고 있는 것이다.

이러한 일방 통행적 '힘'의 전달은 시간이 지나고 하부로 전달될수록 가속도가 붙으며 충격을 축적하게 된다. 그리고는 어느 시점, 또는 '힘'을 감당하지 못할 개인이나 상황에 부딪칠 때 걷잡을 수 없이 폭발하게 된다.

'힘(때로는 자유의지)'이 잘못 관리되면서 결국 사회 전체의 붕괴로 치닫게 되는 이 내부 모순은 유교 문화가 본질적으로 지니고 있는 최대의 약점이다. 이 내부적 모순은 때론 개인에게서, 때론 조직 속에서, 때론 사회 속에서, 때론 역사 속에서 반복적으로 발생한다. 암을 잘라내도 그 뿌리가 존재하는 한 다시 재발하는 이치와 유사하다.

조선시대에 심심찮게 일어났던 여성들의 정조와 시집살이를 둘러싼 자살 사건이나 요즈음 우리 사회에서 볼 수 있는 이혼 현상들은 본질적으로 동일한 구조 안에서 발생하는 사건들이다. 단지 시차와 삶의 외형이 다소 바뀌었기 때문에 달라 보일 뿐이다.

　결과는 달라 보이지만 발언권의 부재, 자유의지의 억제, 남성 우월, 시부모와의 갈등, 경제적 종속 등 사건 속의 아이템들은 동일하다. 단지 조선의 여인들은 죽음으로 자유를 얻었고, 현대 여성들은 이혼을 통해 자유를 쟁취하고 있는 것이 다르다면 다른 점이다. 하지만 자유를 얻었다는 점에서 동일하고 어느 정도의 복수를 하고 있다는 점에서도 동일하다.

　조선의 여인들은 죽음보다 두려워하는 가문의 명예를 타깃으로 복수를 하고, 현대 여성들은 아직도 이혼에 대해서는 부자유스러워하는 남성의 가문에 대해 복수를 한다고 볼 수 있다. 물론 자신들의 처지는 이미 새로운 '차원'으로 바뀐 상태로, 모든 가치관과 삶의 형태는 완전히 이전과 다른 것이 되고 만다.

　또 조선시대에 있었던 피비린내 나는 당쟁이나 한국현대사에서 우리가 겪어왔던 정치적 사건들 역시 본질적으로 동일한 구조를 지니고 있다. 한두 명의 지역을 기반으로 한 지역 맹주, 타협과 토론을 배워보지 못한 추종자들, 법의 힘을 이용하는 기술, 전문가를 무시하는 정치적 횡포,

어느 한쪽이 완전히 싹쓸이가 돼야 끝나는 게임의 현상들은 수백 년 시차가 있었지만 그 내면 세계는 동일하다.

새롭게 포맷이 되지 않는 한 어떤 프로그램도 결국은 공자 바이러스에 의해 다운되고 마는 것이다.

유교 문화가 어떻게 나라를 망치는가

우리 사회의 거의 모든 기업이나 대학, 연구소 등 조직을 들여다보면 외형은 좀 달라 보이지만 의사결정 구조나 정책 입안 등에서 거의 동일한 프로그램이 진행되고 있음을 어렵지 않게 알 수 있다. 기업 총수의 개인적 희망이나 취미로 인해 결정되는 사업 아이템, 전문가의 분석을 재해석할 수 있는 정치적 결단(?), 연구소의 연구원이 능력보다는 여전히 '친구의 아들'로 채워지는 현실, 연구비의 책정이 동문이나 스승, 제자의 학연 등에 영향을 받는 현실을 여전히 목도할 수 있다.

가랑비에 옷 젖는 줄 모른다는 속담이 있다. 유교 문화가 만들어내는 붕괴의 사이클은 언제나 조용히 움직일 뿐 급작스럽게 작동하지 않는다. 그것은 마치 가랑비처럼 사회의 모든 구성원들이 눈치 채지 못하는 사이 차츰차츰 사회구조를 부식시켜 마침내 끔찍한 붕괴를 초래하고 만다. 하지만 우리는 언제나 그것이 갑자기 닥친 재앙이며 네 탓이라고 야단법석이다.

때문에 사회 구성원들은 붕괴의 원인이 유교 문화 내부에 있었던 것을 깨닫지 못한 채 다시 원점으로 돌아가 새로운 대안을 모색하게 된다. '다시 원점으로 돌아간다'고 한 이유는 새로운 대안이라는 것이 흔히 '도덕'의 깃발을 다시 힘차게 흔드는 것이기 때문이다.

문제는 '힘'의 사용이 상식과 법, 그리고 구성원 모두가 공감할 수 있는 객관적 시스템 속에서 투명하게 이루어지지 않는 프로그램, 즉 유교 문화가 만든 권력 구조 속에서 발생했음에도, 다시 한 번 도덕으로 돌아가라('돌아가자'가 아니다)는 호들갑과 함께 다시 유교 문화 속으로 스스로 기어드는 어리석음을 반복하는 데 있다. 도덕의 깃발이 힘차게 흔들리면 흔들릴수록 그 사회는 다시 확실한 붕괴의 사이클로 빠져들고 마는 것이다.

그 과정을 간략하게 그려보면 다음과 같은 순환 고리를 만들어볼 수 있다.

도덕의 깃발(새로운 정치 세력의 초기) → 과거 청산을 위한 초법적 힘 → 룰(rule)의 파괴 → 전문가 집단의 위치 박탈 → 객관적 경보 장치의 무력화 → 사회 각 계층의 전문 시스템 부식 시작 → 외부 충격 또는 내부적 혼란으로 인한 붕괴 → 수습을 위한 새로운 도덕의 깃발

이 사이클에서 우리가 눈여겨보아야 할 부분은 초법적 '힘'의 발휘를 위해 각 분야의 스페셜리스트의 입지를 약화시키고 그들이 있어야 할 자리를 정치적으로 메움으로써 적절하게 작동해야 할 전문가들의 경고 사이렌이 울리지 못한다는 점이다. 경고 사이렌이 울리지 못함으로써

사회 전체의 기능들은 골다공증처럼 내부적으로 부식되어 조금의 충격만 주어지면 바로 붕괴로 치닫게 되는 것이다.

만일에 유교 근본주의자들의 주장이 맞다면, 주자의 논리처럼 완벽하다면 사회적 피해는 전혀 없어야 정상이다. 하지만 무수한 미사여구에도 불구하고 걷잡을 수 없는 붕괴가 지속되고 있지 않은가?

이 붕괴의 사이클은 중국 한나라 때 동중서에 의해 정치적 이데올로기로 채택된 이후, 중국과 한국의 유교 문화 속에서 자신이 속한 사회를 스스로 붕괴시키고 되살아나면서 이제까지 작동되어왔다. 이 프로그램은 앞서 언급했듯이 그 도덕적 깃발 때문에 절대 사라지지 않는다. '다시 한 번'의 희망 속에서 재작동되면서 스스로의 생명력을 되살려놓는 것이다. 불사조처럼.

조선시대의 수많은 당쟁들은 예를 들기도 지겨운 감이 있으니 이번에는 우리 근세사 속의 굵직한 몇몇 사건들을 살펴보자. 이 사건들의 진행 과정을 앞서 언급했던 붕괴 사이클에 넣어보면 전혀 무리 없이 들어맞는 것을 발견할 수 있다.

한국은 100년이 채 안 되는 사이에 한일합방, 6·25, IMF라는 국가적 파란을 세 번이나 당했다. 거의 민족과 국가가 사라져버릴 만한 붕괴의 위기가 50년이 멀다 하고 순환적으로 찾아오고 있다. 그 이유는 뭘까? 50년을 주기로 멍청한 위정자가 잊지 않고 나타나기 때문일까? 사실 이유는 바로 유교 문화 속에 내재되어 있는 자체적 모순들 때문이다. 이 자체적 모순들이 위에 제시한 사이클을 거치면서 마침내 분출된 것이었다.

한일합방, 6·25, IMF는 국가적 사건이지만 그 출발은 결정권을 쥔 '힘'을 가진 자들의 적절치 못한 의사결정에서 비롯됐다. 특히 한일합방은 조선왕조 500년 동안 금과 옥조로 생각해온 유교 문화의 온갖 병폐가 붕괴 사이클을 따라 퇴적되어오다가 붕괴의 시점에서 마침내 터져버린 최악의 재앙이었다. 나라의 미래나 민족 구성원들의 이해보다는 자신들의 개인적 욕망과 자신이 속한 파벌의 이해만을 대변하는 데 급급했던 지도층의 틈바구니로 일본은 밀고 들어왔다. 각각에게 권력과 돈을 제시하면서 말이다. 1905년 을사조약 당시 대신들 중 끝까지 반대를 한 사람은 참정대신 한규설과 탁지부대신 민영기에 불과했다.

사실 되돌아보면 한일합방은 여간 황당한 사건이 아니다. 만일에 당시 사대부들이 《논어》와 《맹자》를 잠시 놓고 격동하는 국제 정세를 텍스트로 삼았더라면, 그들이 민족 전체를 고려하고 사태를 조금만 더 냉정하게 살펴보았더라면, 러시아, 영국, 독일, 프랑스 등 해외의 문물을 보았던 민영환이란 인물이 독립당을 옹호한다는 죄목으로 대신 자리에서 밀려나지 않았더라면, 그리고 그런 인물이 몇이 더 있었더라면 한일합방 같은 황당한 사건은 피할 수 있었을 것이다. 세상에 총도 한 방 안 쏘고 나라를 내주는 인간들이 인간들인가?

나라를 일본에 내준 이들은 전형적인 유교적 관료들이었다. 바로 《논어》《맹자》《대학》 따위의 유교 경전만이 머릿속에 가득한 관료들이었다. 유교 국가의 도덕적 기치는 조선 건국 때나 말기의 대한제국 때나 동일하게 내걸었던 정치적 모토였다. 그리고 '힘'을 장악한 사대부층은 언제나 도덕과 충, 효로 스스로를 변호하면서 이익과 권력을 탐닉해온 관료들이었다. 그에 비해 일반 시민의 의견이나 여론을 대변할 만한 '힘'은 아직 미숙한 상태였다. 이처럼 통제를 받지 않는 지도층의 '힘'들은 중국과 일본을 서로 끌어들이면서 자기 집단의 이익을 최대화하는 데만 혈안이 되어 있었다.

이들에게 나라는 중요한 것이 아니었다. 자신들이 속한 지역을 기반으로 한 집단의 이익만이 중요한 것이었다. 그 결과 '법'을 초월한 이들 '힘'의 남용이 나라 전체를 부식시킨 끝에 마침내 붕괴의 시점에서 나라를 통으로 일본에 내주는 결과를 빚고 만 것이었다.

그 후 35년 간 한국은 스스로 국가를 운영할 기회도 힘도 없었다. 철저하게 일본에게 몸과 마음을 수탈당하면서 자신을 돌아볼 기회를 갖지 못했던 것이다.

1945년 독립이 된 후, 새로운 한반도를 세울 기회는 다시 한 번 실패로 끝나고 만다. 실패의 원인은 무엇일까? 결정적 원인은 또 한 번 유교적 행태 때문이었다. 바로 보스를 근거로 한 집단의 힘겨루기가 그 원인이었다.

'우리 민족은 하나'라는 민족주의와 전체의 미래보다는 권력 장악이 급선무였던 현실주의자의 충돌, 이어 벌어지는 이승만의 김구 밀어내기, 힘의 공백을 메우기 위한 친일파의 대거 등용은 새로운 정부가 깨끗한 출발이 될 수 없음을 밝히는 명백한 선언이었다. 원죄를 지고 있는 '힘'들은 자신들 입지 강화를 위해 또 다시 '법'을 초월하는 '힘'을 사용하기에 이르렀고, 이는 또 사회 전반의 도덕적 해이를 불러오게 된다. 그러한 도덕적 해이는 폐쇄 사회인 군대에서 제일 먼저 일어났다.

6·25 이전 수많은 장군들의 뇌물 사건이 발각되었다. 이들은 국방 예산을 자신들 주머니에 넣어버려 결과적으로 군의 장비를 열악하게 만들었고, 이는 다시 하급 장교와 사병들의 도덕적 해이를 불러일으켰다. 결국 군장비 팔아먹기의 악순환은 6·25로 이어지고 말았다. 전쟁 초기 완패의 이유 중 하나가 바로 이러한 내부 부식이었다. 이번에도 역시 바로 유교 문화의 약점, 자신이 속한 집단을 스스로 붕괴시켜버리는 사이클이 작동된 것이다. 물론 경보장치는 철저하게 마비된 상태였다.

이번에는 IMF 사건을 보자.

정치적 이해득실 때문에 실체를 올바로 들여다보기 힘

든 청문회를 볼 필요도 없이 이 사건 역시 동일한 사이클에서 터진 난리였다. 우여곡절 끝에 대통령이 된 YS는 역사 청산의 도덕적 깃발을 높이 들었다. 역사를 깨끗이 해야 한다는, 미래보다는 과거에 집착하는 어리석음이 다시 한 번 저질러졌고, 역시 '법'을 뛰어넘는 '힘'들이 힘을 발휘했다. 그 결과는 전형적인 역작용인 정치적 경제적 부패, 여기서 기인한 전문가들의 의견 묵살, 이에 따른 사회 여러 기능들의 부식, 특히 경제적 경보 장치의 부식으로 인해 일순간 붕괴가 일어난 것이다.

우리 사회의 거의 모든 기업이나 대학, 연구소 등 조직을 들여다보면 외형을 좀 달라 보이지만 의사결정 구조나 정책 입안 등에서 거의 동일한 프로그램이 진행되고 있음을 어렵지 않게 알 수 있다. 기업 총수의 개인적 희망이나 취미로 인해 결정되는 사업 아이템, 전문가의 분석을 재해석할 수 있는 정치적 결단(?), 연구소의 연구원이 능력보다는 여전히 '친구의 아들'로 채워지는 현실, 연구비의 책정이 동문이나 스승, 제자의 학연 등에 영향을 받는 현실을 우리는 여전히 목도할 수 있다.

지금 우리는 새로운 정권의 출발선에 서 있다. 이제껏 그래왔던 것처럼 또다시 유교적인 가치와 행동을 반복한다면 우리는 언제든지 다시 주저앉고 말 것이다. 외형이 어떻게 바뀐다 하더라도 유교 문화의 내적인 요소들을 긍정적으로 극복하지 못한다면 우리는 언제나 붕괴의 언저리에 서 있는 셈이다. 그것은 언제든지 삼풍백화점처럼 주저앉고 말 것이다.

컴퓨터에 내장된 프로그램은 순서만 되면 언제든 작동하게 마련이다. 우리 역사 속에 내장된 붕괴 사이클의 프로그램이 재작동하지 않기만을 바랄 뿐이다. Y2K가 좋은 일 한번 할 수 있기를…….

효도가 사람 잡는다

노동력을 잃은 노인들의 노후문제는 진작부터 사회가 맡았어야 할 숙제였다. 서구의 양로원을 비웃으며 효도의 가치를 자랑스러워하던 우리 사회의 노인들. 이제 그들의 처지는 한여름 노래를 부르던 베짱이 신세가 되고 말았다.

노인. 그것은 나에게도 주어질 새로운 이름이다.

우리는 노인을 흔히 '나이 많은 사람' 정도로 정의하고 있다. 그리고 그들에 대한 태도와 대우 역시 이런 정의의 범주 안에서 만들어지고 행해지고 있다. 하지만 여기에는 커다란 오해가 있다. 명확하지 못한 유교적 사물 정의의 두루뭉수리가 만든 또 하나의 실수가 뒤따르고 있다.

노인 문제를 연구하는 학자 브린에 의하면 노인은 "생리적, 신체적으로 쇠퇴기에 있는 사람이며, 심리적인 면에서 정신기능과 성격이 변하고, 사회적인 면에서 지위와 역할이 상실되어가는 사람"이다. 또 다른 학자는 노인을 "생활상의 장애를 경험하는 사람"이라고까지 정의하고 있다.

효도는 본래 대단히 아름다운 가치이며 행동이었다. 하지만 시대가 변하면서 효도는 전혀 예상치 못한 부작용들을 만들어내고 있다. 마치 우유가 신선할 때는 몸에 유익하지만 오래 되어 상한 것을 마시면 오히려 독이 되는 것과도 같다.

우리 사회는 한번 굳어진 어휘에 대해서는 검증할 생각을 전혀 하지 않는다. 언어란 변하고 죽고 다시 태어나는 것. 따라서 시대에 맞는 언어를 늘 새로운 마음으로 골라 사용해야 하는 법. 언어란 사회 공동의 가치를 담는 그릇, 따라서 언어를 새롭게 해석하고 선택한다는 뜻은 바로 사회 공동의 가치를 담을 그릇을 다시 씻고 다시 만들어간다는 유연한 태도를 의미한다.

한자의 뜻으로 보면 老人(노인)은 '늙은 사람'이 된다. 고대 갑골문을 통해 보면 老는 백발이 성성한 노인이 지팡이를 짚고 서 있는 모습이다. 이 노인을 대하는 우리 사회의 일관된 태도는 孝(효)다. 孝는 노인을 아들(딸이 아니다)이 업고 있는 모습인데 이건 단순히 '어부바'를 하고 있는 것이 아니다. 이건 동양이 만들어낸 일종의 불로장수 프로그램 중의 하나다.

즉, 효라는 한자의 모습은 조상이 아들인 자손을 통해 성씨를 이어가고 핏줄을 이어간다는 의미를 담은 그래픽으로, 이 핏줄의 전수는 바로 짧은 생물학적 생을 극복한다는 의미를 담고 있다. 조금 철학적 설명이 되겠지만, 어쨌든 이 효라는 것은 인생의 허무를 일찌감치 깨달은 동양의 노인들이 찾아낸 '존재의 연속 기원' 프로그램인 셈이다. 나는 죽어도 나의 존재는 자식들을 통해 연속되고 싶다는 기원이 담긴 것이 바로 효라는 글씨였다.

'아들 못 낳는 것이 최대의 불효'라는 유교의 단죄는 바로 여기서 기원한다. 분만실에 들어가는 며느리의 손을 붙들고 꼭 아들 낳으라고 당부하는 시어머니의 눈물 어린 호소 역시 이런 분위기가 낳은 웃지 못 할 문화적 해프닝이다.

청백리 콤플렉스도 마찬가지다. 청백리가 없어서 이 나라가 이 모양이라는 탄식을 자주 들을 수 있다. 하지만 이건 난센스다. 오히려 청백리가 없어져야 나라가 된다. 다 해먹는데 혼자 안 해먹는 사람이 청백리다. 따라서 청백리가 나오면 나올수록 그 나라에는 해먹는 인간들이 상대적으로 많다는 이야기가 된다. 청백리가 없어야 나라가 된다는 뜻은 바로 모두 안 해먹는 사회를 말한다.

이런 논리로 나는 유교의 최대 가치 중의 하나인 효 사상의 문제점을 지적하고 보완책을 함께 찾아볼 것을 제안하고자 한다.

독자들 중에는 여기서 "아니 효도도 나빠?" 하고 질문할 수도 있겠다. 결론부터 쉽게 말하면 '그럴 수 있다.'이다. 효도 사상이 많은 가정에서 대단히 긍정적인 작용을 하고 있기도 하지만 적지 않은 수의 가정에서는 그 가정의 행복을 파괴하는 가치로 변질되고 있다. 특히 효도는 아이러니컬하게도 적지 않은 노인들을 괴롭게 만드는 장본인이기도 하다. 따라서 새로운 노인 시대가 도래하고 있는 이 시점에서 효도 사상은 크게 수정되어야 한다. 그리고 그것은 '노인'과 '효도'에 대해 근본적인 의미 수정이 있어야 가능한 일이다.

앞서 언급했듯이 노인은 신체적, 심리적으로 '장애의 경험'과 마주 선 상태의 사람들이다. 이런 면에서 우리 사회의 노인들이 직면한 경제적, 시간적 문제들은 실로 이 땅이 사람 살기 적합한 곳인가 하는 의문까지 들게 할 정도로 심각하다.

1995년 통계로 우리나라 사람들의 평균수명은 73.5세, 2000년에는 74.3세가 된다. 이것은 전통적인 노인 위안 프로그램인 환갑잔치가 더 이상 의미가 없음을 증명하는 중요한 데이터다. 나이 60을 축하하는 일회성 이벤트를 노인 존경의 최대 덕목으로 삼고 있는 한, 노인들의 고독과 우울증(노인의 심리특성)을 달래줄 방법의 마련은 점점 어려워지게 된다.

한국인들의 뇌리 속에 자리 잡은 효도는 완전히 일방적 게임이다. 겉보기에는 따뜻한 정이 있고, 가정의 화목을 지탱해가는 아름다운 미풍양속처럼 보인다. 물론 한때는 가정의 따뜻함을 지탱하는 역할을 한 것이 사실이다.

하지만 이제는 그 역기능의 해소에 관심을 기울이고 새로운 방법을 모색하지 않으면 안 되는 시점이 되었다.

효도는 자식들이 모든 것을 다 바쳐서 해드려야 하는 일방적 희생의 위험 부담이 있는가 하면, 받는 사람도 자신의 처지에 걸맞은 적절한 처방을 받을 수 없다는 점에서 희생당하기는 마찬가지다. 효도는 그것을 하는 사람, 받는 사람 모두에게 있어 적절한 안전장치가 되어 있지 않은 무한 책임론이다.

유교 경전 중의 하나인 《예기》는 효도를 최고의 인간 가치로 정의한다.

"효는 천하에서 가장 큰 윤리이다. 그것은 하늘과 땅을 가득 메울 만하며, 동서남북 사방을 가득 채울 만한 가치이다."

이것도 부족해 효도하는 방법만을 따로 담은 《효경》도 만들어 다음과 같이 효도의 힘에 대해 설명하고 있다.

"효도가 지극해지면 천지신명에게 전달되고 온 세상에 드러나 어떤 일이든지 이루어지지 않는 일이 없다."

이쯤 되면 동양인들에게 효에 대한 가르침은 하나의 종교다. 때문에 효도에 대한 평가절하나 그것에 대한 문제제기는 금기 중의 금기라고도 볼 수 있다. 그러나 바로 이 효도에 대한 금기 풍토 때문에 수많은 문제가 파생하고 있는 것이다.

문헌들에서 보듯이 효도는 '정'에 의존한다. 전통의 효도는 부모와 자식이 같은 공간, 같은 시간대에 있어야만 가능한 가치 규범이다. 하지만 주택, 직장, 맞벌이, 자녀 교육 등의 문제를 안고 있는 현대 사회의 여러 상황들은 이를 근본적으로 불가능하게 한다.

유교적 교훈들이 대부분 그렇듯이 '정(情)'과 '심(心)'에 호소하는 이들 교훈들은 산업화가 가져온 가족 구성원들의 다양한 위치 변동과 상황 변화를 효과적으로 해석하고 대체할 수 없게 만든다. 또 이 교훈은 노인들의 경제 상황, 자녀들의 경제 상황, 노인들의 취향, 건강 상태, 심리적 특성 등을 전혀 고려할 수 없는 상황에서 만들어진 그저 '마음 편하게'만을 강조하는 단점이 있다. 이것은 노인에게 필요한 수많은 보호 프로그램 중 하나인 '사랑의 보호(loving care)' 한 종목에만 해당될 뿐이다.

내가 아는 정보통신 계통의 교수 하나는 학생이 만들어 온 컴퓨터 프로그램이 작동을 하지 않으면 무조건 F를 준다. 그의 논리는 간단하다. 아무리 정성을 들이고 밤을 새워 만들었어도 그 프로그램이 작동하지 않으면 컴퓨터 안에서는 무용지물이다. 흔히 말하는 '성의 점수'나 리포트 대체 같은 건 아예 말도 못 붙이는 항목이다.

'정성껏'이라는 말이 대단히 따뜻해 보이지만 사실은 그것이 우리 사회를 엉망으로 만든 요인 중의 하나다. '성의를 봐서 봐주고' '정성을 봐서 봐준' 결과들이 만든 건 엉성한 조직력이다. 냉정한 프로들의 설 자리를 빼앗는 것이 바로 이 '성의' 문화다. 이가 망가지고 혀의 점막이 퇴화해 미각이 둔해지며 내장 역시 기능이 떨어지고, 특히 소화기능도 낮아진 노인들을 펄펄 뛰는 손자들과 한 밥상에서 '진지'를 드시게 하는 성의는 진지한 해결책이 아니다. 서로의 기호와 신체 기능에 따라 식단이 달라져야 하지 않겠는가?

마찬가지로 미래에 대한 준비 없이 '효도할 자식만'을 키워온 노인들은 이제 당혹해 하고 있다. '효도할 자식들'은 전혀 효도할 능력도, 시간도, 공간도 없다. 효도에 대한 생각과 수준이 서로 달라져 서로 사랑해야 할 두 세대는 오히려 갈등 속으로 빠져들고 있다. 며느리와 시어머니를 한 부엌에 넣는 일은 일종의 문화적 가학 행위다. 한 부엌 두 여자의 '잘못된 만남'은 어서어서 사라져야 한다. 부엌이란 단순히 반찬을 만드는 장소가 아니다. 그곳은 독특한 자기만의 삶의 공간이고, 창조의 공간이기 때문이다.

적지 않은 노인들이 버려지고 있고, 방안에 수감되는가 하면, 때론 원치 않는 손자들까지 봐야 하는 사회봉사(?) 명령까지 받고 있다. 노인들의 이야기를 들어보면 실제로 그들은 손자들 뒷바라지를 즐기지 않는다. 많은 젊은이들이 노인들이 내 아이를, 즉 손자들을 사랑하기 때문에 집에서 '노시면서' 아이들을 봐주시기를 희망한다. 때로는 이것을 효도의 한 덕목으로 착각하는 경우도 있다. 손자를 안겨드렸다는 착각이다.

하지만 노인들도 노인들의 인생이 있다. 그들도 부부끼리 뽀뽀하고 싶고, 여행하고 싶고, 맛있는 것 먹고 싶고 좋은 옷 입고 싶다. 그러나 효도가 이들의 마지막 인생을 더욱 무겁게 만들고 있다. 그들은 이제 인생의 마지막 시간대를 모든 일과 스트레스에서 벗어나 가볍고 건강하게 마무리할 삶의 권리가 있다.

경제 문제 다음으로 심각한 것이 노인들의 여가활동 문제라는 지적은 이런 점에서 매우 중요해 보인다. 수명은 점점 길어지고, 정년은 점점 짧아지면서 사회적 의미에서의 노인은 점점 늘어가고 있다. 이 이야기는 앞으로 각 개인에게 적어도 20년, 30년의 노년기가 주어진다는 의미인데, 이 기간 동안 손자만 보고 있을 수만은 없는 것 아니겠는가?

맹목적인 효도의 이름 아래 저질러지는 불효(?)의 아이러니는 이뿐만이 아니다.

치매 환자들(1996년 통계로 약 12만 명)이나 중병 환자들의 간호까지도 효도의 미명 아래 모두 가정에서 해결할 것을 이 사회는 강요하고 있다. 양로원 이야기를 꺼내기 무섭게 만들고 있다. 하지만 주거 지역마다(그것을 혐오시설처럼 생각하며 멀리 두겠다는 발상부터가 문제다. 가까이에 두고 더불어 사는 공동체임을 모두 체험하는 사회 분위기가 만들어지는 것이 더 바람직하지 않을까?) 전문 간호사와 레크리에이션 담당자가 있는 공간(양로원이 아닌 아름다운 이름도 많을 것이다)을 만들고 그곳에서 노인들이 마음껏 쉴 수 있도록 해야 하지 않을까? 물론 가족들은 수시로 드나들 수 있고 손자들도 수시로 드나들 수 있을 것이다.

노동력을 잃은 노인들의 노후문제는 진작부터 사회가 맡았어야 할 숙제였다. 서구의 양로원을 비웃으며 효도의 가치를 자랑스러워하던 우리 사회의 노인들. 이제 그들의 처지는 한여름 노래를 부르던 베짱이 신세가 되고 말았다.

최근의 통계에 의하면 전체 노인의 85.9% 이상이 건강에 문제가 있음을 호소하고 있는 것으로 나타났다. 그들에게 필요한 것은 단순한 효도가 아닌 구체적 의료 서비스인 것이다.

이런 점에서 일본이 현재 약 30만 명의 양로 간호사를 국가 차원에서 배출하고 있으며 앞으로는 노인들에게 식사를 배달하도록 하겠다는 소식은 한없이 우리를 부럽게 만들고 있다. 일본인들은 양로원이라는 말 대신 '노인의 홈'이라고 부른다. 장애자를 '챌린지 맨'으로 불러주듯이. 바로 이것이다. 노인들의 문제는 효도로 풀어야 하는 것이 아니고 국가와 사회에서 제도와 설비와 관심으로 풀어야 하는 것이다.

우리가 이런 제도와 설비 마련에 더딘 것은 경제적인 이유 때문만은 아닐 것이다. 바로 우리 사회가 이제껏 가장 아름다운 가치로 숭상해왔던 효도에 대한 터부 때문일 것이다. 하지만 모두의 가슴속에서 거품처럼 부글대는 이 문제를 숨기면 숨길수록 희생자는 점점 많아져간다.

　시대는 변했다. 이제 우리에게 필요한 것은 효도의 이름 아래 빚어지는 억지가 아니다. 노인과 자녀들 모두의 사랑이 상처를 입지 않을 균형 있는 제도다. 그것은 사람을 사랑할 줄 알고 사랑의 고귀함을 느낄 수 있는 사람만이 빚어낼 수 있는 일종의 예술품일 것이다.

유교 속의 여자, 유교 밖의 여자

여성을 완벽히 소유하기 위해 만든 유교의 많은 장치들은 결국은 여성을 죽여 버렸다. 유교 속의 여성은 더 이상 인간도 여성도 아니었다. 그것은 왜곡된 생명체에 불과했고 원한으로 뭉쳐진 카오스에 불과했다. 결국 여성들은 폭발해버렸고, 남자들을 떠났다. 여성을 잃어버린 동양의 남자들은 그래서 결국 모든 것을 잃어버리고 있다.

유교 문화의 최대 피해자는 여성일까 남성일까?

성의 억압, 혼인의 불평등, 취업 기회의 원천적 봉쇄, 실업자의 통계에서조차 누락되는 불이익, 임신과 출산의 부담 등을 놓고 볼 때 우선은 여성이 가장 큰 피해를 보았다고 할 수 있다. 하지만 남자들 역시 만만찮은 피해를 입은 존재들이다. 특히 원초적 인간이라는 측면에서 볼 때, 여자를 잃어버린 남자는 대단히 불쌍한 존재들이다.

프랑스의 인류학자 레비스트로스는 《야생의 사고》에서 현대화된 사회 속 인간들의 잃어버린 원시의 순수를 이야기했지만, 동양 사회의 남자들 역시 원시의 순수라는 지평 위에서 그 삶을 다루어보게 되면 참 불쌍한 존재들이다. 그리고 동양의 남자들이 잃어버린 원시의 순수 중 가장 커다란 존재는 바로 '여성'이었다.

아마존을 누비며 끝없이 연구 활동을 했던 레비스트로스, 그의 연구의 일관된 질문은 '인간을 인간답게 해주는 것은 무엇일까?'였다. 그는 인간을 인간답게 해주는 것은 인간이 본래적으로 지니고 있는 원시의 자유스러운 창조정신이라고 생각했다.

누구의 통제도 받지 않으면서 가장 순수한 상태로 존재하는 인간들의 모습, 본래적으로 부여받은 삶에 대한 권리를 충분히 누릴 수 있는 순수의 세계, 우주의 시작 때 부여받은 삶의 순수. 하지만 우리는 지금 그 모습을 모두 잃고 말았다. 문명의 현란한 불빛이 밝아질수록 우리의 눈은 점점 어두워지고 있다. 슬픈 일이다.

인간을 인간답게 해줄 수 있는 원시의 정신을 찾기 위해 아마존을 헤맸던 레비스트로스의 몽상처럼, 우리는 조선시대의 높은 담들을 기웃거리며 세 여인을 차례로 만나게 된다. 그 여인들은 다름 아닌 신사임당과 황진이 그리고 춘향이다. 왜냐하면 한국의 유교는 이 세 가지 모델만을 제시하고 여인들에게 그 틀을 강요했기 때문이다. 이세 여인의 이미지 속에서 우리는 우리의 어머니, 아내 그리고 연인을 만날 수 있다.

신사임당. 모범적인 한국적 규수의 상징. 조선의 학자 율곡 이이를 낳아 기른 어진 어머니로, 슬기로운 아내로,

지극한 효녀일 뿐 아니라 그림, 글씨, 문장에도 뛰어난 여인으로 묘사되는 인물. 지금도 선생님들의 입을 통해서 여학생들이 사표로 삼도록 추천되는 인물. 이런 신사임당이 그린 풀벌레 그림에 대해 약 200년 뒤의 사람인 신정하는 다음과 같은 평을 남긴다.

"붓을 들어 찍은 한 점 한 점, 하늘의 조화를 빼앗았구나. 고이 앉아 종이 위에 붓을 던질 때, 단지 그림을 위한 것이 아니었으리. 옛날 문왕의 어머님이 시를 지어 읊은 것을 본따 그려내니 소리 없는 시로세."

작품평이야 누구나 자유롭게 할 수 있는 것이니 이 부분에 대해 왈가왈부하고픈 마음은 없다. 다만 독자들이 한번 기회 있을 때 나름의 평을 해보기 바란다. 하지만 '문왕의 어머니'는 눈에 거슬린다. 그건 아직도 우리 사회 문화예술계 여기저기에 튼튼하게 남아 있는 '선생님 제자시니 어련하시겠어요?'식의 평론 아닌 평론과 맥을 같이 한다.

'문왕의 어머니' 그녀는 누구인가? 그녀는 바로 중국의 은나라를 정벌하고 주나라를 세운 무왕(앞의 글에서 한번 언급했는데 몰라도 그만이다. 그게 뭐 그리 중요하겠는가?)의 아버지 문왕의 어머니이다. 문왕은, 그러니까 정통적인 원시 유교의 문을 연 주나라의 초대 왕으로 유교에서는 공자만큼 껌뻑 죽는 인물이다.

바로 그 인물의 어머니를 말하고 있는 것이다. 이 멀고

먼 관계를 어떻게 풀어야 할까? 유교 문화의 단점 중의 하나는 이렇듯 조그만 끈이라도 있으면 붙들고 매고 늘어지는 견강부회, 쉬운 말로 억지다.

그건 그렇다 치고 그러면 신정하라는 인물은 왜 갑자기 문왕의 어머니 운운하는 시평을 해대는 걸까? 그것은 사임당의 호와 관계가 깊다. 사임당(師任堂)의 師(사)는 스승으로 삼는다는 뜻이고 任(임)은 바로 주나라 문왕의 어머니 이름이다. 그러니까 사임당은 문왕의 어머니를 모본으로 삼겠다는 뜻이 된다. 그것은 가장 전형적인 유교의 여인상을 추구하겠다는 뜻이다. 전형적인 유교의 여인상은 무엇인가? 어렸을 때는 아버지를 따르고, 시집가서는 남편을 따르고, 늙어서는 아들을 따르는 법도를 평생의 의무로 생각하는 것이 유교가 말하는 아름다운 여인상 아니던가?

유교 경전 《상서》에 보이는 "암탉이 울면 집안이 망한다."는 속담이나 《논어》에 담긴 공자의 "여자와 소인배는 기르기 힘든 존재" 언급은 동양사회 속에서의 여성의 위상을 결정짓는 잣대가 되고 말았다. 중국은 물론 후대 조선 유교의 여성 위상을 결정하는 데 크게 영향을 준 중국 당나라 때의 《당률》에 담긴 '남녀유별'의 내용 역시 이러한 사상의 연속선상에 있다.

남자가 여자를 때리면 법으로 묻지 않는다.
여자가 남자를 때리면 징역 2년이다.

남자가 여자를 죽이면 징역 3년이다.
여자가 남자를 죽이면 즉시 목을 벤다.

남자가 부모를 때리면 곤장 100대를 친다.
여자가 부모를 때리면 목을 졸라 죽인다.

　오늘날 동성동본 혼인법이나 상속법 등이 힘겹게 국회를 통과하기는 했지만 남존여비의 문화적 유산은 여전히 이어지고 있다. 인류학자 기어츠의 지적처럼 문화란 세대에서 세대로 계승되어가는 것이기 때문이다. 남성 우월의 신화는 지금도 여전히 사내와 사내들을 통해 비밀스레 전수되고 있다.

　신정하의 화평은 결국 신사임의 그림에 대한 평이 아니다. 그녀의 인품과 그녀에게 유교적이고 도덕적인 점수를 높이 주고 싶은 심정이 그림을 통해 표현되고 있을 뿐이다.

　작품을 인격과 결부시키는 동양적 그림과 글씨 품평의 전형적인 모습이다. 그리고 인격이라는 것은 왕왕 '누구의 제자'이냐에 따라 결정되곤 하는 이상한 잣대가 아니던가? 이쯤 되면 내가 왜 신사임당을 조선시대의 대표적 여성의 이미지로 추천했는지 이해가 될 것이다. 그리고 왜 학교에서 끊임없이 여학생들의 뇌리에 집어넣고자 하는 한국의 여인상이 되어야 하는지도 알 수 있을 것이다.

하지만 신사임당은 정말 당시의 유교 문화가 요구했던 '표본'으로만 살기를 원했을까? 그녀는 유교적 인간으로서의 '표본'이 아닌 인간으로서의 삶에 대한 애착이나 향수가 없었을까? 그토록 영특했던 여성이라면, 갑자사화, 기묘사화, 을사사화 등 조선시대를 대표할 만한 피비린내 나는 당쟁들을 목격하면서 아무런 느낌이 없었을까? 우리는 또 한 번 속고 있는지도 모른다.

목적을 위해서라면 역사와 기록마저도 서슴지 않고 왜곡하는 유교 사회 사대부들의 뜻 깊은 배려(?)가 다시 한 번 고려되었는지 모른다. 그런 맥락에서 심청이 역시 신사임당 계열의 여자로 볼 수 있다. 심청이에 대한 비난이 쉽지 않음은 사실이다. 하지만 이것이 조선, 한국의 여인상을 결정짓기 위한 계산적 인물이었다는 점을 밝혀두지 않을 수 없다.

이렇게 볼 때, 우리는 신사임당이 남긴 다음의 시 한 수에서 남성적 유교 사회의 추악함을 고발하는 조용한 분노를 감지할 수 있다.

내 고향 천릿길은 가도가도 산
자나깨나 꿈속에도 돌아가고파.

한송정 가에는 둥근 달이 외롭고
경포대 앞에는 한줄기 바람.

갈매기 이리저리 모래톱 날 때
고깃배는 바다 위로 오고 갈 테지.

언제나 강릉길 다시 밟아서
색동옷 입고 앉아 바느질할까…….

시집오기 전, 꿈에 젖어 호롱불 밑에서 바느질하던 시절. 그러나 결혼을 통해 남성 사회에 편입된 지금, 그녀가 취할 수 있는 선택은 아무것도 없다. 더구나 그녀의 호는 사, 임, 당 아닌가? 나는 이 시에서 수많은 남성 유학자들이 해석하듯이 그녀의 현숙한 부녀자의 미덕을 읽을 수 없다. 그저 고요한 침묵과 좌절된 분노를 읽을 뿐이다.

황진이, 16세기 무렵 송도 일대에서 살던 여인. 이번에는 그녀를 만나 보자.

생년월일조차 기록이 변변치 않은 이 여인은 당시 신분사회의 구분으로는 관기였다. 16세기 무렵 조선 8도에 있던 관기의 숫자는 약 2만 명으로 추산되며, 남성 사회에서 남성들의 '놀이'를 위해 조달되던 비품(?) 중의 하나였다. 지금 이 시간에도 많은 한국 남성들에게 있어서 황진이는 그들의 술맛을 돋우기 위한 기생이다. 나는 오늘 많은 독자들과 함께 황진이를 기적에서 빼주고 싶다.

황진이는 왜 기녀가 되었을까? 유교의 신분 사회, 유교의 틀을 가지고 붕어빵을 찍듯이 여자를 찍어내던 사회, 한 치의 오차도 없는 유교의 굴레 속에서 힘과 배경이 없는 여성이 할 수 있는 선택은 몇이나 되었을까?

이미지적 측면에서 이야기를 한다면, 조선에는 단 두 명의 여인만이 있었을 뿐이다. 하나는 요조숙녀이고 다른 하나는 바로 기녀다.

이런 점에서 나는 차라리 황진이가 사랑스럽다. 그녀는 어떻게 기녀가 되었을까? 어떤 황진사의 사생아라는 설과 노래를 부르고 다니던 맹인의 딸이라는 설이 있지만, 자색이 곱고 글이 뛰어났다는 것으로 보아 조선의 관기들이 흔히 그랬듯이 그녀의 아버지도 누군가의 더러운 모함 끝에 역적이 되었고, 어머니와 함께 관기가 되어버린 것이 아닌가 싶다.

황진이를 기록한 책은 《어우야담》《식소록》 등이 있으나 대부분 한 기녀의 미모와 애정행각, 글조각 등을 모아 놓은 호기심 수첩의 수준을 벗어나지 않는다. 여기서 그 호기심 수첩에 담긴 스캔들을 소개하고 싶은 생각은 없다. 그건 나도 황진이를 데리고 놀던 조선의 알량한 벼슬아치들과 다를 바 없겠기 때문이다.

곰곰이 생각해 보면 황진이는 당시의 시정잡배들보다

중문 안에 갇힌 아녀자들에게 더욱 인기가 있었을 듯싶다. 누구라도 사랑하고 미워할 수 있으며 수많은 친구들을 만들 수 있었고 어디든 갈 수도 있었을 테니 말이다. 하지만 황진이의 수많은 스캔들은 상대적으로 당시 여성들이 겪은 수많은 가슴앓이를 역설하고 있기도 하다.

따지고 보면 황진이도 황진이를 부러워한 아녀자들 모두가 불쌍한 사람들이다. 하지만 누군가에게 동정을 받는다는 것은 처절한 아픔이다. 내가 하는 지금의 이 동정들로 조선의 수많은 여인들과 황진이는 무척 아팠을 것이다. 삶의 시간이 서로 달랐다 하더라도 인간의 감정은 언제나 동일한 법이니까 말이다.

그 못난 사내들의 품에 안기면서 황진이는 무슨 생각을 했을까? 자신의 삶을 마감할 무렵 《어우야담》에 남긴 그녀의 유언을 들어보자.

"나는 생전에 화려한 것을 좋아했으니 죽은 후에는 산에다 묻지 말고 대로변에 묻어주세요."

또 다른 유언도 있다. 《숭양기구전》을 펼쳐본다.

"나 때문에 천하의 남자들이 자신들을 잘 돌보지 못했으니, 내가 죽거든 관을 쓰지 말고 시체를 동문 밖 개울 모래밭에 그냥 버려주세요. 개미와 벌레들이 내 살을 뜯어먹게 해주세요."

이 말 뒤에 '천하 여자들의 경계를 삼아주세요.'라는 구절이 있다는데 조금 조작의 냄새가 난다. 남자들의 의도적인 여자들 길들이기의 냄새 말이다.

황진이의 유언, 길가의 무덤이나 개울가에 던져지는 주검의 유언들 속에서 그녀가 하고 싶었던 이야기는 뭘까? 그것은 처절한 자기비하를 통한 못난 조선의 사내들을 비웃어주는 행동이 아니었을까? 스스로를 철저하게 파괴해버리는 버림받은 여성의 자학적 복수 같은 것 말이다.

불쌍한 조선의 사내들, 여자를 닫아버림으로써 결국 자신들의 인생과 삶의 아름다운 활력소까지 잃어버린 당신들 앞에서 황진이는 오히려 웃을 수 있었던 건 아닐까.

황진이에 비하면 춘향이는 웃기는 여자다. 매는 매대로 맞고, 결국은 한 남자에게로 되돌아가는 어쩔 수 없는 조선 여인의 한계를 온몸으로 연기하고 있다. 한국사회에 아직도 남아 있는 매 맞는 여성의 전형이 바로 춘향이다. 변사또와 이도령은 가부장적으로는 사실 동일한 인물이다. 오늘날에 한국 가정 여기저기에 남아 있는 패고 안아주기를 반복하는 사내들의 이중적 성격이 분화되어 이루어진 인물이 바로 변사또와 이도령이다. 문화적으로 볼 때는 한통속인 것이다.

이제 다시 질문으로 돌아가자. 여성을 여성답게 할 수 있는 것은 무엇일까? 단순히 남성으로부터 독립되고, 성적인 해방감을 만끽하기 위해 수시로 섹스 파트너를 바꾸어 보고, 담배도 꼬나물어 보는 것이 여성을 여성답게 할 수 있는 유일한 탈출구일까? 정치적으로 안배되는 장관 자리 몇 개가 여성도 '인간'임을 증명할 수 있는 키워드가 될까? 그건 역시 변변한 수영장 하나 없는 동네에 살면서 아시안 게임 수영 금메달리스트를 향해 박수를 치는 것으로 만족해야 하는 우리들의 모습만큼 공허한 것이 아닐까?

여성을 여성답게 할 수 있는 열쇠는 이 원시의 순수 속에서 '여성'이라는 모델로 가공하기 시작한 틀을 찾아내 부수는 데 있는 것이 아닐까? 남성의 모럴로 특징지어지는 유교의 문화적 틀을 깨뜨리는 데서 해답을 찾아내야 하지 않을까? 발랄하고 건강했던 원시의 순수한 인간을 재능도, 자유도, 목소리도 없는 '여성'으로 만들어버린 일방적 계약을 파기하는 데서부터 시작되어야 하지 않을까? 유교 문화의 굴레 속에서 신음하던 자신들의 재능과 자유와 아름다움을 다시 찾아내야 하지 않을까? 결국 여성이 의지해야 할 자리는 폭력의 변사또도, 순정의 이도령도 아니다. 여성 자신이다.

이런 점에서, 자신이 꽃이 되고 싶기보다는 열매가 되기를 자처하고 쟁취에 나서는 서구의 여인들, 아시아의 중국, 타이완, 홍콩의 여인들, 그리고 누구보다 빠릿빠릿하고 부지런한 일본 여성의 모습을, 그들의 빠른 경제 성장과 윤택한 생활과 연관지어 생각하는 것이 무리는 아닐 것이다.

여성의 아름다움은 자유스러움에 있다. 신은 모든 자유분방한 아름다움을 여성 안에 감추어놓았다. 여성에게 인간을 탄생시킬 수 있는 신비한 능력을 주었고, 자녀에 대한 다함없는 사랑을 심어두었고, 남성들의 창조력을 촉발시킬 수 있는 매력을 넣어두었다. 때문에 모든 남성들은, 그가 아무리 둔감하고 능력이 없다 하더라도 한 여자를 사랑하는 순간부터 돌변하기 일쑤다. 숨겨졌던 모든 에너지가 일순에 분출하면서 걷잡을 수 없이 폭발하기 일쑤다.

유교 문화 속의 사내들이 시커먼 먹물 속에서 헤매고만 이유는 분출하는 여성들의 매력과 아름다움으로 적절한 자극을 받아보지 못했기 때문이 아니었을까? 여성이란 힘과 돈만 있으면 언제든지 그것도 여럿을 살 수 있다는 사회 분위기 속에서 남성들의 창조력은 점점 무디어져갔고 눈은 점점 어두워갔던 것이 아닐까?

그럴지도 모른다. 유교를 바탕으로 한 동양의 수많은 옛 예술품들, 음악과 미술, 서예 작품들이 여간해서는 평범한 우리들의 감흥을 불러일으키지 못하는 이유는, 그곳에는 건강한 여성들의 나부상이 자리할 만한 공간이 없어서였기 때문은 아닐까?

퇴폐의 길로 치달으리만치 자유로웠던 로마 여인들의

삶이 바탕이 된 서구의 문화가 역동적으로 발전했던 상황은 아시아에서 한국, 중국과는 다르게 나타나고 있는 일본 사회의 발전 이유를 부분적이기는 하지만 잘 설명하고 있다. 일본은 무사들을 통한 잦은 전쟁, 2차 대전 등을 통해 여성의 성이 쉽게 교환되는 역사를 경험했다.

이것이 일본의 성문화 특성의 하나이며 동시에 외부로의 개방에도 익숙해질 수 있는 심리적 배경이었다. 일본 사회의 전통적인 성개방 풍조가 일본 문화의 개방성과도 연결되어 해석되어야 한다는 점을 단지 윤리적 잣대만으로 묵살해서는 안 된다.

성의 개방 문제를 윤리적 측면에서 풀어야 하는 당위성은 인정해야 하지만, 한국과 중국이 여성을 그 문화적 유배지에서 풀어 사회로 진출시키던 근대에 이르러 비로소 사회적 발전을 이루고 있다는 현상을 그저 우연의 일치로만 해석하고 지나칠 수도 없을 것이다. 프로이트적인 측면에서 보아도 성의 억압은 다양한 성격 결함과 소극적 특성을 야기한다. 중국과 한국의 폐쇄적 태도의 배경에는 정절이라는 성의 문화적 관리 제도가 숨어 있음을 간과해서는 곤란하다.

모든 남성은 여성의 인격을 무의식중에 간직하고 있다. 남성들은 그것을 자신의 영혼처럼 느끼며 여성을 동경하고 사랑하게 되는데 이것이 바로 '아니마'로 불리는 감정이다. 이 아니마는 최초에는 어머니를 통해 깊은 가슴속으로부터 나와 근친상간적인 모자일체의 세계를 만들어 낸다. 그리고 점차 자신만의 신비한 여성을 찾아가고 만들어가게 된다. 이 여성을 찾아가는 과정이 바로 남성들의 성취동기이며 에너지다.

이런 점에서 유교는 남성들의 아니마를 억압하는 문화 구조를 갖추고 있다. 그들에게 주어진 여성은 신사임당과 황진이 그리고 춘향이에게서 볼 수 있듯이 단 세 가지의 여성이다. 그리고 그것은 언제나 쉽게 얻어지는 것들이었다. 권력과 돈을 통해서. 성취동기이며 에너지인 아니마를 억압당한 유교 사회의 남성들이 자신의 분신인 여성을 위해 몸을 던지지 않을 것은 너무도 당연한 일이다.

그리고 그들의 의식과 행동이 불알 발린 내시의 그것과 유사함은 어쩌면 당연한 일일지도 모른다. 그들은 공통적으로 여성을 잃어버린 존재들이기 때문이다.

남자들은 여성을 완벽하게 소유하기 위해 여성을 틀어쥐었지만 결국 얻은 것은 아무 것도 없었다. 여성을 완벽히 소유하기 위해 만든 유교의 많은 장치들은 결국은 여성을 죽여버렸다. 유교 속의 여성은 더 이상 인간도 여성도 아니었다. 그것은 왜곡된 생명체에 불과했고 원한으로 뭉쳐진 카오스에 불과했다. 결국 여성들은 폭발해버렸고, 남자들을 떠났다. 여성을 잃어버린 동양의 남자들은 그래서 결국 모든 것을 잃어버리고 있다.

'남녀 차별 금지법'이 통과되었다. 하지만 남녀 차별의 오랜 문화가 만들어냈던 아니마의 억압은 아직 회복되지 못했다. 남성들은 아직 진정한 여성을 만나지 못하고 있다. 남과 여란 답답한 유교적 테두리 안에만 가두어두기에는 에너지가 너무도 넘쳐나는 존재들이다. 테두리를 벗겨내야 한다. 인간으로서의 서로를 보아야 한다.

3

일본이여 들어오라! 중국이여 기다려라!

칼마다 맛이 다르다

한국인의 식칼은 중국인의 식칼과 일본인 식칼의 딱 중간 형태다. 크기는 그저 늘 우리가 먹는 자반고등어만 하고, 형태 역시 사각형도 삼각형도 아닌 두루뭉수리형이다. 칼등은 중국 식칼을 닮았고, 날은 일본 칼과 비슷하지만 끝이 휘어져올라가 버선코를 닮았다. 또 날은 면도날처럼 예리하지도 않고 도끼처럼 무디지도 않다. 적당히 예리하다. 그래서 이 식칼은 돼지고기를 자르기에는 힘이 부치고, 생선회를 뜨기에는 너무 거칠다.

넓게 볼 때 인간은 똑같다. 그래서 조금 털털하게 생각하면 이 세상 어딜 가나 사는 꼴이 다 비슷해 보인다. 일본인의 만화 같이 사는 모습이나 중국인들의 너저분한 모습이나 한국인의 성깔 있는 삶의 모습이 비슷비슷해 보인다.

이렇듯 비슷비슷하게 보이는 이유는 인류에게 공통으로 존재하는 '원질 관념'이라는 것 때문이다. 인간이 만들어지면서 본래적으로 지니고 있는 속성이 서로 동일하다는 뜻이다. 그리고 이 원질 관념은 각 민족의 개별적인 생활 조건, 즉 지리, 기후 등 환경에 따라 조금씩 다른 모습으로 바뀐다.

한국인과 중국인과 일본인은 본래적인 원질 관념 때문

에도 비슷하지만, 또 크게 볼 때 동일한 문화권에 속해 있기 때문에 대단히 유사하다. 그러나 조금 세밀히 관찰해 보면 여전히 나름의 개성이 있다.

한중일, 삼국의 문화를 비교하면서 늘 흥미 있게 생각하는 것은 식칼이다. 손잡이 있고, 날 달린 모습이 똑같다고 생각할지 모르지만 그렇지 않다. 대단히 다르다.

일본의 도시를 다니다보면 칼만 파는 가게들을 볼 수 있다. 두어 평 남짓한 가게의 벽면에 번쩍이는 칼들을 쫙 꽂아놓은 것이 조금 으스스해 보이지만 칼마다 새겨놓은 장인들의 이름을 통해 그들의 책임의식과 프라이드를 함께 느끼게 된다. 또 여기가 틀림없는 사무라이의 고향이구나 하는 느낌도 빼놓을 수 없다.

삼국의 칼 중에서 일본의 칼이 제일 깨끗하고 폭이 좁다. 또 제일 뾰족하고 길어 전체적으로 긴 삼각형의 형태를 유지하고 있다. 거의 면도날을 연상시킬 만큼 일본인의 식칼은 예민해 보인다. 그것은 살아서 펄펄 뛰는 생선을 빠르게 제압하는 데 유용함과 동시에 흐물흐물한 생선의 살을 조각내고 다듬기에 가장 적합한 것으로 보인다.

중국인의 식칼은 일본인들의 식칼에 비하면 차라리 도끼다. 4×6배판 책만 한 크기의 사각형의 시커먼 날, 그리고 칼의 두툼한 두께, 뭉툭하고 짧아 손안에 딱 들어가도록 만든 손잡이로 광어회를 뜬다는 것은 거의 불가능하다. 그건 질기고 질긴 돼지비계와 갈비를 통나무 도마 위에 놓고 턱턱 끊어내는 데 잘 어울리는 칼이다. 묵직한 무게 때문에 위아래로 손목을 흔들며 내리치면 도마가 푹푹 파이면서 비계와 뼈가 끊어진다. 비계 달린 살코기를 애들 주먹만 하게 쿡쿡 썬 뒤 칼에 올려 기름솥 안으로 획하고 던져 넣기 편리하도록 만들어졌다.

한국인의 식칼은 중국인의 식칼과 일본인 식칼의 딱 중간 형태다. 크기는 그저 늘 우리가 먹는 자반고등어만 하고, 형태 역시 사각형도 삼각형도 아닌 두루뭉수리형이다. 칼등은 중국 식칼을 닮았고, 날은 일본 칼과 비슷하지만 끝이 휘어져 올라가 버선코를 닮았다. 또 날은 면도날처럼 예리하지도 않고 도끼처럼 무디지도 않다. 적당히 예리하다. 그래서 이 식칼은 돼지고기를 자르기에는 힘이 부치고, 생선회를 뜨기에는 너무 거칠다.

이건 그저 배추나 무를 썽둥썽둥 썰기에 적합하다. 두쪽으로 쪼개면 되는 배추를 위해 도끼를 쓸 필요는 없는 것이다. 또 돼지고기처럼 질기지도, 생선처럼 흐물대지도 않는 무는 대충 이리저리 치다보면 깍두기가 된다. 대한민국 식당 어디를 가도 한 접시 안의 깍두기 크기가 고른 것을 먹어보지 못했다. 그저 대충 치면 그만이다. 깍두기를 위해 면도칼을 쓸 필요는 없을 것이다.

문화적 행동 양식은 가치관에 영향을 주고, 그 가치관은 다시 활동에 필요한 공구 등의 생산에 영향을 주게 된다. 이런 상황은 우리가 차로 고속도로를 달릴 때 쉽게 확인할 수 있다. 주행선을 타고 순하게 달리는 사람은 언제나 같은 패턴으로 추월도 하고 주행도 한다. 물론 깜박이도 미리미리 상대를 고려하며 켜곤 한다.

그러나 차와 차 사이를 겨우 겨우 비껴나가며 앞으로 나가는 차는, 올 때도 그렇고 지나갈 때도 그렇고 또 앞으로 나아가면서도 계속 지그재그다. 한번 머릿속에 주입된 의식은 지속적으로 사람의 행동을 지배하게 된다. 그 지그재그 운전자는 절대 차분하게 차를 몰 수가 없고, 차분히 차를 모는 사람은 누가 뭐래도 지그재그 운전을 따라 하기 힘들다.

한중일 세 자루의 식칼은 세 나라 사람들의 행동양식을 그대로 대변하는 상징물들이다. 세 가지 다른 식칼로 만든 음식 또한 서로 다른 문화적 퍼스낼리티를 선명하게 나타낸다.

중국 조리법의 대표는 '차오'다. '차오'란 볶는다는 뜻으로, 거칠게 토막을 낸 돼지비계를 넣고 야채들과 착착 볶아내 커다란 접시 위에 던지는 중국 요리는 중국인들의 실용적이고 감각적인 특징을 잘 대변한다. 이 요리는 요리사의 감각과 생각에 따라 맛이 좌우되어 먹는 사람이 개인의 기호를 첨부할 기회가 없다. 그저 주면 먹어야 한다. 짜면 짠 대로 싱거우면 싱거운 대로 기껏 할 수 있는 것이라곤 많이 먹고 적게 먹는 양의 조절뿐이다. 좋게 말해서 대국적이고 나쁘게 말해서 다소 오만한 말투며 태도와 맥을 같이하고 있다.

또 돼지기름으로 범벅이 된 음식은 둔탁하면서도 불투명한 중국 문화의 정서를 그대로 투사해내고 있다. 여간해서는 실체를 잡을 수 없는 그들의 미끄덩거리는 정서야말로 '차오'가 감춘 진면목이다.

일본 요리의 대표는 잘 알다시피 '사시미'다. 살아 있는 생선의 살을 얇게 저며 먹도록 한 회는 일본인의 성격을 가장 잘 표현하는 요리다. 생선살의 결을 고려하는 칼질, 부위별로 나누어 그 맛의 차이를 예민하게 느끼도록 만든 설계, 여기에 각종 소스를 개인별로 두어 자신의 취향을 가능한 한 살리려는 배려가 회에는 들어 있다. 더구나 회는 자연 그대로의 음식이다. 어떠한 조미도 되지 않은 상태에서 먹는, 각자의 개성이 첨가될 공간이 확보된 음식이다. 자연의 재료를 가지고 자기의 창조 공간에서 마음껏 자기 실현을 맛보는 음식이다.

쓰시는 또 어떤가? 조그만 덩어리 안에는 밥과 밥을 보조하는 온갖 종류의 반찬들이 들어 있다. 그리고 색색의 반찬들은 칼로 잘라 단면을 노출시켰을 때 더욱 분명하게 나타난다. 그것은 언제든지 검증이 가능한 상태다. 뒤가 없는 일본인들의 진솔한 면(민족 감정 빼고 그들의 상거래와 개인적인 약속 이행만을 가만히 객관적으로 떠올려보자)을 상징하는 음식이 바로 이 쓰시다.

또 한 가지 빼놓을 수 없는 쓰시의 장점은 언제든지 운반이 가능하고, 바로 먹을 수 있다는 점이다. 심지어 움직이면서까지. 전 세계 가전제품 시장을 석권하는 작고 실용적인 '포터블' 상품의 뒤에는 바로 이 쓰시의 음식 문화가 자리하고 있다. 이것은 불과 냄비가 꼭 필요한 돼지비계의 '차오' 요리나 식으면 끝장인 묵직한 뚝배기의 된장찌개가 절대 흉내 낼 수 없는 것이다.

투명하면서도 정갈해 보이는 일본 상품들. 사시미 조각처럼 세밀하게 나뉘어 있는 상품들과 잘 배려된 부속품들. 카메라, CD 플레이어, 문구류, 옷, 심지어 장난감으로 착각할 정도로 정교하고 깨끗하게 만들어놓은 진열장의 케이크와 과자들은 정성스레 저며 놓은 사시미나 오밀조밀 뭉쳐놓은 쓰시와 달라 보이지 않는다. 용도와 관계없이 그것을 입에 넣고 싶다는 충동까지 불러일으키는 일본 상품의 내면에는 바로 사시미와 쓰시가 있다.

특히 요즘 청소년들의 마음을 사로잡고 있는 미니카 속의 오밀조밀한 자동차 부속품들은 그야말로 커다란 접시 위에 놓인 깨끗한 회조각들이다. 아이들은 그 조각조각을 집어다 자신들의 취향에 맞게 차를 조립해간다. 마치 회를 들어 자신이 만든 와사비 소스에 찍어 입에 넣듯이 말이다.

우리의 것은 어떤가? 김치는 첨가물을 넣고 시간이 경과해야 먹을 수 있는 식품이다. 그렇다고 중국 요리처럼 그때그때 만들어 먹을 수 있는 것도 아니다. 물론 회처럼 금방 먹을 수도 없다. 시테크적인 측면에서 본다면 반드시 일정 기간을 기다려야 하는 김치는 전혀 경쟁력이 없는 식품이다.

또 김치는 먹는 사람 개인의 취향이나 입맛이 반영되지 못한다는 면에서 몰개성적인 식품이다. 한 집안의 어머니 입맛이 온 집안 식구의 입맛을 결정짓는다. 이런 점에서는 중국 음식의 권위적인 모습과 동일하다. 일본의 회나 서구의 스테이크처럼 자신의 입맛에 맞게 소스를 바꾸고, 간을 달리 할 수 없는 붙박이 음식이다. 또 이런 점에서 김치는 자기 집 문만 벗어나면 다른 사람들을 만족시킬 수 없다. 국제 경쟁력은커녕 옆집과의 경쟁력도 없는 셈이다. 김치에 김밥 같은 '포터블'의 기능이 있는가? 아무리 비닐로 싸고 랩으로 둘러도 냄새는 삐져나온다. 그것도 국제선 기내에서는 특히 더.

우리의 찌개를 보자. 잡탕찌개, 부대찌개, 섞어찌개 등 이름부터 몰개성의 음식들이다. 먹는 사람 개인의 취향이 반영되지 못함은 물론 재료들 각각의 맛마저 모두 찌개국물 속으로 함몰되고 만다. '먹으려면 먹고 싫으면 관둬'의 억지가 가득한 음식이다.

늘 황토 먼지로 뒤덮여 있고, 저장이 마땅치 않아 음식들의 신선도를 보장할 수 없는 환경에서 자란 중국인들은 재료들을 가지고 미끄덩거리는 돼지비계로 윤활유 겸 소독약 겸 섞어서 볶을 수밖에 없었다. 그리고 그 재료래야 어디 도망갈 일도 없고 하니 느릿느릿 지저분 너저분할 수밖에 없었다.

반면에 늘 물 곁에서 살아야 했던 일본인들은 수시로 변하는 물, 바람의 변화 그리고 팔팔 뛰는 생선들 때문에 늘 손발이 분주할 수밖에 없었다. 또 다행히 생선은 날로 먹을 수 있는 것이기에 사시미를 만들 수밖에 없었고 물이 늘 곁에 있으니 주변을 쓸고 닦고 할 수밖에 없었다. 깔끔해질 수밖에 없는 환경이었다.

반면에 한반도에 살던 사람들은 이래저래 적당할 수밖에 없었다. 물고기만 잡아먹을 수도 없는 것이고, 농사만 지을 수도 없는 것이다. 또 기후가 좋고, 땅이 기름져 야채들은 씨만 심으면 수확을 할 수 있었지만 기후대가 묘하게 온대성 기후인지라 겨울이 문제였다. 그래서 만들어진 것이 저장 음식 김치였다.

봄부터 가을까진 기다려야 하고 겨울에 한번 담그면 봄까지는 그 맛에 변화를 전혀 줄 수 없는 음식, 유연성이라곤 찾아보기 힘든 음식이 바로 김치다. 융통성이라곤 없는 음식인 것이다. 메주로 만드는 고추장이 그렇고, 된장이 그렇고, 간장이 그렇다. 한번 실수하면 일 년이 괴로워야 하는 음식들. 외부 변화에 대해 유달리 둔감하고 고집이 센 한국인 성격의 유래를 여기서 찾을 수 있지 않을까?

세 자루의 서로 다른 칼이 만들어낸 요리는 정치적 환경과도 밀접한 관련이 있다.

토막 친 돼지고기와 야채들을 한데 섞어 화르르 볶아 내는 것처럼 중국의 통치는 언제나 두루뭉수리이다. 법도 없고 원칙도 없고 주방장 마음대로 섞어서 볶아놓는다. 국민들은 이리 볶이고 저리 볶이면서 정신을 못 차리게 된다. 사회주의와 자본주의 사이에서 갈피를 못 잡는 그들의 모습, 바로 '차오' 요리의 전형적인 모습이다.

한국은 어떤가? 바로 김치 그 자체다. 국민들은 각각 개성이 강하고 성격도 강하다. 따로따로 떼놓으면 엄청 똘똘하다. 마치 싱싱한 배추처럼, 그러나 그 위에 소금이 한번 뿌려지면 모조리 숨이 죽는다. 언제 설쳐댔었나 싶게 엎드려 있다. 복지부동과 눈치 보기가 그 전형적인 예다. 마치 김치를 담그듯이 펄펄한 배춧잎과 소금 뿌리기가 역사에서 반복되고 있다. 개선이 되지 않는다.

일본은 사시미 그대로다. 조각조각 나뉘어 있는 지방 분권, 누구도 실권을 한 손에 잡을 수 없는 일본 정치의 현실은 접시 위에 가지런히 놓인 사시미 그대로다. 국민들은 각기 살아서 바삐 파닥인다. 또 각각의 조각으로 살아 있기 때문에 나름의 일에 대해 애착을 갖고 서로의 개체를 인정한다. 하지만 결국은 접시 위를 떠날 수 없다. 그리고 와사비 간장과 함께 사라진다. 일본인의 사회와 기업에 대한 희생 문화와 동질이다.

민족의 특성이란 환경에 의해 만들어지는 후천적 습성의 복합체다. 그리고 그것은 그 문화권 내에서 형성되는 모든 유형 무형의 존재들의 특성을 결정짓는 데 결정적으로 영향을 준다.

무조건 우리 것이 좋다고 외칠 일이 아니다. 자신의 모습에서 부족한 것이 있다면 부끄러워하지 말고 곁에서 배워야 한다. 그것이 설사 자존심 싸움에서 지기 싫은 일본인의 것이라고 해도 말이다. 또 사실 거의 베껴오고 있지 않은가?

조금 솔직해지고 허심탄회해지자. 그래야 인생이 즐거워진다.

일본을 용서한다

일본이나 한국이나 모두 역사적 '조각'들에 기대 자존심 싸움을 벌이고 있는 형편이다. 당시 이 지역을 통해 일본에 문물을 전했던 백제인들의 배짱과 장사 수완, 이곳을 드나들며 이것저것 나름대로 신선한 것을 들고 와 백제와 신라 사람들을 즐겁게 했을 왜인들의 장사꾼 기질에 비하면 양쪽 다 좀스러운 면이 없지 않다.

나는 일본을 용서한다. 그들이 과거에 전라도, 충청도, 경상도 일대를 제 집 안마당 드나들 듯 드나들었고, 광개토왕의 비문을 석회로 고치고, 임나일본부를 주장하고, 35년간 우리나라를 강제로 점령했다 하더라도 말이다.

헤이롱짱 성 하얼빈 시내에서 택시를 타고 동남쪽으로 한 40분 가다보면 누런 건물 한 채가 눈에 들어온다. 관광버스 가득 실려 온 일본인들이 침통한 얼굴로 건물로 들어서는 안내인의 말에 귀를 기울인다.

"여기가 바로 일본군이 인간을 가지고 생체 실험을 했던 마루타의 731부대 자리입니다."

빛바랜 사진들과 피 묻은 유물들로 이루어진 전시실은

구토가 날 만큼 역겨운 모습이다. 배가 부른 조선 여성이 절망으로 가득 찬 모습으로 일본군 옆에 서 있다. 그것을 바라보는 중년의 일본 사내의 얼굴에는 민망함과 부끄러움이 가득하다. 그 뒤를 따르는 몇몇 사내들은 연신 "아, 아쯔이, 아쯔이(덥다, 덥다)."를 중얼거린다. 마음이 덥다는 뜻이겠지.

남을 미워하는 것만큼 고통스러운 일은 없다. 더구나 그가 이웃인 경우에는.

98년 여름, 베이징에서 약 10여 개 나라 교수들과 한 달 간 한 숙사에 묵으며 세미나를 한 일이 있다. 그때 우리 일행 중에는 세 명의 월남인 교수들이 있었다. 그들은 가장 싼 음식만을 먹고 버스 외의 교통편은 이용하지 않았다. 그중 하노이 대학에서 온 50대의 남자 교수는 매일 아침이면 녹음기를 틀어놓고 중국의 국가와 월남의 국가를 따라 부른다. 공산당 당원이기도 한 그는 언제나 침착하면서도 따뜻한 모습이다. 궁금증을 가슴에 안고 지내던 얼마 후 끝내 내가 먼저 묻고 말았다.

"월남전 때 전쟁에 참가했나요?"

까무잡잡한 피부에 눈이 가려지도록 앞이마를 덮은 머리카락을 연신 쓸어 올리던 그가 씨익 웃는다. 어려서 듣던 베트콩이란 말이 갑자기 떠올랐다.

"난 계속 선생이었어."

"한국이 전쟁에 참가했는데 미워하지 않아요?"

또 씨익 웃기만 한다.

"월남 여자들 많이 건드리고 한국사람 닮은 애들이 많이 있다던데."

다시 한참 뜸을 들이던 그가 천천히 말을 꺼낸다.

"우린 다 용서했어. 미워하는 건 힘든 일이야."

초등학교 시절 아현동 마루턱을 넘던 국군 장병들을 위해 인도에 늘어선 우리는 습자지 태극기를 흔들며 목이 터져라 군가를 불렀다. 월남으로 파병되던 군인들이었다.

"자유 통일 위해서 조국을 지키다……."

그때의 멋모를 비분강개와 이제 와서 공연히 일어나는 부끄러움을 나는 어떻게 해석해야 할지 몰라 한동안 난감했다. 그 이후 가끔 만나는 일본인 교수를 나는 다시 쳐다보기 시작했다. 그리고 용서를 생각했다.

서기 400년경, 부산을 중심으로 한 낙동강 지역에는 이른바 6가야가 있었다. 이들은 신라에도 백제에도 속하지 않은 부족들로 신라, 백제, 왜와 자주 접촉하고 있었다. 그런데 이 지역을 둘러싼 한국과 일본의 사학계의 해석은 첨예하게 맞서 있다. 일본은 이 지역에 자신들이 지역 통치를 위해 '임나일본부'를 두었노라고 주장하고 있고, 한국은 식민통치를 정당화하기 위한 또 하나의 사기극이라고 펄쩍 뛰고 있다. 두 나라 학자들의 논문을 보면 각기 자신들에게 유리한 구절을 인용하며 첨예하게 맞서고 있다. 그러나, 그 해석이야 어떻든 한국과 일본 두 학계 모두 이 지역이 한반도와 일본을 잇던 주요한 항구 역할을 한 것에 대해서는 서로 이견이 없다.

하지만 곰곰이 생각해보자. 항구가 있었고 사람이 오고 가며 문물이 교환되고 있었다. 그러면 서로 말이 통하지 않고 음식이 달랐을 테니 적당히 음식점, 여관, 통역사가 있었을 것임은 어렵지 않게 추측할 수 있다. 더구나 이곳으로 백제 사람들이 자주 도망을 오게 되니 백제는 이곳에 와서 호구조사까지 했던 것으로《일본서기》는 전하고 있다.

"백제 백성이 떠돌아다니다 호적마저 잃어버리자 다시 3~4대 후손까지 색출하여 본래의 원적지로 귀향시켜 백제 호적에 넣었다."

더구나 백제는 양쯔 강 지역 그러니까 지금의 상하이 지역의 산물들을 이곳 6가야 지역에 있던 '일본부'의 왜인들에게 골고루 포상했다는 기록도《일본서기》는 전하고 있다. 물론 여기서의 '일본부'는 엉터리다. 왜냐하면 6가야가 있던 시기에는 아직 일본이란 국명이 만들어지기 전이기 때문에《일본서기》의 '일본부'는 전혀 허구의 이름이 된다. 하지만 그것만으로 임나일본부를 완전 부정하기에도 무리는 있다. 왜냐하면 그 지역에 정말 '임나일본부'가 전혀 없었다는 기록도 없고, 완전히 백제나 신라의 통제를 받았다는 기록도 없기 때문이다.

일본이나 한국이나 모두 역사적 '조각'들에 기대 자존심 싸움을 벌이고 있는 형편이다. 당시 이 지역을 통해 일본에 문물을 전했던 백제인들의 배짱과 장사 수완, 이곳을 드나들며 이것저것 나름대로 신선한 것을 들고 와 백제와 신라 사람들을 즐겁게 했을 왜인들의 장사꾼 기질에 비하면 양쪽 다 좀스러운 면이 없지 않다. 지금에 와서 역사나 문화로 쪼개보는 것들이 사실은 격식과 제약을 뛰어넘었던 '체험 삶의 현장' 그 자체였다는 사실을 기억한다면 더욱 그러하다.

마음이 열린 학자들이라면 한일 교류의 역사적 의미를 되새기기 위해서라도 부산과 하카타에 '한일 교류 기념 센터'라도 세우자는 제안을 할 수 있을지도 모를 일이다. 그런 제안이야말로 새로운 미래 설계를 위한 '역사 연구'의 본래 취지에 걸맞은 것이 아닐까 싶다. 글자 한 자를 가지고 날밤을 새우는 게 학자들의 속성이니 바라는 게 무리이긴 하겠지만.

일본 문화의 뿌리를 보는 시각

우리의 모든 문화가 중국에서 건너온 것이라고 하면 싫은 것처럼 일본인들도 모든 일본 문화는 한국에서 건네준 것이다라고 말하는 것을 좋아하지 않는다. 문화 전파주의적인 입장이 아니더라도 중국의 문화가 한반도와 일본으로 건너갔고, 또 일부는 한반도를 거쳐 일본으로 갔음을 말하는 것은 자연스러운 일이다.

문화적 화해 요청이 다소 무리하게 들릴지 모르겠지만 사실 고대 일본인들과 한반도의 일부 지역 사람들은 같은 문화적 뿌리를 가지고 있었다.

그것은 마치 프랑스와 독일처럼 같은 뿌리에서 갈라져 나온 두 개의 민족이었다. 프랑스와 독일이 신성로마제국이라는 뿌리는 같지만 각기 다른 언어와 문화를 가졌기 때문에 같은 민족이라고 부르지는 않는 것처럼, 서로 다른 언어와 문화 때문에 같은 민족이라고 부르지 않을 뿐이다. 《일본어의 기원》을 쓴 오노 교수가 "기원전 300년부터 서기 300년 사이에 일본어의 대전환이 일어난 것은 한반도의 남부 언어가 전래되었기 때문"임을 밝힌 것처럼 문화적 뿌리의 동일성을 어렵지 않게 확인할 수 있다.

미국 캘리포니아 대학의 제럴드 다이아몬드 교수는 유전자 정보와 골상 구조를 통해 일본인은 유전학적으로나 골상학적으로 한국 이민족들의 후예임을 밝히고 있다. 또 우에다라는 일본인 교수는 고대 일본인의 유골을 연구하여 한국인 중에서 가장 키가 작은 충남, 전북 사람들의 유골의 평균 신장(161~163cm)과 이들의 신장이 동일함을 밝히고 있는데, 이를 두고 학계에서는 고대 충남, 전북 지역을 기반으로 했던 백제계 사람들이 6가야 지역을 거쳐 일본으로 건너간 증거로 삼고 있다.

일반적으로 학계에서는 백제를 고구려 주몽의 두 아들 중 하나인 온조가 세운 것으로 보고 있다. 고구려는 부여에서 파생한 나라다. 하지만 기록에 보면 부여인들은 체격이 무척 큰 사람들이었고, 고구려 사람들도 체격이 상당히 큰 것으로 알려지고 있다. 그런데 백제계의 후손이랄 수 있는 충남, 전북 지역 사람들은 한반도에서 가장 작은 사람들이다. 이 문제는 또 어떻게 풀어야 하나? 고구려에서 제일 작은 사람들만 온조를 따라 내려왔을까? 아니면 일부 학자의 주장처럼 신비에 쌓인 주몽의 다른 아들인 비류가 정말 백제를 만든 장본인일까? 아니면, 고구려, 신라와는 전혀 관련이 없는 다른 종족이 백제의 조상이었을까? 이 문제를 풀기 위해서는 중국으로 가야 할지도 모른다.

왜냐하면 기록을 통해서도 확인할 수 있듯이 중국의 산동 반도와 리야오닝 반도로부터 소그룹의 유민들이 한반도 서쪽 해안으로 자주 들어왔기 때문이다. 또 중국의 역사서인 《위지》에는 황해도에서 서해안을 따라 내려가다가 진도 근처를 거치고 다시 낙동강 하구를 통해 대마도로 갈 수 있는 해로가 기록되어 있다. 특히 이 해로는 나중에 신라가 경주에서 가까운 영일만을 출발, 남해안을 지나 흑산도를 거쳐 중국 양쯔 강으로 가는 해상 고속도로로 사용되기도 했다.

즉 중국의 동부, 한반도의 서해안, 일본의 북부 지역은 과거에는 하나의 커다란 통상 구역이었고 교류 지역이었다. 따라서 어느 한 조각을 잘라 한국과 일본의 일방적 문화 전파를 주장하는 것은 다소 무리가 있다. 물론 이런 견해는 일본인들이 한국의 일방적 문화전수 주장을 반박하기 위해 자주 사용하고 있기 때문에 식민사관이라는 덤터기를 뒤집어쓸 위험도 있긴 하지만, 그렇다고 무조건 애국적 역사풀이를 언제까지 하고 있을 수만도 없는 노릇이다.

어쨌든 이런 구차한 예를 들지 않더라도, 한반도와 일본의 문화적, 혈통적 관련을 면도날로 자르듯이 싹 베어낼 수는 없다. 더구나 백제 계열의 제사장이 교토와 나라 지역으로 이주해간 뒤 종교적 구심점이 필요했던 정치적 이유로 일본의 천황으로 추대되었음은 일본 학계에서도 받아들여지는 형편이니, 한일 두 나라 역사가 만든 사랑과 미움은 참으로 깊고도 묘하다고 볼 수 있다.

문제는 이것을 보는 시선이다. 우리의 모든 문화가 중국에서 건너온 것이라고 하면 싫은 것처럼 일본인들도 모든 일본 문화는 한국에서 건네준 것이다라고 말하는 것을 좋아하지 않는다. 문화전파주의적인 입장이 아니더라도 중국의 문화가 한반도와 일본으로 건너갔고, 또 일부는 한반도를 거쳐 일본으로 갔음을 말하는 것은 자연스러운 일이다.

물론 일본이 전해온 것도 없지 않다. 부산, 김해 지역에서 출토되는 토기들의 양식은 일본의 토사기(土師器) 계열의 토기로부터 영향을 받았다는 사실도 그중의 하나다. 한국 학자는 이에 대해 "약간의 검토를 요한다."는 단서를 붙이고 있는데, 이는 학문적인 견해라기보다는 학계와 국민들을 의식한 어쩔 수 없는 '애국적' 표현이 아닐까 싶다. 그도 그럴 것이 토기 파편 하나를 들고 민족과 역사를 장엄하게 해석해가던 '식견'이 증거가 넉넉한 발굴 현장을 앞에 두고 '검토' 운운하는 것은 뭔가 앞뒤가 맞지 않기 때문이다.

두 개의 인접한 문화권이 공존하면서 어떻게 일방적인 주입만이 가능하겠는가? 아무리 역사와 문화에 문외한이라 하더라도 쉽게 받아들이기 힘든 이 '역사 해석'을 학교에서 내내 가르치는 것은 일본의 역사 왜곡만큼이나 유치한 발상이 아닐 수 없다. 한반도는 너무도 다이내믹하고 역동적인 삶의 공간이었다. 그 삶의 공간에서 부대끼면서 얻은 여러 가지 삶의 모습들을 있는 그대로 담담하게 받아들이며 살아야 하지 않을까?

주고받으며 때로 싸우고 화해하는 것, 이것이 바로 문화다. 만일 우리가 일본에 건네준 문화의 일단면만을 가지고 일본을 문화적 속국으로 치부하려고 하는 한, 그건 우리가 일본의 강제 통치를 경험했기 때문에 부려보는 억지고, 또 다른 콤플렉스일지 모른다는 혐의로부터 자유스럽지 못하게 된다. 우리가 다 주었기 때문에 너희들은 못났고, 우리에게 아픔을 주었기 때문에 너희들을 용서 못한다면서도, 일본의 도움이 없이는 자동차 산업은 물론 내로라하는 방송국 프로그램조차 어떻게 만들어야 할지 막막해지는 우리의 현주소를 어떻게 해석해야 하나? 모순을 가슴에 품고 사는 일은 쉬운 일이 아니다.

이런 점에서 나는 우리 사회의 묘한 이중성을 엿보게 된다. 특히 정신대 할머니들을 떠올릴 때마다 나는 더 착잡해진다. 한일관계의 묘한 상황만 벌어지면 매스컴들은 으레 할머니들에게 카메라를 들이댄다. 나는 그 모습을 보면 볼수록 안타까워진다. 반일 정서를 자극하는 데 그것보다 좋은 소재는 없다는 조금은 사려 깊지 못한 속내가 느껴지기 때문이다.

나는 차라리 우리 정부가 그분들에게 충분한 보상을 해드렸으면 싶다. 국민을 보호하지 못한 국가의 책임을 통렬히 느끼면서 말이다. 내 장인이 고향을 떠나 타국에서 방황하는 세월을 지낸 것(평안북도 정주가 고향인 장인은 일제 때 징용으로 고향을 떠나 58년간을 타이완에서 살고 계시다)도 따지고 보면 국가의 책임 아닌가? 국민을 보호해야 할 책임을 다하지 못한 잘못 역시 따져야 한다. 그래서 그 분들이 편안한 여생을 지내시기를 바란다. 물론 일본에게서 잘못에 대한 사과와 보상은 다른 차원에서 받아내야겠지만 말이다.

역사는 기억해야겠지만 아픈 상처는 이제 그만 잊을 때가 되었다. 잊지 못한다면 용서할 때는 되었다. 그리고 솔직해질 때가 되었다. 나는 내 아이에게도 일본을 미워하라고 말해줄 용기(?)가 없다. 나는 아이에게 일본 친구를 많이 만들라고 말하고 싶다. 고베에서 만났던 제 엄마 친구의 딸인 눈이 댕그란 동갑내기 계집애 마이짱 같은 친구를 말이다. 순수한 내 아이의 가슴에서 어떠한 미움의 씨앗도 자라는 것을 원치 않는다.

일본 만화에서 배운다

상상력과 위트가 만화의 핵심이라면, 유교의 핵심은 현실과 엄숙함이다. 둘의 사이가 좋을 리 없다. 유교적 가치관은 언제나 만화를 폄하하고 모함한다. 유교의 엄숙주의는 만화 자신이 지닌 두 가지 속성 때문에 일본 만화를 거부한다. 하나는 일본 만화가 지닌 허풍과 경박성 때문이다. 그러나 허풍과 경박성은 뒤집어 말하면 놀라운 상상력과 위트이기도 하다.

19세기는 유럽의 오페라, 20세기는 미국의 할리우드, 21세기는 일본의 애니메이션이다.

1999년 1월, CNN은 신년 특집으로 '일본 애니메이션의 세계'를 방영했다. 1997년 일본 최대의 히트작 〈원령공주〉로 이야기를 열었다. 커다란 눈망울, 날카로운 이리 이빨을 목걸이로 달고 있는 야생의 소녀 '산', 그녀가 드디어 첨단의 나라 미국인의 가슴속으로 파고들기 시작했다.

1945년 미군의 도쿄 대공습 이후, 초토화되었던 일본이 애니메이션이라는 문화 폭탄으로 디즈니랜드를 공략하기 시작한 것이다. 자라나는 세대들의 가치관을 좌우한다는 측면에서 일본 애니메이션의 영향력은 핵무기보다 더 가공할 만한 파괴력을 지닌다.

일본의 월트 디즈니, 일본 애니메이션의 아버지로 불리는 미야자키 하야오가 주축이 되어 만든 애니메이션 회사 '스튜디오 지브리'는 사하라 사막의 열풍이란 뜻이다. 이제 이 사하라 사막의 열풍이 한국을 향해 몰아치고 있다. 중국의 황사와 함께 또 하나의 모래 바람이 남쪽에서 불어오고 있는 것이다.

사실 우리는 이미 오래전부터 일본 애니메이션에 노출되어 있었다. 〈아톰〉〈마징가 제트〉〈은하철도 999〉〈엄마 찾아 삼만리〉〈알프스의 소녀 하이디〉〈알리바바와 40인의 도적〉〈미래 소년 코난〉〈빨강머리 앤〉〈명탐정 번개〉〈세일러 문〉〈드래곤 볼〉〈슬램 덩크〉 등 우리에게 익숙한 일본의 애니메이션들은 이름만 대기에도 숨이 가쁠 정도다.

이 중에는 내가 9살 아이와 함께 보는 것들도 있다. 나도 그렇고 아이도 그렇고 우리들의 뇌리 속에는 이들 캐릭터들의 잔상이 강하게 남아 있다. 이제 일본의 애니메이션은 더 이상 일본인들만의 것은 아니다. 이 점을 냉정하게 인정해야 한다.

아이들의 낙서에 등장하는 만화 캐릭터들, 우리의 울적한 감정에는 아랑곳없이, 그곳엔 이미 한국인의 얼굴은 없다. 일본 애니메이션은 이미 하나의 보편적 문화로 우리 주변에서 뿌리를 내리고 있다.

한국사회가 일본 만화에 거부감을 갖는 이유는 일본 만화가 갖는 폭력과 선정성에 앞서서 유교적인 엄숙주의의 가치관 때문이다. 맹자라는 사나이가 한 '충실함이야말로 아름다움'이라는 선언은 유교 엄숙주의의 무게가 얼마만한 것인지를 가늠케 한다.

유교의 엄숙주의는 만화 자신이 지닌 두 가지 속성 때문에 일본 만화를 거부한다. 하나는 일본 만화가 지닌 허풍과 경박성 때문이다. 그러나 허풍과 경박성은 뒤집어 말하면 놀라운 상상력과 위트이기도 하다.

요시로 요시타케는《만화의 기호론》에서 만화의 미학을 이런 논조로 파헤치고 있다.

"만화는 과장과 디포르메(변형), 생략을 통해 독자의 비위를 맞춘다. 이들 만화 기호는 사람들의 소망, 의지, 이상, 실의, 악의 형체를 띠고 나타난다. 허풍 속에 마침내 아름다움이 떠오른다. 바로 허풍의 미학이다."

상상력과 위트가 만화의 핵심이라면, 유교의 핵심은 현실과 엄숙함이다. 둘의 사이가 좋을 리 없다. 유교적 가치관은 언제나 만화를 폄하하고 모함한다. 하지만 새로운 학습 프로그램으로 인정받고 있는 Edutainment〔에듀테인먼트 : Education(교육)+Entertainment(오락)〕의 가치와 경제적 영향력을 생각해볼 때, 일본 만화에 대한 억지는 시대착오를 지나 문화적 창의성의 싹을 자른다는 점에서 심각한 문제를 제기하지 않을 수 없다.

〈천녀유혼〉〈황비홍〉으로 우리에게 익숙한 홍콩의 영화감독 쉬커(서극)가 애니메이션으로 관심을 돌리고 있다는 소식은 한국의 대중문화 앞에 켜진 신호등으로까지 해석할 수 있다. 고정된 가치관을 기준으로 애니메이션이 지닌 풍부한 상상력과 섬세한 예술적 기능, 그리고 인간에 대한 애정과 삶에 대한 겸허를 간과해서는 곤란하다. 물론 이런 표현이 일부 싸구려 만화영화에 해당되는 것이 아님은 두말하면 잔소리다.

유교의 엄숙주의가 애니메이션에 익숙해지지 못하는 두 번째 이유는 색상에 있다.

잘 알다시피 동양의 그림은 산수화로 대표된다. 그리고 산수화에는 단 2가지의 색, 흑과 백만이 용납된다. 그리고 이 흑과 백은 사고의 흑백 논리를 낳게 된다. 사물을 단순하게 생각하고 옳고 그름만을 단순하게 가른다. 퍼지적인 유연성은 애초부터 불가능한 것이 바로 흑과 백의 배합이다.

물론 이 흑과 백은 나름대로 깊은 의미가 있다. 먹이 주도하는 검정은 사실 단순한 무채색은 아니다. 그것은 모든 색채를 포용하는 종합색이다. 빛이 하나의 색처럼 보이지만 프리즘을 통해 볼 때 다양한 색상으로 나뉘는 것처럼 먹의 색 역시 다양함의 융합이다. 하지만 그것은 이미 색채의 범주 안에 들지 않는 색이다. 우리의 일상으로부터 아주 멀리 있는 존재 아닌 존재다.

백색은 빛을 의미한다. 동양화에서 백색은 여백을 통해 표현된다. 그런데 이 여백은 단순히 먹이 닿지 않는 나머지의 공간만은 아니다. 먹의 흑색과 마찬가지로 우주적인 빛의 공간이며 조물주의 공간이다.

조선시대의 그림들 역시 흑과 백이 기본 컬러였다. 그 시커먼 그림들 속에서 신윤복이 그린 기녀들의 치마나 입술에서 찾을 수 있는 붉은 색은 유일한 탈출구라면 탈출구다. 물론 단청도 있지만 그 공식적인 도형 역시 상상력의 세계와는 인연이 적다.

하지만 이런 때깔들은 미야자키나 월트 디즈니의 가슴 속에서 자라고 있는 순진한 캐릭터에겐 어울리지 않는다. TV 속으로 빨려 들어갈 듯이 만화영화에 빠져드는 아이들의 눈망울에도 어울리지 않는 색상이다.

핀란드의 세계적 핸드폰 회사인 노키아는 제품들을 마치 게임기처럼 만들었다. 그러고는 광고에서 세계적 정치인들의 우스꽝스런 장난기들을 순간적으로 잡아낸 뒤 이런 카피를 썼다.

"우리들 모두에게는 어린아이들이 숨어 있습니다.(There is little child in all of us.)"

모든 사람들 마음속에는 사실 어린아이들이 하나씩 숨어 있다. 심리학적으로 볼 때, 아이들은 13, 14세가 되면 '인간적인 나(에고)'가 형성되고 그 이후로 심리적으로는 동갑이 된다. 그 동갑의 연령을 지난 후에는, 우리들이 키가 커지고 학년이 높아지고 직장 생활을 하면서 뭔가에 걸맞은 행동들을 해대느라 폼들을 잡고 있지만 우리들 마음속에 숨은 미키마우스와 빨강머리 앤은 언제든 빨주노초파남보의 스펙트럼을 통해 뛰쳐나올 때만 기다리고 있는 것이다.

일본의 애니메이션은 바로 어른과 아이들 가슴속에 숨은 살아 있는 색상들과 장난기를 효과적으로 끄집어내고 있는 것이다. 우리 아이들이 유난히 일본의 애니메이션에 빠져드는 이유는, 일본의 애니메이션이 바로 한국사회 전반에 드리운 유교적 칙칙함에서 찾아낸 시각적 위안이기 때문이다. 애니메이션의 스펙트럼 효과는 단순한 시각적 화사함에만 있지 않다. 그것은 필연적으로 정열과 활력과 에너지를 동반한다. 일본 애니메이션이 젊은 세대에게 폭발적으로 다가서는 이유가 여기에 있다.

10여 년 전 일본을 두 번째로 방문했을 때 받은 일본 만화로부터의 충격은 지금도 얼얼하게 남아 있다. 도쿄대학의 아카몽(붉은 정문)을 나와 방향도 알 수 없는 곳으로 한참을 가던 중 나는 책방을 하나 발견했다. 안으로 들어갔더니 가운데 부분에 만화책들이 산더미처럼 쌓여 있었다. 나는 처음 호기심 삼아 한두 권을 집어 들고 넘기기 시작했다. 그리고는 이내 책 속으로 빨려 들어가기 시작했다.

현란한 색상, 만화라고 하기에는 너무도 정교하고 충격

적인 성 묘사, 그림으로만 봐도 어깨가 움츠러드는 잔인한 폭력, 한동안을 들여다보던 나는 문득 고개를 돌려보았다. 나 혼자였다. 그렇게 열심히 책을 들여다보고 있는 사람은. 나는 이유도 모를 부끄러움과 함께 책방을 도망치듯 빠져나왔다.

그건 도쿄 대학 도서관 서고에서 지독할 정도로 세밀히 수집 분류된 도서를 보았을 때와, 동양문고(도쿄에 있는 전문 도서관으로 전 세계의 고서들을 모아둔 곳)의 서고를 지도를 들고 더듬어가면서 느꼈던 놀라움에 버금가는 충격이었다.(동양문고 서고는 아무나 들어갈 수 없다. 아는 분의 소개로 특별히 들어가 볼 수 있었는데, 그곳에는 전 세계에서 수집한 곰팡내 가득한 원서들이 방마다 수북이 쌓여 있었다. 한국의 선장본들도 가득했다. 나쁘게 말하면 일본이 주로 아시아 여기저기서 약탈해온 일종의 장물들이다.)

일본인들의 학문과 대중문화에 대한 꼼꼼하고 깊이 있는 분석과 자료화 노력, 그리고 산업과의 연계, 나는 그때 이미 한숨을 푹 쉬었다.

'이거 따라 잡으려면 세월 좀 걸리겠구만.'

일본의 애니메이션은 단순히 만화가들의 끼적거림의 결과물이 아니다. 그것은 그 사회 저층에 거미줄처럼 촘촘하게 엉겨 있는 학문적·문화적 콘텐츠, 즉 내용물들을 기초로 탄생한 상상의 세계인 것이다. 이런 면에서 한국 애니메이션의 숙제는 그저 단순히 컷 몇 장을 흉내 낸다고 해서 해결될 성질의 것이 아니다. 그건 어깨에 힘을 뺀 학문적 봉사와 모든 것으로부터 자유로울 수 있는 창조적 상상력, 그리고 냉정한 '장사꾼 기질'이 합쳐질 때에만 비로소 이루어질 예술적 하모니이기 때문이다.

유교는 어떻게 우리의 상상력을 죽였나

유교의 가치관 중, 공자가 한 말로 이런 것이 있다. "괴이하고, 억지 쓰는 것, 상황을 어지럽게 만드는 것, 귀신에 관한 이야기들을 말하지 않는다." 뒤집어 말하면, 정상적이고, 순하고, 단순하고, 인간적인 것만 말하라는 뜻이다. 물론 이 상황들은 사회를 지탱해가는 가치관적인 측면에서 다시 다루어져야 겠지만 이로 인해 600년(조선 500년+근현대) 이상 억압된 상상력은 21세기가 다가오는 오늘날에도 터져 나오지 못하고 있다.

우리가 흔히 일본 만화의 특성으로 꼽는 폭력과 성은 사실 단순한 성질의 것으로 그것에 대한 이해와 대비책은 별로 어려운 일이 아니다. 그 이야기는 잠시 있다 하기로 하고 그보다 먼저 우리가 일본의 애니메이션을 이야기하기 위해서는 그 심층에 깔린 애니미즘과 토템의 괴이한 변형에 대해 언급하지 않으면 안 된다.

이 부분에 대해서는 일본 애니메이션을 분석한 많은 책들 중 어디에서도 본 일이 없는데 그건 충분히 이해할 수 있는 일이다. 애니메이션과 문화학의 연계라니? 하지만 분발이 촉구되는 영역이다.

나는 갑골문을 연구하고 있는데, 원시인들 상상력의 집

합체인 갑골문의 형태와 그것이 지니고 있는 '의미 영역 (meaning boundary)'은 사실 애니메이션이 지니고 있는 만화 기호의 의미와 맥이 닿는다. 언젠가 갑골문의 고대 자형들을 본 디자이너 한 사람은 원시의 생명력이 가득 찬 그 형태들에 매료되어 새로운 아이디어를 얻었다며 좋아한 일이 있었다.

나는 이들 갑골문과 애니메이션의 세계를 나름대로 연계시키며, 만화학과의 교수들이나 시각디자인학과의 조교들을 못살게 굴기도 하고 유리 공업 컴퓨터 프로그래머를 졸라 프로그램에 대해 이것저것 묻곤 한다.

4,000년 전의 글자들인 갑골문의 형태 속에는 원시 사회의 애니미즘과 토템의 성분이 다분히 담겨 있기 때문에 그것을 효과적으로 분석하면 우리는 초기 인간 사회의 다양한 정신적, 심리적, 문화적 특성들을 찾아낼 수 있게 된다. 일본의 애니메이션이 갑골문을 이용한 것은 아니지만 그 기저에는 갑골문이 지닌 '원시적 소박함'과 '시각적 흥미'가 깔려 있다.

이 '원시적 소박함'이 바로 모든 사물에는 영혼이 깃들어 있다는 애니미즘과 특정 동물을 자신 또는 자신이 속한 집단과 일치시켜 생각하는 토템이다. 즉 자연계와 자신을 혼돈하여 사고하는 것이 원시적 사유의 특징인데, 일본의 애니메이션은 바로 이 원시적 사유를 매우 자유롭게 넘나들면서 작품들을 창조해내고 있다.

그 대표적인 작품이 바로 〈원령공주〉다. 숲속의 이리 신에 의해 양육된 소녀 '산', 그녀가 보이는 짐승의 성격과 생활 방식, 그것은 단순히 재미만을 위해서 만들어낸 상상이 아니다.

그것은 바로 도시 속의 인간들이 잃어버린 원시의 정서, 즉 애니미즘과 토템의 리콜이다. 또 그것은 바로 일본 애니메이션 콘텐츠(내용물)의 영역이 대단히 넓음을 뜻하는 것이며, 동시에 그곳에는 인간이 보편적으로 가지고 있는 원시 정서의 현을 퉁겨내는 묘한 노림수가 담겨 있는 것이다.

고대 메소포타미아 미술의 권위자인 발터 안드레는 토템과 미술의 관련성에 대해 이런 견해를 피력한다.

"정신적이고 신적인 세계를 감각을 통해 느낄 수 있는 세계로 끌어들이기 위해, 인간은 그것을 만질 수 있거나 느낄 수 있는 형태 속에 구체화시켜놓는다. 그것이 바로 토템 예술이다."

일본 애니메이션의 마력이 단순히 현란한 테크닉에만 있는 것이 아님을 알게 하는 중요한 대목이다.

일본 애니메이션이 지닌 애니미즘과 토템의 정서는 사실 일본 문화 저변에 깔린 애니미즘과 맥을 같이 한다. 흔히 800만 신이 있다는 일본의 무속 문화는 사실 원시 애니미즘의 연속선 위에 놓여 있다.

그리고 이러한 사고는 '아무리 작은 곳에도 신은 머문

다.'(이것이 바로 일본인의 혼을 강조하는 장인 의식의 모태다) 는 의식과도 같은 범주에 속한다.

이런 애니미즘적 무속 문화는 귀신과 혼령이 흔하게 등장하게 만드는 문화적 배경이 되고 있다. 바로 이러한 보편적 정서 때문에 〈원령공주〉 같은 애니미즘적 설정이 먹혀들어가게 된다. 그리고 이런 무속적 애니미즘 요소 때문에 일본의 애니메이션은 악마적 요소와 악마적 세계 관을 저변에 깔고 있는 것이다. 그리고 이것은 일본 애니 메이션의 장점이자 단점이기도 하다.

짧은 순간 세계인들의 시선을 끌어 모을 수는 있으나 인류가 보편적으로 추구하는 사랑과 인간적 삶을 건강하 고 효과적으로 담아내기 어렵다는 점에서 유효기간이 선 명해진다. 또 영화 전반에 양념처럼 뿌려진 일본적인 남 녀의 갈등이나 칼싸움 장면들 역시 일본 애니메이션이 해 결해야 할 숙제다.

그러면 한국의 애니메이션은 왜 건강하면서도 아름다 운 상상으로 풍부한 나름의 콘텐츠를 창조해내지 못하는 것일까? 왜 일본의 것을 보고 나서야 힌트(?)를 얻고 자 꾸만 악마적 세계관으로 빠져들고 마는 것일까?

그건 바로 유교적 가치관이 불러온 상상력의 빈곤과 유교를 벗어던지면서 일어나는 가치관의 공백 때문에 발 생하는 현상이다. 유교의 가치관 중, 공자가 한 말로 이런 것이 있다.

"괴이하고, 억지 쓰는 것, 상황을 어지럽게 만드는 것, 귀신에 관한 이야기들을 말하지 않는다."

뒤집어 말하면, 정상적이고, 순하고, 단순하고, 인간적인 것만 말하라는 뜻이다. 물론 이 상황들은 사회를 지탱해가는 가치관적인 측면에서 다시 다루어져야겠지만, 이로 인해 600년(조선 500년+근현대) 이상 억압된 상상력은 21세기가 다가오는 오늘날에도 터져 나오지 못하고 있다.

또 하나의 이유는 보다 깊이 있는 학문적 보조 분위기가 이 사회에 존재하지 않기 때문이다. 일본의 도서관을 가보라. 온갖 종류의 서적들이 각각의 다양한 정보를 일반 시민들에게 전달하고 있다. 반면에 한국의 도서관을 가보라. 도서관도 별로 없지만, 장서들 또한 빈약하기 그지없다. 때문에 일본을 통한 '힌트(정직하게는 표절)' 얻기를 계속하고 있는 것이다. 하긴 일본 애니메이션을 분석한 대부분의 책들이 일본 서적 번역판이거나 일본 책을 참고(?)한 것이니 '닐러 무삼하리오.'

이런 상황들을 효과적으로 극복하지 못한다면 한국의 애니메이션은 기법은 물론이고 주제에 있어서도 퇴행적 악마주의의 아류에서 벗어나지 못할 것이다.

왜 일본 문화에는 폭력과 성이 난무하는가

조금은 에로틱하고 조금은 은근한 분위기의 한국과 중국의 춘화에 비해 일본의 춘화들이 유달리 폭력성을 많이 띠는 이유는 사무라이들의 폭력적 성문화 때문이다. 강간과 윤간과 엿보기 상황들은 바로 전시 성폭력의 대표적 사례들이다. 우리가 흔히 말하는 저질 성문화다. 사실은 저질이 아니라 괴로울 苦(고), 고질의 성문화다.

나는 우리 애들을 믿는다.

그 무서운(?) 폭력과 성 이야기를 해보자.

나는 1980년대에 타이완에서 일본의 비디오를 자주 접할 기회가 있었다. 그야말로 폭력성과 선정성이 가득한. 그러나 독특한 재미도 한두 번이지 제정신 가지고 그걸 매일 볼 사람은 없다. 얼핏 보기에는 다 같은 폭력으로 보이지만, 문화적 정서가 서로 다르기 때문에 쉽게 공감하기 힘들다. 나에게 일본 비디오의 폭력은 나중에는 진짜 폭력으로 연결되었다. 당장 꺼버리겠다는 폭력적(?)인 결론을 만들어냈으니까.

한국인은 성질은 급하지만 폭력적이지는 않다. 말싸움,

멱살까지는 잡아도 여간해선 때리는 폭력으로 발전하지 않는다. 그건 조용히 있다가 갑자기 끝장을 내겠다고 달려드는 일본적 섬뜩함과는 맛이 다르다. 싸움도 정이 붙는 싸움이 있고, 징그러운 싸움이 있다.

일본의 폭력이 후자에 속한다. 때문에 나는 일본의 폭력물이 들어온다 하더라도 한국인의 심성적 특성과 비폭력적 문화 성향 때문에 처음에는 잠시 시끌하겠지만 금방 사그라질 것으로 본다. 말싸움, 멱살잡이 정도로 말이다.

그러나 일본인의 경우는 다소 다르다. 어느 사회가 특이한 형태의 행동에 심하게 기울어지는 것은 그 사회 구성원들이 기본적으로 그런 성향을 지니고 있기 때문이다. 일본의 애니메이션이나 비디오의 폭력은 일본 문화 저층에 깔린 죽음의 미화 의식 때문이다.

잘 알려진 것처럼 일본은 칼의 나라다. 일본 중세 전국 시대에는 약 280개의 봉건 국가들이 있었다. 때문에 이들에게 있어서 싸움, 칼싸움은 일상적인 일이었다. 그 이야기는 늘 죽음이 일상적인 일로 받아들여졌다는 것을 의미한다.

인간이 공포감을 해결하는 방법 중에 합리화라는 것이 있다. 그 공포를 당연히 있어야 할 걸로 합리화하며 공포에서 벗어나는 방법, 즉 공포와 타협하는 방법이다. 이 합리화가 좀더 진행되면 그것을 미화하게 되는데, 이것이 바로 원시 사회에서 흔히 볼 수 있는 토템의 형성 과정이다.

즉, 주변의 동식물을 자신들의 수호신 또는 자신들의 조상으로 생각하는 이유는 그들의 강인한 힘을 이용해 자신들의 연약함을 극복해 보겠다는 심리 때문이다. 한국 프로야구팀들의 동물 상징은 바로 토템의 현대화라고 풀면 간단히 이해가 된다. 프로야구팀에서 지렁이를 상징으로 하는 팀이 없는 이유 역시 동일한 이유 때문이다.

일본인들은 늘 존재하고 수시로 자신에게 엄습하는 공포를 아름다운 것으로 바꾸어놓으면서 죽음을 미화했다. 그래서 그들은 할복을 하고, 자살 특공대를 만드는 것이다. 죽음이 공포일 때는 두렵지만 한번 아름다운 것이 되고 난 후에는 앞을 다투어 기꺼이 그 아름다운 퍼포먼스에 뛰어들 수 있는 것이다. 죽음의 승화라고 표현할 수 있지만 사실은 죽음과 하는 슬픈 타협이다.

이건 우리 문화에도 있다. 수많은 좌절과 침략이 낳은 한의 역사, 우리는 그것을 우리 민족 고유의 에너지로 미화하고 있다. 그곳에 아름다움이 있노라고 해석할 수밖에 없는 우리의 현실처럼 일본인들의 죽음의 미화 역시 딱한 구석이 있긴 매한가지다.

일본 영화의 폭력은 바로 이 사의 찬미가 낳은 사생아들이다. 죽음이라는 정실 자식을 사랑하는 그들이 같은 혈연의 사생아들을 가까이하는 것은 조금도 어색하지 않다. 다른 말로 표현하면 사무라이 정신의 계승이라고나 할까 뭐 그런 것이다.

때문에 일본인 사회에서 보편적으로 용납되는 폭력이 한국사회에서도 그대로 접수될 것으로 보는 우려는 그야말로 기우다. 한국인의 기본 정서에 대한 무지인 동시에 우리 청소년들의 심적 건강에 대한 중대한 오진이다.

청소년들의 폭력은 일본의 애니메이션과는 별도로 사회적 위화감과 학교의 열등생 제조 문화가 낳은 전혀 다른 혈통의 것들이다. 이것이 일본적인 것을 만난다고 해서 더 악화될 것으로 보는 것 역시 어찌 보면 식민지 문화관이다. 우리는 언제나 일본 앞에만 서면 작아질 것이라는 콤플렉스 말이다.

성은 어떤가?

일본은 거리 어디를 가도 포르노 비디오나 만화를 빌려 보고 사볼 수 있다. 대학 옆 골목에 버젓이 포르노 비디오 전용관 간판이 서 있다. 그리고 잡지며, 공중전화 부스에 붙어 있는 상품화된 여자들의 사진들. 그야말로 성의 홍수로 뒤덮인 나라다. 하지만 그건 우리들 같이 어쩌다 마주친 상황에서의 당혹감 때문에 더욱 그렇게 느낄 뿐이다.

일본인들에게 있어서 그건 대단히 자연스러운 생활의 한 단면들이다. 서양 사람들이 기절을 할 만한 김치찌개 냄새가 우리들에게는 무척 자연스럽듯이 말이다. 그게 바로 문화다.

일본의 성개방 문화는 기후와 칼 때문에 빚어진 것들이다. 더운 지역이기 때문에 노출이 많고, 그 끈적이는 일본의 여름을 지나본 사람은 알겠지만 자주 씻어야 한다. 그러다보니 성적인 유혹과 접촉이 많아질 수밖에 없다.

이러한 상황은 일본만의 것은 아니다. 비슷한 기후대의 타이완이나 필리핀, 태국 등지에서 볼 수 있는 성 개방 분위기들은 그것이 그 민족의 도덕성과 꼭 밀접한 관련성이 있는 것이 아님을 잘 보여 준다. 물론 일본의 온천 문화도 한몫을 하는 건 사실이다.

한국인이 일본인들보다 더 도덕적이라면(그런 것 같지도 않지만, 보기에) 그건 인격과는 아무런 관련이 없는 순전히 기후 탓이다. 추운데 그게……?

또 다른 하나는 앞의 폭력 문화 부분에서 살펴본 것처럼 칼의 문화가 빚은 성폭행들 때문이다. 수시로 유린되는 여성들 역시 나름의 합리화가 필요했으며, 그 합리화가 바로 조금 느슨한 정조 관념으로 바뀐 것뿐이다.

조선의 여인들처럼 자살을 하지 않을 바엔 마음 편한 편이 나을 것은 뻔한 이치다. 일본인 특유의 현실 타협 심리들은 모두 이렇듯 조금은 슬픈 역사들을 지니고 있다. 무조건 욕만 할 건 아니다.

조금은 에로틱하고 조금은 은근한 분위기의 한국과 중국의 춘화에 비해 일본의 춘화들이 유달리 폭력성을 많이 띠는 이유는 사무라이들의 폭력적 성문화 때문이다. 강간과 윤간과 엿보기 상황들은 바로 전시 성폭력의 대표적 사례들이다. 우리가 흔히 말하는 저질 성문화다. 사실은 저질이 아니라 괴로울 苦(고), 고질의 성문화다.

　바로 이런 문화적 배경 차이 때문에 일본의 성문화 역시 우리에게는 낯선 것이 될 수밖에 없다. 만일에 일본인들의 그런 저열한 성문화 때문에 걱정을 한다면, 그건 그 사람의 왜곡된 성의식 때문이다. 일본인들의 왜곡된 성의식을 초월할 수 있는 건강하고 아름다운 우리만의 성문화를 우리 청소년들에게 심어주는 것이 일본의 저질 성문화를 극복하는 유일한 대안일 것이다.

　나는 우리 아이들을 믿는다. 답은 우리가 제시해야 한다.

문제는 창조력이다

유교의 정신적 억압이 만든 빈약한 상상력과 새로운 대체 윤리를 마련하지 못한 데서 오는 공허감, 그로 인해 벌어지는 일본 애니메이션 콘텐츠에 대한 무조건적 숭배. 유교의 스승관이 만든 왜곡된 교실에서 양산되는 수많은 좌절 청소년들, 그들은 언제나 잠재적인 폭력배들이다. 기회만 있으면 자신들의 스트레스를 발산할 수밖에 없다. 뭔가를 찾던 중 일본 미디어들의 폭력성에 감염되고 있는 것이다.

일본의 거리를 걷다보면 때로 만화 속에 들어온 듯한 착각에 빠지곤 한다. 도쿄 거리의 진열장마다 가득한 색색의 쓰시들과 과자들. 고베의 언덕들을 따라 정교하고 섬세하게 만들어진 도로, 그리고 왼쪽 오른쪽을 가느다란 선으로 구분해놓은 골목 속의 안내선. 한자를 재미있는 이미지로 변환시킨 교토 역 앞 우동집의 간판과 입구. 저녁 무렵 나고야의 슈퍼에서 볼 수 있었던 각양각색의 반찬들과 튀김 요리들. 소꿉 장난감처럼 마련했던 준꼬 상 어머니의 저녁 밥상. 그리고 푸른 숲을 가로질러 어디론가 내빼고 있는 빨간색 두 칸짜리 기차.

1999년 1월 18일, 《뉴스위크》는 일본 자동차에 대한 특집을 실었다. 그 기사에 의하면 대우와 현대의 경차 싸움 뒤에는 스즈키와 미츠비시가 있다. 일본을 위한 대리전을 치르고 있는 것이다. 기사는 핸드폰을 연상시키는 일본의 소형차들이 미국과 유럽은 물론 중국 시장까지 석권해 들어가고 있음을 파헤치고 있다. 그리고 그 마케팅의 핵심 전략은 장난감 전략(Cars as Toys)임을 소개하고 있다.

현대인에게 자동차는 이제 더 이상 교통수단이 아니다. 수집품의 대열에 진입해 있는 것이다. 일본인들의 애니메이션 감각은 이미 첨단 산업들과 악수를 하고 있다.

우리가 만화의 일단면만을 문제 삼으며 천덕꾸러기로 쥐어박고 있을 때, 일본은 애니메이션이 지닌 마력을 캐치해낸 것이다. '장난기'를 팔아먹을 수 있다니! 이코노믹 애니멀이라는 시기 어린 욕설이 이제는 '장사의 천재'라는 칭찬으로 바뀌고 있다.

물론 문제가 없는 것은 아니다. 일본의 사회 문제 중 하나인 오타쿠족(애니메이션의 특정 캐릭터의 세계에 빠져들어 그것을 흉내 내며 살아가는 코스프레족과 같은 일종의 사회 기피 계층들) 문화, 그것은 일본의 애니메이션 문화와 산업 사회의 지나친 경쟁, 그리고 거기서 파생한 좌절이 혼합되어 만들어진 일종의 돌연변이다. 공영 방송이 공식 방송 용어에서 제외하는 것이 일리도 있다. 그러나 우리나라도 메인 컬처로 자리하고 있는 유교 문화로부터의 무조건적 탈출을 도모하며 자신들만의 서브 컬처를 꿈꾸는 청소년들이 있는 한 잠재적 오타쿠들은 수없이 많다고 봐야 한다. 유효 기한이 다 된 유교 문화를 대체할 가치관이 시급히 요청되는 이유가 여기에도 있다.

오타쿠들은 사회의 주류에서 비껴나 자기만의 성취를 느끼는 일종의 환자들이다. 도태를 선언받기 전에 미리 독립선언문을 낭독해버리는 꼴이다. 그들은 일종의 정신적 모라토리엄 선언자들이다. 경제적으로 지불 불능을 선언하듯이 자신들의 정신적 성장을 거부하는 행위자들이다. 애니메이션에는 바로 이런 함정이 도사리고 있다. 그리고 이 함정은 누구나 빠질 수 있다.

더욱이 오타쿠들도 자신들만의 성취감을 맛볼 수 있다는 측면을 놓고 본다면, 교육적, 사회적 좌절자들을 길러내고 있는 한국사회는 원하든 원하지 않든 오타쿠 성장의 비옥한 토양이 될 수도 있다는 점을 잊어서는 안 될 것이다. 그리고 그것은 최근 급성장하고 있는 청소년층의 인디 문화 정서와도 주파수가 비슷하다는 점에 유의해야 할 것이다.

일본 애니메이션이 지닌 애니미즘과 폭력, 성의 요소들은 그들만의 독특한 것들이다. 서구의 학자들이 지적하듯이 일본 문화는 전 세계에서 일본에만 있다. 그런데 이것이 한국으로 물이 넘치듯 넘어오고 있다. 그 이유는 바로 우리에게 있다.

유교의 정신적 억압이 만든 빈약한 상상력과 새로운

대체 윤리를 마련하지 못한 데서 오는 공허감, 그로 인해 벌어지는 일본 애니메이션 콘텐츠에 대한 무조건적 숭배.

유교의 스승관이 만든 왜곡된 교실에서 양산되는 수많은 좌절 청소년들, 그들은 언제나 잠재적인 폭력배들이다. 기회만 있으면 자신들의 스트레스를 발산할 수밖에 없다. 뭔가를 찾던 중 일본 미디어들의 폭력성에 감염되고 있는 것이다.

성의 문화 역시 같은 동기, 같은 이유로 왜곡되고 있다. 건강한 성 의식과 부부의 아름다운 성이 자랑스러운 문화를 우리 스스로 마련하지 못한다면 그건 꼭 일본의 성문화가 아니더라도 어차피 무너지게 마련이다. 왜곡된 성이 일본적인 자극이 없다고 수면 아래로 가라앉겠는가? 결국 문제는 한마디로 허약한 우리 문화의 저항력에 있다.

애니메이션은 약도 될 수 있고 독약도 될 수 있는 묘한 이중적 가능성의 세계이다. 세계적 문화 사업으로 성장하고 있는 애니메이션, 그중에서도 세계의 애니메이션계를 리드하고 있는 일본에게서 우리는 많은 것을 배워야 한다. 꼼꼼히 그리고 성실하게. 그리고 그 내면을 꿰뚫어볼 수 있는 문화적 안목도 아울러 갖추어야 한다.

21세기 애니메이션의 핵심은 그림 솜씨가 아니다. 세계적 애니메이션들이 한국인들의 손에 의해 그려지고 있다는 사실은 한국 애니메이션의 가능성과 한계를 동시에 보여 주는 바로미터다. 21세기 애니메이션의 핵심은 문화의 독해력이다. 세계 문화의 흐름과 그 흐름 속에 담긴 핵심을 읽어내고 예측하고, 추리해내는 능력 말이다.

중국을 이기려면 먼저 철저히 장사꾼이 돼라

상사맨들은 넥타이를 벗어던지고, 파견된 지역전문가들은 끼고 다니는 고추장 단지를 다 깨뜨려버리고 거리의 '니유러우미엔(소고기 국수)'을 벌컥벌컥 마셔대야 한다. 그리고 대사관, 영사관들은 장사꾼 보호에 눈에 불을 켜고 나서야 한다. 그쯤 되면 중국 정부는 한국 정부에 은근히 겁을 먹을 것이고, 중국인들은 한국인들을 다시 보게 될 것이다. 그리고 조금 진지한 태도로 한국인을 상대해줄 것이다.

중국은 한국에게 커다란 도전인 동시에 기회다.

모든 기업들은 이 점을 잘 알고 있다. 해서 앞을 다투어 지역전문가들을 중국 현지에 파견하고 있다. 어떤 기업에서는 심지어 이들에게 '람보'라는 이름을 붙여주었다. 한 번 멋지게 해치우고 오라는 뜻일 게다. 하지만 나는 그 말을 들으면서 속으로 생각했다. 그들은 람보가 영화라는 사실을 잊고 있다고.

한번은 중국에서 내 처남과 함께 우리나라 모 기업의 지사장을 만날 일이 있었다. 타이완에서 태어난 교포 2세인 처남은 중국 현지에 상사원으로 파견되어 있었고, 사업 때문에 내가 거들 일이 있어 만났다. 나는 당시 허름

한 옷에 배낭을 메고 있었는데, 명함을 건네자 표정이 영 탐탁지 않다. 교수와 옷차림, 그리고 사업이 잘 연결이 안 된다는 표정이 역력했다.

일을 진행하면서 나는 처남과 중국어를 자주 주고받았다. 그러자 그 지사장이 마침내 언짢은 표정으로 한마디 던진다.

"한국 사람이라며 왜 중국말로 하세요?"

한국인이니까 한국말로 하라는 뜻일 것이다. 나는 속으로 중얼거렸다. '저런 멍청이가 현지 지사장이라니, 그러니 돈이 벌어져! 어느 말이면 어떤가, 의사소통이 잘 되면 그만이지. 국문과 리포트를 만드는 것도 아닌데 말이다.' 더구나 나는 지사장인 본인이 해결 못할 일을 돕기 위해 나타났는데도 말이다.

물론 중국에 가면 한국인들은 점점 더 한국적 색깔을 드러내게 마련이다. 중국인들의 한국에 대한 무지와 무시를 늘 만나다보면 저절로 애국투사가 되게 마련이다. 더구나 우리는 성질이 또 다혈질들 아닌가? 하지만 착각하지 말자. 그 사람은 장사꾼이다. 장사꾼은 장사해서 이문을 남기면 그만이다. 왜 거기서 '민족'이 나오는가? '민족'과 '문화'는 강자만이 말할 수 있는 아이템이다.

중국인들은 정치를 잘하는 지도자보다는 상치(商治)를 잘하는 인물을 영도자로 흠모하고 따른다. 떵시아오핑의 시장경제 도입, 현 국가주석인 쨩저민의 외자유치, 농업 경제학 박사인 타이완의 리떵회이 총통 등은 모두 감각적인 상치 능력을 지닌 사람들이다. 홍콩의 초대 특구장 동찌엔화 역시 상업계에서 잔뼈가 굵은 사람이다. 결국 지역은 다르지만 거대한 중국을 유기적으로 통치하는 인물들의 공통점은 장사꾼 기질이다. 우리는 그들을 너무 정치적으로만 관찰하고 있다. 게다가 민족 정서까지 곁들여 그들과 마주 앉으니 답답한 일의 연속이다.

정주영을 보라. 남북 대화의 물꼬는 정치학자들의 이론이나 정치인들의 잔머리로 튼 것이 아니다. 무식해 보이기까지 한 장사꾼의 아이디어로 열렸다. 나는 그를 '전위 예술가'라고까지 표현한 일이 있다.

중국인과의 대화는 철저하게 장사꾼 법칙에 따라 진행되어야 한다. 이 법칙에는 여러 가지가 있지만 나름대로 관찰한 것 중 가장 대표적인 것은 '무엇이든 판다'이다.

중국인들은 노동자로부터 대학 교수, 고위 정부 관료에 이르기까지 장삿속으로 똘똘 뭉쳐진 사람들이다. 가령 지난해 클린턴 대통령이 방문했던 중국의 한 시골 마을은 요즘 관광 수입을 짭짤하게 올리고 있다. 클린턴이 잠시 원탁에 앉아 마을 주민들과 이야기를 나누었던 곳에는 '원탁회의 자리'라는 표시와 클린턴이 마을 주민과 찍은 사진을 전시하여 유적지처럼 꾸며놓았다고 한다. 클린턴이 방문했던 초등학교에는 클린턴 방문 전람실을 꾸며놓고, 당시에 그가 강단에 올랐던 빨간 카펫도 그대로 깔려 있다. 관광객들은 카펫 위에 올라서는 순간에 클린턴이 되어 보는 것이다.

나는 일전에 모 잡지사 기자와 인사동을 걸으면서 이런 말을 한 적이 있다.

"내가 만일 인사동 동장이라면, 여기에 있는 모든 아스팔트를 걷어내고 작은 돌들로 운치 있는 돌길을 만들겠어요. 일부는 황토로 깔고. 그리고 경복궁 바닥에 있던 큰 돌을 하나 깔아놓고 안내판을 세워 '왕이 밟았던 돌'이라고 표시를 해놓겠습니다."

그러면 사람들은 그 돌을 밟아서는 순간 잠시나마 조선의 왕이 되어볼 수 있는 것이다. 또 외국인 관광객들이 많이 찾는 남대문 시장 입구에 전통 양식으로 문을 건축해서 관광객들이 사진도 찍고 '이곳에 다녀갔다'는 추억을 갖도록 할 수도 있을 것이다.

중국을 다녀보면 장사 마인드가 뛰어난 중국인들은 어느 도시를 가든지 이러한 분위기들을 잘 조성해놓았다.

이런 말을 하면 사람들은 '황토는 먼지가 일고' '돌은 지저분해지고' 등의 이유를 찾을 것이다. 그런 사람들은 일본 나고야에 있는 나고야 성 경내를 한번 둘러보라. 그리고 그 콩알만 한 돌을 단단하게 고정시켜놓은 바닥을 손으로 한번 쓰다듬어보라. 방법이 왜 없는가? 하긴 관공서는 목에 힘을 주고 자신의 존재 가치를 다시 한 번 입증하기 위해 온갖 핑계를 다 찾을 것이니 일이 쉽지는 않을 것이다.

서양인들을 만나보면 한국에 대해 관심을 지닌 사람들이 적지 않다. 그리고 오랜 역사와 전통을 지닌 문화유산 중에는 상품성이 있는 것이 무척 많다. 적어도 내 눈에는 그렇게 보인다. 그러나 그것이 잘 팔리도록 잘 포장하여 내놓을 수 있는 의식과 아이디어가 부족하다. 문화의 상품화 전략이 부족한 것이다.

문화의 상품화 전략은 한국인들이 중국 시장을 극복하기 위해 반드시 필요한 의식이다. 그것은 중국인들에게 한국 문화 상품을 팔아야 한다는 뜻이 아니라, 우리가 애지중지하고 '이건 절대 못 해'로 못 박아놓았던 존재들까지도 상품화하겠다는 마인드의 전환을 의미한다. 여기서 말하는 문화 상품화 전략은 세부적 아이템에 대한 어드바이스가 아니다. 세종대왕의 친필이라도 팔 수만 있으면 팔아야 한다는 장사꾼 기질을 기르라는 뜻이다. 그래야 중국인들의 장사꾼 기질과 싸워 이길 수 있다.

세종대왕의 친필이라도 팔자는 이야기에 열렬한 민족주의자들은 '이제 꼬투리를 잡았다'며 펄펄 뛸지도 모른다. 그 귀중한 문화유산을 팔자니 아무리 돈이 좋아도 그렇지 네가 제 정신이냐고 말이다. 하지만 나는 팔 수 있다. 그것도 고가에.

베이징 류리창(우리나라 인사동 같은 고대 문물 판매상가)에는 국가에서 관리하는 모조품 공장이 있다. 공장이라지만 안으로 들어서면 예술가의 거대한 작업실 같은 분위기다. 그곳에서는 중국 전역에서 선발된 화가와 목각 전문가들이 고대의 그림, 글씨들을 붓으로 복사해내고 있다. 가느다란 붓의 터치를 한 부분도 놓치지 않고 그려내면 목각 전문가는 이를 조각도로 정밀하게 새긴다. 물론 다른 색상, 농도 때문에 여러 조각으로 세분화해서 새긴다. 그리고 마지막으로 수백 장을 찍어낸다. 물론 찍어내는 사람도 고도의 숙련공들이다. 시시껄렁해 보이는 조각에 물감을 바르는 사람도 예술계에서 인정받는 미술학과 졸업생들이다. 수많은 공정을 거쳐 만들어진 이미테이션은 전문가도 진짜와 구별을 해내지 못할 정도로 정교하다. 이게 바로 장사다. 이게 바로 문화의 힘이다. 그리고 중국인들이다.

1998년 김대중 대통령은 중국을 방문하고 베이징 대학에서 강연을 했다. 그리고 한국 TV들은 그것을 생중계했다. 그 전에 클린턴 대통령이 그곳에서 강연을 하고 CNN이 생중계했던 것을 염두에 둔 의전팀의 아부성 아이디어일 것이라고 나는 생각한다.

중국인들에게 미국과 한국은 다르다. 그날 김대중 대통령이 '새로운 동반자적 차원'을 강조하자 방청석에서 "그게 무슨 뜻이냐?"는 질문이 계속 터져나온 것은 무엇을 의미하는가? 왜 대통령은 계속 정치적, 외교적인 그림만 소개를 했을까? 그것은 장사꾼 기질이 부족하기 때문일 것이다. 대통령에게 '장사꾼 기질'이라는 표현을 쓰는 것이 기분 나쁘게 들리는 한 중국과의 거래는 성공적일 수 없다.

왜 클린턴은 베이징 방문을 마치고 상하이로 내려가 그곳의 라디오 생방송에 출연을 하는 등 시민들과의 거리를 좁히려고 했을까? 여론 조사에 의하면 현재 홍콩과 중국의 젊은이들이 가장 좋아하는 인물은 쩡저민이 아니라 클린턴이다.

왜 우리나라의 관광 광고는 대통령이 맨 앞에 서고 나머지 연예인들이 뒤에 줄줄이 서서 웃고 있는가? 그게 무슨 뜻인가? 관광 오면 뭘 어쩌겠다는 것인가? 만나주겠다는 뜻인가? 아니면 와서 존경하라는 뜻인가? 대통령의 인간 승리를 축하하려면 다른 방법을 찾아야 한다. 장사와 정치를 구별 못하는 이유는 순전히 아부 때문이다.

정말 대통령이 나서야 한다면 차라리 이런 멘트를 만들어야 한다.

"한국에 오십시오. 청와대 침실을 렌트해 드리겠습니다."

대통령부터 청와대 침실이라도 렌트를 하겠다는 발상의 전환이 없다면 단언컨대 중국 장사는 못한다. 우아한 비즈니스라는 말은 중국인의 뇌리 속에는 없다.

한국은 이제 색깔이 뚜렷한 나라가 되어야 한다. 특히 중국인들과의 한판 승부를 염두에 둔다면 이점은 더욱 절실해진다. 사실 중국의 입장에서 보면 한국의 상품은 별로 매력이 없다. 남대문 시장의 보따리장수들이나 다소 가격이 떨어지는 기계 부품들의 수출은 이미 한계에 접근하고 있다. 더구나 인민폐를 줄 테니 알아서 하라는 억지까지 만나는 현실에서 중국인들과의 장사는 쉬운 일이 아니다.

하지만 방법은 있다. 답이 없는 문제는 없듯이 중국인들과의 거래에서 성공할 수 있는 방법이 있다. 그것은 앞서 이야기한 것처럼 무엇이든지 팔겠다는 철저한 장사꾼 기질로 무장하는 것이다.

대통령은 청와대 침실 렌트를 홍보하고, 상사맨들은 넥타이를 벗어던지고, 파견된 지역전문가들은 끼고 다니는 고추장 단지를 다 깨뜨려버리고 거리의 '니유러우미엔(소고기 국수)'을 벌컥벌컥 마셔대야 한다. 그리고 대사관, 영사관들은 장사꾼 보호에 눈에 불을 켜고 나서야 한다. 그쯤 되면 중국 정부는 한국 정부에 은근히 겁을 먹을 것이고, 중국인들은 한국인들을 다시 보게 될 것이다. 그리고 조금 진지한 태도로 한국인을 상대해줄 것이다.

중국아 기다려라. 이제 진짜 장사꾼이 간다.

한문 사용을 주장하는 분들의 진짜 속내

흔히 국한문 혼용을 주장하는 사람들의 내면에는 한자 교육을 통해 유교적 가치관을 재교육하고 싶은 의도가 숨겨져 있다. 버릇없는 요즘 젊은것들(?)에게 도덕을 심어주겠노라며 《명심보감》따위를 새로 읽게 만드는 해프닝 등이 그것이다. 이것은 별 볼일 없는 상품을 조금 괜찮은 물건과 함께 파는 일종의 '유교 끼워 팔기' 형식으로, 우리가 가장 경계해야 할 부분이다.

도쿄, 서울, 상하이, 타이베이, 홍콩, 싱가포르를 축으로 형성되는 기다란 공간. 아시아 경제를 연구하는 중국 전문가들은 이 공간을 '경제 복도'라고 부른다.

전 세계 경제력의 3분의 1이 이 지역에서 만들어지고 있고, 유태인들의 황금과 달러에 유일하게 맞설 수 있는 화교들의 막강한 핫머니가 흘러다니는 곳. 뉴욕의 증권 시장과 함께 세계 경제의 지표를 좌우하는 막강한 자금력의 도쿄, 기술과 제조력의 타이완, 1997년 중국에 반환되면서 혼돈을 겪고 있긴 하지만 여전히 마케팅과 서비스 분야의 탁월한 노하우를 갖추고 있는 홍콩, 첨단 통신망을 갖춘 싱가포르, 풍부한 토지와 자원, 노동력을 갖춘 중국 본토.

이 한복판에 우리가 있다.

경제학자들의 지적을 인용할 필요도 없이 동아시아의 경제는 중국과 일본이 주도하고 있다. 화교들의 파워까지 염두에 둔 일부 학자들은 이른바 '대중국 공영권'을 들먹이며 중국 주도의 새로운 동아시아를 말하기도 하지만 정보 통신, 국민들의 교육 수준, 도덕적 건강성, 불투명하고 비효율적인 금융 시스템 등을 놓고 볼 때, 당분간은 일본의 힘을 과소 평가할 수 없다.

어쨌든 동아시아에서 중국과 일본의 힘은 정치적, 경제적 현실일 뿐만 아니라 문화적으로도 그 영향력을 전혀 무시할 수 없는 상황으로 발전하고 있다. 그중에서도 아시아인이 공동으로 사용하고 있는 문자인 한자 문제는 우리가 동아시아를 벗어날 수 없는 한 반드시 짚고 넘어가야 할 문화적 숙제다.

이쯤 되면 독자들은 그 예의 '국한문 혼용'을 주장하려는 것이겠거니 넘겨짚을지 모르겠지만 그건 아니다. 또 19세기에 상실했던 동아시아의 패권을 이제 다시 찾고자 하는 중국의 포부에 겁을 먹고 미리미리 중국 문화에 재편입할 것을 독촉하려는 것도 아니다.

흔히 국한문 혼용을 주장하는 사람들의 내면에는 한자 교육을 통해 유교적 가치관을 재교육하고 싶은 의도가 숨겨져 있다. 버릇없는 요즘 젊은것들(?)에게 도덕을 심어

주겠노라며 《명심보감》 따위를 새로 읽게 만드는 해프닝 등이 그것이다. 이것은 별 볼일 없는 상품을 조금 괜찮은 물건과 함께 파는 일종의 '유교 끼워 팔기' 형식으로, 우리가 가장 경계해야 할 부분이다. 그리고 그런 불순한(?) 의도 때문에 우리는 국가적으로 중요한 문화적 손실을 보고 있다.

무슨 말인가 하면, 우리는 한자를 단순한 의사소통 도구로 보지 않고, 한자를 통해 신세대를 재교육시키고 자신들의 가치관에 재편입시키겠다는 의도를 드러내면서게도 잃고 구럭도 잃는 누를 저지르고 있다는 의미다. 이런 의도 때문에 신세대들은 '한자=구닥다리'로 도식화하면서 새로운 눈을 뜨지 못하고 있다. 그리고 이로 인해 우리 사회는 미래 사회를 대비한다는 측면에서 볼 때 엄청난 문화적·경제적 손실을 보고 있다.

결론부터 말하면, 한자는 아시아에서의 의사소통 수단으로 받아들여 사용하면 되는 것일 뿐, 한자를 한글에 섞어 쓸 필요는 없다. 또 학교에서 많은 돈과 시간을 들여 가르칠 필요도 없다. 효과적인 프로그램만 있다면 한자 문제는 아주 간단하고 쉽게 해결할 수 있기 때문이다.

국한문을 혼용하자는 사람들의 논리는 이렇다.

우리 전통 문화의 계승을 생각해도 그렇고, 아시아 한자 문화권의 영향력을 고려해 봐도 그렇고 한자는 필요하다. 그러니, 일본처럼 아예 한자를 한글 사이에 넣어 함께 사용하자는 것이다. 여기에는 우리가 한자 문화권에 자연스레 편입이 되면, 중국, 일본 등과 의사소통을 할 때 편리하다는 현실적 고려도 있긴 하지만, 어차피 중국 문화권의 영향 안에 있으니 적당히 묻어 살자는 변형된 사대주의적 심리도 들어 있다.

지금도 토씨 빼고는 거의 한자를 섞어 쓰는 이들 변형된 사대주의자들은 의외로 많다. 관공서의 공문, 군대 용어, 법원의 용어 등에는 한자로 먹고사는 내가 봐도 알기 힘든 것들이 많이 있는데, 그들은 그런 글자들을 쓰면서 자신들의 존재 가치를 확인하고 있는 듯하다. 거기에는 다름 아닌 한자를 모르는 세대나 사람들로부터 은근히 권위를 인정받으려는 조선시대 양반들의 왜곡된 심리가 숨어 있다.

또 흔히 동음자의 처리 곤란을 이유로 한자를 써야 한다는 논리, 예를 들면, 전쟁에 싸움을 위해 나서는 戰士(전사)와 전쟁에서 죽는 戰死(전사)는 발음 때문에 헷갈린다는 논리는 사실 이유 치곤 조금 모양새가 궁색하다. 그건 꼭 개털 붓에 소나무 그을음 먹을 찍어 화선지에 글로 써야만 이해가 되는 조선시대 유생들의 논리다. 핸드폰 시대에는 전혀 어울리지 않는 이유다. 그런 논리면 대한민국의 라디오 방송은 모두 불가능하다는 이야기가 된다. 좀더 시류에 어울리고, 과학적인 분석 근거를 제시해야 하지 않을까?

이들이 사용하고 싶어 하는 한자들을 분석해보면, 불행히도 적지 않은 수의 한자가 아시아 문화권에서 의사소통 수단으로 사용될 수 없는 것들이다. 현재 시중에 돌아다니고 있는 이른바 1,800자 상용 한자만 분석해 보아도 그중 적지 않은 숫자는 동아시아에서 이미 도태되고 생명력을 잃은 것들이다.

이 글자들은 1970년대 박정희 대통령 당시, 한글 전용화 정책에 맞서 교육부(당시 문교부)가 만들어냈는데, 글자들의 면면을 보면 동북아 언어로서의 기능을 염두에 두고 한 것이 아닌 전통 한학자들의 '전통 계승' 의지만이 가득한 것임을 알 수 있다.

나는 언젠가 학회에서 '상용한자' 관련 논문 평론에 참가해본 일도 있고, 최근에는 국문과, 중문과, 일문과 학생들에게 동시에 한자를 가르치기 위해 교재를 하나 쓰면서 한중일 삼국의 한자 용어의 공통집합 부분들을 뽑아본 일이 있다. 이 작업을 하면서 우리들의 한자에 대한 태도에는 실로 문제가 있음을 말하지 않을 수 없게 되었다.

그것은 우리 사회가 한자 문제에 대해 단순한 '전통 계승'과 '유교 가치 전승'의 각도에서만 접근하거나 그렇지 않으면 한글 순수주의자들처럼 '민족 언어의 순결 지키기'에만 급급하다는 점이다. 그리고 그것은 얼핏 보수와 혁신의 실랑이처럼 보이기도 한다. 이런 충돌 때문에 한자는 전문인들의 연구 범주에서 벗어나 신문의 광고란에서 선동적인 감정을 이끄는 대상으로 변질되고 있기도 하다.

한자 회복을 주장하는 광고에 새까맣게 나열된 내로라 하는 벼슬아치들의 이름들. 도대체 무슨 말을 하고 싶다 는 것일까? 그건 차라리 내가 이런 사람인데, 이런 벼슬 에 있는 사람인데 우리들이 하는 이 교훈도 듣지 않겠느 냐는 한 장의 으름장이다.

바로 그런 억지와 으름장이 역겨워서 우리가 한자를 버리고 있음을 왜 모를까? 차라리 그 돈으로 젊고 가능성 있는 학자들에게 용역을 주어 한자의 아시아 언어로서의 위상을 분석하고, 국민들의 마음을 설득하고, 또 쉽고 재 미있는 학습 방법을 개발하도록 하는 것이 진정 후대를 위해 해야 할 서비스가 아닐까?

그리고 광고도 컬러에다가 산뜻한 일러스트를 동원했 어야 하지 않을까? 자기들끼리 그 광고 보면서 "정말 큰 일이야."를 백 번 외쳐봐야 일이 되겠는가?

한자는 전 세계 20억 인구가 사용하고 있는 글자다. 특 히 이들 인구의 대부분이 동아시아에 몰려 있으니 어찌 보면 동아시아 전체가 한자를 사용한다고 해도 과언은 아 닐 것이다. 그런데 우리는 한자의 역사에 대해서 커다란 오해 하나를 하고 있다. 그것은 한자를 중국인의 것으로 만 생각하고 있다는 점이다. 그러나 오해하지 말자. 그러 한 생각은 중국을 아시아 문화의 패권국으로 만들고 싶어 하는 중국인들의 오래된 희망 사항이며, 이에 편승하는 일부 사대주의자들의 낡은 주장일 뿐이다.

한자는 아시아인들 모두가 만들어낸 공동의 문화적 유산이다. 한글이 세종대왕의 개인 재산이 아니듯이 수천 년 전 여러 종족이 함께 교류를 하며 만들어낸 공동의 발명품이다. 이제 그 이유를 말해보겠다.

한자가 아니라 Asia Sign입니다

보다 새로운 감각과 시각을 가지고, 동아시아 문화에서 가장 효과적인 의사소통 도구로서의 한자의 가치와 내면에 대해 생각하고 배우고 가르쳐야 한다. 그래서 나는 중국 한족의 언어라는 의미로 굳어진 한자라는 이름 대신에 21세기 미래 동양의 시그널을 상징하는 아시아 사인(Asia Sign)이라는 명칭을 쓰고 싶다.

한자는 중국의 한족만이 소유하고 발전시켜온 글자가 아니다. 그것은 수천 년에 걸쳐 중원, 한반도, 일본열도를 부지런히 오가며 살던 아시아인 공동의 합작품이다. 다시 말해 중국인과 한국인과 일본인이 함께 발전시켜온 동양 문화의 원천이며 생명의 시그널이다.

1998년 여름, 나는 중국의 안훼이 성에서 공안원에게 연행되어갔다. 그리고 하루 종일 시달린 끝에 카메라 안에 든 슬라이드 필름을 모두 빼앗기고 말았다. 중국 여행 5년여 동안 공안원과의 실랑이야 많았지만 그날의 필름은 두고두고 아까운 것이었다. 그날 나는 그 지역에서 새로 발굴된 동이족 문물을 보관하고 있는 박물관에 갔다.

그리고 그 박물관의 한쪽 방에는 새로 발굴한 채 아직 공개하지 않고 있는 문물들이 있었다. 그리고 그곳에는 나를 한순간 아찔하게 만들었던 토기 조각이 있었다.

현재까지도 중국과 일본의 학자들이 그 실체를 명확히 밝히지 못하고 있는 신석기 시대의 초기 도문(흙그릇에 새겨놓은 그림 글씨)이었다. 불꽃 모양의 바닥, 가운데 있는 둥근 원, 학자들에 의해 황해에 인접해 있던 산동 성 일대 지역에 거주했던 동이족들의 태양 숭배 의식으로 추정되고 있는 그림 글씨. 그것이 해변에서 약 1,000킬로미터 가까이 떨어진 안훼이에서 발견된 것이었다.

그것은 무엇을 말하는가? 바로 한자의 기원으로 이해되고 있는 갑골문보다 이른 시기에 동이족이 문자를 만들었음을 뜻하는 중요한 문물이었다. 그리고 그것이 갑골문으로 연결되었다는 점에서, 그 토기 조각은 앞으로 한자의 기원 문제와 주인 문제를 풀게 될 중요한 단서였던 것이다.(이 부분의 연구는 현재 중국과 일본에서 활발히 진행 중인데, 중국은 의도적으로 연구를 늦추는 인상이 짙다.)

나는 그것을 보자마자 경비원의 제지에도 불구하고 카메라로 찍어버렸다. 그리고 일이 벌어졌던 것이다. 박물관 관장이 달려오고, 다른 친구 중국 학자들까지 동원했지만 결국 필름은 날아가고 말았다. 중국 학자들이 연구를 마칠 때까지는 절대로 외부인에게 공개할 수 없다는 것이었다.

서구의 석학들은 한자가 21세기 미래 동양의 시그널이 될 것으로 공언하고 있다. 그것은 동아시아의 막강한 파워 중국과 일본이 사용하는 언어이기 때문이다. 그리고 그것은 동양 문화의 본질을 고스란히 담고 있는 문화적 기호이기 때문이기도 하다.

　그러나 앞서도 언급했듯이 이 기호를 만드는 데 우리는 깊이 관여했고, 또 긴 시간을 사용하면서 우리의 생각과 숨결을 불어넣었다. 따라서 그것은 본질적으로 우리 문화의 일부이기도 하다. 그러나 그렇다고 해서 이미 죽어버린 골동품으로서의 한자를 다시 리바이벌하자는 주장을 하겠다는 것은 아니다.

　현재 한국사회에서 한자 교육을 주장하는 사람들 대부분은 앞서 언급했지만, 유교적 재교육의 의도를 숨기고 있을 뿐만 아니라 한자의 본래적 의미도 정확하게 모르고 있다. 일반적으로 한자는 그 내부 구조를 풀면 그 안에 담긴 문화적 코드를 파악할 수 있는 것으로 알려지고 있다. 그래서 한자를 풀어서 문화적 배경을 이해하면 익히기가 대단히 쉽다는 생각들을 하고 있다. 기본적으로 이 말이 맞기는 하지만 실제 적용에 있어서는 쉽지 않은 일이다. 한문깨나 아는 기성세대는 물론, 시중에 나와 있는 책들이나 중고등학교 교사, 심지어 교수들의 경우도 한자가 가지고 있는 원래의 모습을 제대로 알고 있는 사람은 거의 없다. 그들의 '해석'은 대부분 '인상파'적인 것들로 고대의 문화적 배경을 완전히 상실한 후대의 한자만을 가지고 진행하는 그저 '재미있는' 이야기들일 뿐이다.

몇 가지 예를 들어 한자가 지니고 있는 문화적 배경에 대해 설명을 해보겠다.

귀신 鬼(귀)의 경우, 갑골문을 보면 이것은 얼굴에 가면을 쓴 이방 민족의 모습이다. 고대의 부족들은 사회적 분업 측면에서 각자 나름의 역할과 직업을 지니고 있었다. 예를 들면, 토기를 잘 만드는 부족, 마차를 잘 만드는 부족 등으로. 가면을 쓴 귀 부족은 장례를 전문적으로 치러주는 종족이었다. 때문에 사람의 혼백을 뜻하는 鬼가 된 것이다.

또 오나라 吳(오)의 경우, 이것은 질그릇을 어깨에 멘 채 고개를 삐딱하게 하고 걷는 모습의 상형문이다. 밑의 大(대)형은 사람의 정면형이고, 위의 口(구)형은 사실 어깨에 멘 질그릇의 모습으로, 오나라는 지금 중국의 상하이 일대로 예부터 비단과 도자기 공업이 성행한 곳이었다.

또 가장 오해가 많은 글자로 글씨 文(문)이 있다. 모두들 잘못 알고 있는 이 문자는 사람의 몸에 심장을 그려넣은 모습이다. 즉 文(문)은 사람의 몸에 주술적 그림을 그려 넣었던 문화를 알게 하는 중요한 단서이다. 좀더 자세히 말하면, 죽은 사람의 가슴에 심장을 그려 넣음으로써 부활을 기원하는 의식의 한 과정이었다.

즉 우리가 지금 말하는 글자로서의 기록이 아닌 주술

적 그림이라는 뜻이다. 당사자들의 모든 감정과 애원과 느낌이 듬뿍 담긴 그림으로 후일 인간의 모든 기록을 상징하게 된다. 그 기록 중에서도 감성이 담긴 기록을 말하는 학문이 바로 文學(문학)인 것이다.

이상의 몇 가지 예들은 고대 동양 문화를 이해하지 못하면 도저히 해낼 수 없는 것들로, 일선 학교나 시중의 많은 해설들이 대부분 근거 없는 것들임을 알 수 있다. 더구나 한자가 담고 있는 문화적 의미들은 어찌 보면 피카소 그림을 담은 그림엽서나 쇼팽의 피아노 연주곡을 담은 카세트테이프 정도로 축약된 것들이 대부분이다. 때문에 한자를 통한 어설픈 문화 풀이는 더더욱 조심스러울 수밖에 없는 것이다.

자신들도 잘 모르면서 학생들에게 잘못된 지식을 '권위 있게' 전달하는 것은 일종의 죄악이다. 우리 사회에서는 각 한자가 지니고 있는 배경 지식에 관한 오해와 억지들을 많이 볼 수 있다. 따라서 나는 공연히 한자를 가르치면서 어설픈 문화 풀이를 곁들이는 것을 탐탁지 않게 생각한다. 그건 문화적 이해도 아니고 전통의 계승도 아니다. 그렇다고 그걸 통해서 아시아의 커뮤니케이션 문화속으로 손쉽게 들어갈 수 있는 것도 아니다. 결국, 우리는 전통으로서의 가치도, 의사소통 도구로서의 기능도 모두 배우지 못하고 있는 형국인 셈이다.

전통 계승과 커뮤니케이션의 두 단층 사이에 걸터앉은

채 국가적으로 엄청난 경비와 노력을 낭비하고 있는 셈이다. 열심히 한다고는 하지만 방법이 전혀 잘못되어 있는 것이다.

그것보다는 보다 새로운 감각과 시각을 가지고, 동아시아 문화에서 가장 효과적인 의사소통 도구로서의 한자의 가치와 내면에 대해 생각하고 배우고 가르쳐야 한다. 그래서 나는 중국 한족의 언어라는 의미로 굳어진 한자라는 이름 대신에 21세기 미래 동양의 시그널을 상징하는 아시아 사인(Asia Sign)이라는 명칭을 쓰고 싶다.

한국의 미래 세대는 다가올 아시아 시대의 새로운 주역으로 자리하기 위해 이 아시아 사인을 마스터해야 한다. 이 아시아 사인은 어떻게 보면 동아시아에 사는 우리 모두가 필히 갖추어야 할 문화적 패스포드일지도 모른다.

한자 간단히 배우기

한자 교육이 우리의 미래를 진지하게 우려하는 차원이 아닌 한문 교사들의 밥그릇 싸움의 차원에서 맴돌거나 보수주의자들의 '신세대 길들이기' 차원을 벗어나지 못하는 한, 동아시아적 가능성 운운은 먼 나라 이웃 나라 이야기가 될 뿐이다.

그러면 무엇을 어떻게 해야 할까? 한자를 한글과 혼용하지 않고도 중국어와 일어가 담고 있는 한자를 감당할 방법이 있을까? 그리고 그것을 토대로 아시아적 커뮤니케이션 문화권의 중심에 설 수 있을까? 나는 그것이 가능하다고 본다.

입장에 따라 다소 차이는 있지만, 현재 중국이 일상의 기초 용어로 규정한 한자의 수는 2,205자다. 반면에 일본이 상용한자로 사용하고 있는 한자의 수는 1,945자, 그중에서 기초로 가르치고 있는 교육한자는 996자다. 여기에 우리나라의 현대 한자어들을 집어넣고 공통집합을 내보면 약 1,500여 자 정도를 얻을 수 있다.

그중에서도 기본 부수, 역사, 정치, 경제, 문화 등의 갈래를 토대로 보다 기본적인 글자들을 추리고 추리게 되면 약 1,000자 내외가 된다.(나는 이 작업을 하면서 한국 신문들과 방송, 일본 NHK,《아사히신문》, 중국의 CCTV,《인민일보》,《베이징 청년보》등을 참고했다.)

이 1,000여 자의 글자는 다시 약 10종류의 부수 군, 5개의 문화적 분류를 통해 좀더 세밀하게 나눌 수 있다. 그러고는 다시 문자 합성 요소의 단순성과 복합성을 고려해 차례로 나열한 후, 마지막으로 흥미 있는 설명을 더해서 교재로 완성된다. (중국 간체자와 일본식 약자의 경우, 그 자형을 정확하게 맞출 경우, 공통집합의 수는 100자 내외로 줄어들고 만다. 그렇게 되면 공통 문자로서의 의미는 사라지게 된다. 따라서 똑같은 자형은 아니지만 자형의 유사성과 내부적 연관을 근거로 1,000여 자의 숫자를 뽑아낸 것이다. 이렇게 되면 자형이 다소 차이가 나기는 해도, 가장 기본적인 부수들을 설명하는 부분에서 이들 문제들을 해결할 수 있고 유용하게 활용될 수 있다.)

나는 이 1,000여 자의 글자를 가지고 학생들을 가르칠 계획이다. 중국어와 일어의 공통분모가 되는 이들 글자들은, 이것을 익힌 학생들이 중국어와 일어를 익히고 싶을 때, 또 개인적으로 한자의 깊은 세계로 들어가려고 할 때, 훌륭한 기초의 역할을 할 수 있을 것이다.

물론 한국 한자음을 가르칠 때는 일어 발음, 중국어 발음을 동시에 가르친다. 다행히 한자의 한국어 발음과 일어, 중국어의 발음은 대단히 유사하다. 그것은 같은 꼴을 공유하고 있기 때문에 어쩌면 너무도 당연한 일일지도 모른다.

한자들이 한반도와 일본으로 건너간 후, 한반도는 북방 계통의 음 영향을, 일어는 북방 계통 음과 동시에 중국 동부 해안지역 음을 받아들임으로 인해 약간의 변형은 있지만 몇 가지 분석을 통해 충분히 그 연관성을 이해할 수 있다.

어쨌든 우리가 한자를 동아시아 문화권의 언어 소통 도구로 사용하려면 이 언어학적 특성을 충분히 이용해야 한다.

예를 들어보자. 집 家(가)는 중국어로는 '찌아'이고 일어의 음은 '카'다. 또 문 門(문)의 중국어는 '먼'이고 일어의 음은 '몬'이다.

독자들이 읽으면서 느끼겠지만 음들이 대단히 유사하다. 따라서 몇 가지 기본적인 개념(일어의 훈독 발음)만 익히면 적은 수의 한자를 통한 중국어, 일어와의 문자적, 언어적 의사소통의 기초 확보라는 문제가 의외로 쉽게 해결될 수 있다. 국한문 혼용론자들이 해결하지 못하고 있는 동아시아 문화권의 커뮤니케이션 문제를 쉽사리 해결할 수 있는 것이다.

한 번만 더 고민하면 쉽고 경제적인 방법을 얻을 수도

있다는 생각을 왜 해보지 않는 것일까? 간단한 방법을 생각하지 않고 왜 온 나라가 천문학적인 숫자의 돈을 들여가며 고민을 하고 자라나는 신세대들에게 학습의 부담을 전가하려 할까? 의미도 불분명하고, 논리도 없는 상태에서 왕창 가르쳐놓고 알아서 하라는 것이 어떻게 교육일 수 있는가?

한자 교육이 우리의 미래를 진지하게 우려하는 차원이 아닌 한문 교사들의 밥그릇 싸움의 차원에서 맴돌거나, 보수주의자들의 '신세대 길들이기' 차원을 벗어나지 못하는 한, 아시아적 가능성 운운은 먼 나라 이웃 나라 이야기가 될 뿐이다.

그런 무책임이 국가적으로 신세대들에게 저질러지고 있다는 것은 너무도 수치스러운 일이다. 천년 묵은 낡은 방법으로 어린 학생들에게 한자 교육을 강요하면서 그들을 좌절의 악순환 속으로 빠뜨리는 우리는 많이 부끄러워해야 한다.

나의 이러한 주장은 정책 입안자들이나 학자들에 의해 받아들여지지 않을 것이다. 이런 주장을 수용하기에 그들은 너무 아카데믹하기 때문이다.

그리고 내가 주장하는 1,000여 자의 아시아 사인은 하나의 문제를 풀지 못하는 단점이 있다. 그것은 지금도 규장각에서 곰팡이 피고 있는 고서들을 충분히 풀어내기에는 어림도 없는 숫자라는 점이다. 하지만 이 문제 역시 한

번 더 생각하면 어렵지 않게 풀 수 있다.

이른바 전통 계승의 문제는 실력 있는 번역자들을 통한 '한국어화' 작업으로 해결될 수 있다. 또 그렇게 되어야 한다. 관심 있는 젊은이들에게 고도의 훈련을 시키고, 높은 보수를 주어 역사적 사명감과 문화적 자긍심을 지닌 상태에서 번역에 착수하고 그것을 아름다운 한글로 옮겨 일반인들에게 소개할 때, 누가 그것에 관심을 나타내지 않겠으며, 누가 그 문화적 숨바꼭질에 참가하지 않겠는가?

그 문헌들이 중요하다고 해서 국민들 모두를 훈련시키겠다는 생각은 비민주적이기도 하고, 비과학적이기도 하다. 그건 정서적으로도 불가능하고(누가 그런 지루한 내용들을 다 읽고 앉아 있겠는가?) 실제적으로도 불가능하다. 한자 사용을 주장하는 사람들의 머릿속에는 국민들이 직접 그것들을 '알아야' 한다는 생각이 조금씩은 들어 있다.

물론 말은 '본적과 주소 정도는 한자로 써야지'라고 하지만 말이다. 하지만 본적과 주소 따위를 무엇 때문에 한자로 써야 되는지 참 이해가 되지 않는다. 단순한 숫자의 코드로 바뀌어도 그만이고, 한글로도 잘 쓸 수 있는데. 더구나 본적 문제는 지역감정 문제를 풀기 위해서라도 모든 서류에서 폐지해야 한다. 고향이 한국이면 충분하지 않은가? 지역감정이 심한 타이완 같은 나라는 모든 국가 서류에서 본적 표기를 금하고 있지 않은가?

이제 우리는 좁은 한국이 아닌, 아시아를 이야기하고 아시아 무대에 익숙해져야 한다. 한국인으로서의 문화적 정체성, 더 나아가서 아시아를 이해하고 아시아의 한 부분으로서의 역할을 다할 수 있는 능력과 안목을 갖추는 데 한자는, 아니 아시아 사인은 필요한 것이다.

이제는 오랜 세월 권위를 누려온 우리 사회의 한자에 대한 잘못된 교육관과 풀이 문화를 7월의 소낙비처럼 씻어버리고 싶다.

4

공부는 끝났다

공부는 끝났다

학부모들이 원하는 공부는 아주 간단한 것이다. 책상에 앉아서 뭔가를 읽거나 써야 한다. 또 적당한 체크를 위해 주로 쓰기를 강요한다. 체크하기 편하고, 써놔야 학습이 되었다는 안도감 때문이다. 더욱이 논술이 대학 입시에 들어오면서 '쓰기'는 초미의 관심사가 되었다. 하지만 이 부분에서 우리는 큰 실수를 하고 있다.

우리 집에서는 '공부'라는 단어를 쓰지 않는다.

아이들이 성장하는 동안 가장 많이 듣는 말이 바로 '공부해라'지만 가장 효과 없는 주문 역시 '공부해라'일 것이다. 때문에 우리 집에서는 의도적으로 이 말을 쓰지 않는다. 다만 필요한 사항이 있을 때는 "동물 책을 읽자." "모르는 단어 써보자." "생각머리(어려서 만든 우리끼리의 조어)를 써봐." 등의 보다 구체적인 표현을 사용한다.

나는 이 방법이 아이를 영재나 천재로 만들 것이라는 확신도 없고 또 그런 기대도 없다. 나는 단지 아이가 불합리한 것들에 얽매이지 않고 자신의 '존재에게 주어진 만큼' 마음껏 배우고 익히고 즐길 수 있기만을 바랄 뿐이다.

학부모들이 원하는 공부는 아주 간단한 것이다. 책상에 앉아서 뭔가를 읽거나 써야 한다. 또 적당한 체크를 위해 주로 쓰기를 강요한다. 조금 양보해서 동화책을 읽으라고 하는 경우에도 반드시 독후감이나 일기 등을 '쓰게' 만든다.

체크하기 편하고, 써놔야 학습이 되었다는 안도감 때문이다. 더욱이 논술이 대학 입시에 들어오면서 '쓰기'는 초미의 관심사가 되었다. 하지만 이 부분에서 우리는 큰 실수를 하고 있다.

엄마들이 흔히 말하는 공부의 대상은 지식이다. 특히 근대사회 들어서 '보다 많은 양'의 지식을 확보함으로써 사람들은 경제적 여유와 사회적 존경을 살 수 있었던 경험 때문에 지식의 확보를 다그치고 있는 것이다. 과거에는 지식이 편중되어 있었고, 몇몇 엘리트들에 의해 독점되어 있었다. 유교 사회의 양반들이 대표적인 존재들이다.

그리고 지식을 독점한 엘리트들은 붓과 종이를 가지고 자신들의 기억력을 과시하고 나름의 분석을 뽐냈다. 따라서 이 시대 최고의 과제는 문자를 기억하고 이해할 수 있는 능력의 확보였다. 이것을 할 수 있느냐 없느냐를 두고 문맹인가 아닌가를 가르기도 했다.

하지만 이미 우리 앞에 나타난 사회는 이런 사회가 아니다. 수많은 정보들은 이제 컴퓨터와 인터넷을 통해 완전히 오픈되어 있다. 이제는 지식을 누가 많이 가지고 있는가가 중요한 것이 아니다. 더구나 이들 지식은 과거처럼 문자 매체에만 국한된 것은 아니다.

멀티미디어의 기능을 통해, 시각뿐만 아니라 인간의 청각, 균형 감각, 촉감까지 동원되어야 이해할 수 있는 정보를 24시간 우리들 주변에 뿌려놓고 있다. 때문에 이제는 단순하게 글을 읽고 쓰는 능력만으로는 시간과 공간을 자유자재로 넘나드는 이 정보들을 해석할 수가 없다.

이제 사람들은 자신이 필요한 정보가 어디에 있고, 그것이 어떤 의미를 지니고 있으며, 현재 당면한 문제와 어떻게 연결되어 있는가를 감지하고 풀어낼 수 있어야 한다.

우리가 만나는 현실 문제들은 통합적 유기체다. 따라서 평면적인 글공부만으로는 이 유기체가 지닌 넓이와 깊이와 높이를 이해할 수 없다. 그럼에도 우리는 지속적으로 글공부, 즉 '쓰기'에 빠져든다.

이 글공부와 쓰기가 만들어낸 우리 사회의 전염병이 이른바 조기 한글 교육이다. 걸음마도 잘 못하고, 말도 잘 못하는 상황에서 한글을 조합해서 읽어내고 동화책도 읽는다. 모두들 자랑거리로 삼지만 그 아이들의 얼굴을 보면 즐거운 표정들이 아니다.

집중에 집중을 하면서 또박또박 읽어낸다. 또 삐뚤삐뚤 쓰기도 한다. 하지만 그건 아이들에게는 일종의 고문이다. 즐겁게 웃고 뛰어 놀아야 할 시기에 웬 시련인가? 점토 놀이로 손가락과 뇌를 부드럽게 발달시켜야 할 나이에

딱딱한 연필이 웬 말이냐?

사실 한글은 무지무지 쉬운 문자다. 집집마다 서너 살만 되면 엄마들의 가혹한(?) 훈련 끝에 한글을 읽는 영재로 둔갑하는 것은 한글이 그만큼 쉬운 문자이기 때문이다. 그건 뒤집어 말하면 학습을 할 수 있는 연령만 되면 언제든지 바로 습득이 가능한 문자임을 뜻한다. 실제로 외국인이고 문맹 할머니들이고 두세 시간이면 글자를 읽도록 만들 수 있다.

때문에 아이들에게 필요한 것은 다양한 사물을 보고, 만지고, 먹어보면서 청각과 촉각 등을 훈련하는 일이다. 그리고 성격 형성에 크게 영향을 주는 대소변 가리기의 시기와 사람 사귀기 등에 더 관심을 두고 길러야 아이가 '똘똘'해진다. 신경질이 가득한 채 한글 단어 몇 개 읽는다고 그 아이의 능력이 자라나는 것은 아니다.

동시에 영어나 외국어도 소리로 익히도록 곁들이면 좋을 것이다. 실제로 아이들은 그것이 영어인지 중국어인지 알지 못한다. 그저 상황에 따라 민감하게 반응할 뿐이다. 그 반응은 참으로 신비롭기까지 하다.

나는 집안 부모의 노력으로 영어와 중국어를 상당한 수준으로 구사할 줄 아는 한 초등학교 아이를 알고 있다. 한국어를 하는 사람에게는 한국어를, 중국어를 하는 사람에게는 중국어를, 영어를 하는 사람에게는 영어를 건네고 듣는 모습을 보면서 인간이 지닌 신비한 학습 능력에 또

한 번 놀라곤 한다.

　이제 공부를 위한 공부는 끝나야 한다. 그것을 끝내지 못하면 인생이 끝날지도 모른다. 이제는 사람으로 살아가는 데 필요한 지혜를 찾아낼 수 있는 사람을 만들어야 한다. 지식을 머릿속에 쑤셔 박는 공부가 아닌 숨은 능력을 끌어내는 지혜를 이야기해야 한다.

당장 '양놈'을 찾아 나서라

나는 한국의 영어 교육이 실패한 이유 중에 가장 큰 이유는 '반드시 써먹겠다는' 의지가 부족한 데 있다고 본다. 선생과 학생 모두가 써먹겠다는 의지와 필요 때문에 영어를 가르치고 익히는 것이 아니라, '관문 통과'를 위해 필요한 대상으로 생각하기 때문에 늘 골치만 아프다. 또 교과서를 만들 때도 아이들에게 '도덕적 교훈'을 주겠다는 유교적 '훈수'의 가치관이 바닥에 깔려 있다.

"영어 공부는 아무리 열심히 해도 영어에 별로 도움이 되지 않는다."

영어 때문에 시간과 노력을 쏟아 부었고 고생께나 해 본 사람은 위의 표현이 감춘 외국어 학습의 키포인트를 찾아냈을 것이다. 바로 그거다. '공부'와 '사용'은 전혀 별개다. 한국의 영어 교육은 학생들에게 '공부'만 강조했기 때문에 '사용'을 할 수가 없다. 학습의 목표가 잘못 설정되어 있기 때문에 당연히 수반되는 결과다.

나는 1996년도부터 새벽반 영어 학원을 다니기 시작했다. 명색이 교수인데 새벽 6시부터 'Level 1' 클래스를 기웃거리는 일은 한국사회에서는 약간의 용기가 필요한 일이다. 거기서 1학년 학생을 또 만나게 되자 나의 강한 의지(?)도 약간은 주춤거렸다. 하지만 나는 다녔다. 박사학위를 받고 교수가 된 지 6년이 지난 때였고, 영어책을 놓은 지는 무려 10년이 지난 상황이었다.

방법은 물론 이제껏 해왔던 영어 공부와는 철저히 다른 것이었다. 내가 중국어를 마스터하면서 얻은 노하우를 영어 공부에 그대로 적용했다. 효과는 금방 나타나기 시작했다. 나의 방법은 간단하다. '사용'하는 것이다. 그것도 철저히 소리로만. 그리고 모든 쪽팔림에서 초연해지는 것이다.

나는 매년 중문학과의 1학년 학생들에게 이런 말을 한다.
"여러분들 4년 동안 중국어 '공부' 아무리 열심히 해도 중국어 못한다. 단 한 달이라도 '사용'해야 중국어를 할 수 있다. 쯔따오마?(알겠습니까?)"

중고등학교에서 철저하게 나름의 '외국어' 수업을 받았던 아이들은 어리둥절하다. 하지만 첫 시간부터 나는 가능한 한 한국어를 자제한다. 물론 나름의 정교한 프로그램과 학습 보조 도구들도 있고, 내 나름대로 만든 보조 교재들도 있다.

나는 처음 한 달 정도는 수시로 학생들에게 외국어 학습에 필요한 기본적 태도에 대해 집중적으로 교육을 한다. 그것은 이제까지 학교에서 해온 영어 '공부'의 녹슨 방법을 철저히 버리도록 하는 일이다. 그래서 다음과 같은 세 가지를 먼저 주문한다. 첫째, 써먹겠다고 결심하라. 둘째, 글자를 버리고 소리로만 익혀라. 셋째, 머릿속에서 문장을 만들지 말고, 생각나면 일단 내뱉어라.

이것을 위해 색종이, 가위, 복사한 화폐, 사탕, 그림 등 온갖 도구를 동원하고, '지엔따오, 스터우, 뿌(가위, 바위, 보)' 놀이까지 동원해 중국어 감각을 심어간다. 또 1학년 때는 글자를 강요하지 않고, 아예 시험도 '소리'로만 본다. 아무리 멍청이라도 한 1년 소리만 듣고 동작을 익히다 보면 웬만한 말은 알아듣고 할 줄 안다.

나의 프로그램으로 가르친 아이와 기존의 전통적인 방법(글씨 쓰고, 따라 읽고, 문법시험 보고)으로 공부한 아이와는 6개월만 지나면 능력 차이가 크게 벌어진다. 이렇게 했을 때 얻게 되는 가장 큰 효과는 중국어 구사력이 아니라 학생들의 자신감이다. 자신감이야말로 '존재의 이유'다.

그리고 나서는 다른 프로그램으로 한 2, 3년 더 지도하면 중국어는 대충 마스터가 된다. 실제로 학생들 중에는 4학년 때 통역을 나가는 아이들이 있다. 아무 탈 없이 잘해낸다.

나는 한국의 영어 교육이 실패한 이유 중에 가장 큰 이유는 '반드시 써먹겠다는' 의지가 부족한 데 있다고 본다. 선생과 학생 모두가 써먹겠다는 의지와 필요 때문에 영어를 가르치고 익히는 것이 아니라, '관문 통과'를 위해 필요한 대상으로 생각하기 때문에 늘 골치만 아프다.

때문에 교과서는 사용 현장과는 아무런 상관도 없이 문법과 어휘에만 중점을 둔다. 또 교과서를 만들 때도 주로 특정 문장을 통해 아이들에게 '도덕적 교훈'을 주겠다는 유교적 '훈수'가 바닥에 깔려 있다. 우리나라 지식인 대부분이 그렇지만 이들은 가르친다는 행위에 반드시 '도덕적 교훈'을 주어야 한다는 강박관념을 가지고 있다.

이것은 유교의 교육관과 글을 숭상하는 태도에서 비롯된 것으로 전통적으로 유교는 말에 대해서는 억제하는 태도를 가졌고, 시나 문장 등의 글 다루기에는 후한 점수를 주었다.

그러다보니 외국어 학습에서 가장 우선적으로 고려되어야 할 의사소통은 무시되고 글 다루기 능력 위주로 교과서가 만들어진다. 또 선생님들은 그것을 가지고 역시 의사소통과는 관련이 없는 단어 스펠링이나 문법 등만을 가르친다. 그런데 이제 와서 가만히 생각해보면 교과서를 만들었던 사람들이나 가르쳤던 사람들 중에 영어를 마음껏 구사할 수 있는 사람은 거의 없었던 것 같다.

그런 상황에서 국가적으로 수십 년 동안 수백만 명이 영어 '공부를 열심히' 해댔던 것이다. 생각해보면 얼마나 '열심히 공부'했던가? 연습장이 새까맣게 되도록 단어를 외웠건만 '하이, 굿모닝'이 튀어나오지 않았다.

이런 상황은 사실 영어에만 국한된 것은 아니다. 몇 번 시험 출제를 위해 호텔 방에 감금되어본 일이 있는데, 그곳에 모인 각 언어 전공 교수들과 이야기를 나누다보면 우리나라의 교수, 교사, 전문직 공무원들의 언어 구사력은 실로 국민들이 실상을 알면 기절을 할 만큼 심각한 것을 듣게 된다. 내 말이 믿어지지 않으면 우리나라 외국어 과목 교수들 모조리 모아서 시험 한번 보자. 하려고 하면 힘든 일도 아니다.

하지만 그들은 튼튼한 학맥과 인맥을 동원해 여전히 살아남아 외국어 정책에 입김을 불어넣고, 교과서도 만들고 가르친다. 다행이 최근엔 IMF 때문에 슬슬 본 실력들이 드러나면서 세대교체 내지는 후보교체가 이루어지고 있기는 하지만 아직 멀었다.

교수들이, 공무원들이 언제 좋은 대안 마련해서 우리 사회에 효과적인 학습 프로그램을 제공하겠는가? 꿈 깨고 당장 양놈들 찾아 나서라.

영어는 더 이상 외국어가 아니다

조기 교육에 대해서는 찬성과 반대의 의견이 만만치 않다. 전문가들도 마찬가지지만 학부모들도 마찬가지다. 그런데 학부모들의 상황을 보면, 조기 찬성론자는 대부분 '여유 있는' 계층들이고, 반대론자는 대부분 '여유 없는' 계층들이다. 사실 이들 반대론자들은 구체적인 데이터나 이론에 근거한 것이라기보다는 자식들과의 민망한 상황을 조금 해소해보려는 의도에서 '전문가 의견'을 뉴스에서 빌려온 것이 대부분이다.

영어는 이미 외국어가 아니다. 영어는 이미 모든 외국어를 초월하는 국제어가 되어 있다. 국제어인 영어를 쓰지 않음으로 해서 보는 손해나 비용은 나라 전체로 볼 때 너무도 막대하다. 하지만 이런 주장은 여전히 거센 반론에 부딪친다. 또 그 '아, 아, 대한민국'론이다.

1997년도 자료에 의하면, 서울의 경우 모두 146개의 외국어학원에서 미취학 아동 2만 4,928명이 영어 과외를 받고 있다. 특히 많은 수는 6세 미만의 이른바 조기 교육 해당자들이다.

이 조기 교육에 대해서는 찬성과 반대의 의견이 만만치 않다. 전문가들도 마찬가지지만 학부모들도 마찬가지다. 그런데 학부모들을 보면, 찬성론자는 대부분 '여유 있는' 계층들이고, 반대론자는 대부분 '여유 없는' 계층들이다. 사실 이들 반대론자들은 구체적인 데이터나 이론에 근거한 것이라기보다는 자식들과의 민망한 상황을 조금 해소해보려는 의도에서 '전문가 의견'을 뉴스에서 빌려온 것이 대부분이다.

왜 뉴스는 이런 '전문가 의견'들을 편집해 내보내고 있을까? 뉴스 편집 기자들이나 PD들이 정말 그렇게 영어 교육에 일가견들이 있는 사람들일까? 자신의 아이들은 정말 그 소신에 따라 조기 교육을 시키지 않고 있는 것일까? 지나치게 과열되는 영어 조기 교육의 열풍을 조금 식혀보려는 '민족적' 사명감 때문에 만들어낸 의도적 '선전'은 아닐까?

나는 그 목적 있는 '목소리'를 따라가다가 결국에는 하수구에 처박히는 처참한 내일의 모습을 보고 싶지 않다. 그 '목소리' 주변의 힘 있고, 능력 있는 사람들은 언제나 국민들이 그들이 시키는 대로 하고 있는 동안 나름의 대비책을 마련하면서 항상 살아남았다. 6·25 때 정부와 이승만은 서울을 버리고 내빼면서도 '서울을 사수하자'고 외쳐댔다. 그뿐인가? 정부가 우리를 속여먹던 일이. 때문에 그러한 학습 효과가 살아 있는 한, 닥쳐올 험난한 21세기에도 실험실의 흰쥐 꼴이 되고 싶지는 않다.

반대론자들의 의견을 종합해보면 이렇다.

"모국어를 먼저 완벽하게 습득해야 외국어도 잘 할 수 있다."

"언어학적으로 어린 나이에 영어교육을 받을 경우, 발음을 제외하고는 그다지 큰 효과를 볼 수 없다."

하지만 이런 반대 의견을 근거로 아이들의 영어 조기 교육을 늦추면 늦출수록 사회적 위화감은 점점 커진다고 본다. 하루 빨리 아이들의 조기 교육을 위한 국가적 프로그램이 마련되어 모든 아이들이 보다 효과적으로 영어를 익히고 사용할 수 있어야 한다.

모국어를 아무리 완벽하게 구사한다 해도, 영어를 못하면 영어권에서 볼 때 그는 문맹이다. 중국어를 못한다면 그가 아무리 정치학 박사 학위를 가지고 중국 정치 운운한다 해도 적어도 중국어권에서는 문맹이다. 다양한 문화의 언어와 의미로 통합된 21세기의 정보들은 한국어만으로는 감당하기 힘든 것이 되어버렸다.

문명의 이기들은 이름 및 개념과 함께 유입되는 법, 이들 외래어들은 그 해당 물건들과 함께 한국어 안으로 쏟아져들어왔다. 마치 고대 사회에, 중국의 문물이 들어오면서 우리 고유의 언어가 적당한 의미와 문물들을 표현할 방법이 없자 한자를 우리 언어 속에 심어놓았듯이 말이다. 이런 맥락에서 보면, 한자어로 가득한 우리말을 붙들고 이것이 진정한 우리 것이라고 울부짖을 이유도 없어져버린다.

영어가 라틴어, 프랑스어, 독일어 등을 받아들이면서 풍부한 어휘 영역을 구축할 수 있었듯이, 세계를 향해 열린 언어는 결국 경쟁력을 갖게 된다는 사실을 우리는 주목해야 한다. 또 인도 영어, 싱가포르 영어, 홍콩 영어에서 보듯이 모국어와 함께 공용어로 사용되는 영어들은 모국어의 영역을 축소시키기는커녕, 오히려 모국어에 물들며 독특한 발음과 표현들을 낳고 있음도 '순수 국어 수비대'들이 눈여겨볼 대목이다.

하버드의 헌팅턴은 영어가 문화와 문화의 의사소통 수단으로 쓰이면서 서로 다른 문화적 정체성을 오히려 강화시키고 있다는 재미있는 분석 결과를 내놓았다. 즉 어떤 문화권 사람들이 영어를 쓴다고 해서 생각마저 영어화하지는 않는다는 점을 밝히고 있다.

언어학자 피시먼은 국제어의 조건으로 특정 종교나 이데올로기와 결부되지 않은 언어이어야 함을 강조하고 있다. 영어는 이제 세계어의 기능을 담당하고 있는 특수한 의사소통 도구일 뿐, 특정 문화만을 대변하는 언어가 아니다. 헌팅턴은 이제 영어는 인종적 특성이 거의 탈색된 탈인종화된 언어라고 말하고 있다. 실제로 외교관, 기업인, 과학자, 관광객, 관광업 종사자, 항공기 조종사, 관제요원 등은 모두 효율적인 의사소통의 언어로서 영어를 사용하고 있을 뿐, 특정 문화에 종속되고 싶거나 종속되었기 때문에 영어를 사용하지는 않는다.

수영장에서는 수영복을 입는 것이 헤엄치기에 편하듯이 영어를 그저 편리한 의사소통의 도구로 받아들이면 그뿐이다. 그것을 너무 민족적 입장에서 해석하면 할수록 우리는 점점 초라해진다. 물론 우리 것, 우리말을 외치는 몇몇은 강연도 하고 책도 팔면서 자신들의 희소가치를 만끽할 수도 있지만 별 볼일 없는 다수는 어떻게 하란 말인가?

　사회를 형성하는 주요 요소는 폭력(질서 폭력, 즉 강제력과 무질서 폭력이 있다)과 자본과 지식이다. 그중에서도 지식은 정보 시대로 정의되고 있는 21세기에 인간의 가치를 구분짓게 될 가장 영향력 있는 요소로 꼽히고 있다. 어느 사회나 지식을 소유하는 계층이 그 사회의 상류층, 지배층으로 군림해왔다. 조선 유교 사회에서 유일한 문자인 한자를 지배한 지식인들이 권력과 자본 모두를 독점했음을 상기해보면 알 수 있는 일이다.

　때문에 모든 정보와 지식을 가장 폭넓고 깊게 담고 있는 영어의 장악 여부는 이제 앞으로 각 개인의 몸값은 물론, 사회, 조직, 국가에 이르기까지 크게 영향을 줄 것이다.

　일부 여유 있는 계층의 영어 조기 교육은 그 아이들을 궁극적으로 좀더 새롭고 유용한 정보의 세계로 초대할 것이며, 보다 빠르게 가치 있는 정보와 문화에 익숙해지도록 할 것이다. 그것은 결국 사회 전체로 볼 때, 부모의 부와 사회적 힘이 영어라는 지식을 통해 문화적으로 상속될 수 있다는 측면에서, 또 개인의 삶이 존중되는 열린사회를 가로막을 수 있다는 측면에서 우려할 만한 것이다.

이제 영어 조기 교육은 그 교육적 효과를 논할 시기를 넘긴 것으로 보인다. 그것은 이미 선택의 문제가 아니라 필수, 아니 다급한 필수가 되어버렸다. 일반적으로 7세까지는 프로그램과 환경에 따라(나는 단어나 스펠링 교육을 철저하게 반대한다. 소리+이미지만을 재미에 담아 전달해야 한다) 2개 정도의 언어를 모국어 수준으로 습득할 수 있다는 연구 결과를 왜 애써 부인할까? 설사 2개가 모두 모국어 수준은 되지 않는다 해도 의사소통만이라도 불편이 없다면 시도해볼 만한 가치가 있고도 남지 않을까?

문제는 방법이다. 내가 말하고 싶은 방법은 "교육 심리학적인 측면에서 볼 때 어린이는 한 가지 일에 자발적인 흥미가 생기면 집중적인 학습을 통해 효과를 높일 수 있다."거나 "억지로 가르치기보다는 다양한 소리와 발음을 들려주고 변별력을 가르쳐 제대로 듣고 정확히 말하도록 해야 한다." 등의 미시적인 것만은 아니다.

그에 앞서 영어를 바라보는 우리들의 시각과 마음가짐이 달라져야 한다. 영어를 비롯한 외국어의 효과적 학습 방법은 앞서 말했듯이 '사용해야 한다'는 인식만 가지면 마련될 수 있다. 책을 만드는 사람들끼리의 학연도 깨고 선후배도 깨고 제대로 된 프로들이 책을 만들고, 실력 있는 교사들이 과학적으로 설계된 프로그램을 가지고 강단에 서서 '써먹어야 한다'는 의지로 가득한 아이들을 가르칠 때, 학습은 효과를 올릴 수 있다.

하지만 솔직히 까놓고 지도할 수 없는 우리 교육 현장의 현실이 문제다. 영어 회화 가르칠 능력이 없다보니까 자꾸만 우리 것, 정체성만을 강조하면서 북 치고, 장구 치고, 효도 실습만 진행하는 것 아닌가? 누가 뭐래도 우리의 정체성은 무너지지 않는다. 김치, 된장이 모조리 사라지고, 우리들 머리털이 어느 날 갑자기 노래지지 않는 한 우리는 영원한 한국인이다.

이제 우리는 우리 것으로 무장된 한국인이 아닌 다른 것에 익숙한 한국인으로 거듭나야 한다. 우리 것이 그렇게 대단하면 적극적인 홍보를 위해서라도 외국어에 익숙해야 하지 않겠는가? 주변 강대국에 둘러싸인 한반도의 지정학적 모습만을 가지고 냉정하게 생각해봐도 우리는 최소한 영어, 일어, 중국어 3개 국어는 할 줄 알아야 하는 사명(?)을 지고 이 땅에 태어났다.

힘이 약한 나라는 이래저래 숙제가 많은 법이다.

실력이 도덕이다

도대체 4년 동안 같은 학교, 같은 학과에서 배운다는 것이 무슨 의미가 있는 것인지 참으로 이해하기 힘든 풍경이 한국 사회에서는 벌어지고 있다. 동문들로 구성된 이 '상아탑 마피아'들은 또 다른 새끼 갱스터들을 낳는다. 살아남기 위한 전략적 선택이리라. 하지만 그건 엄연한 폭력이다. 제도를 통해 국가로부터 부여받은, 겉으로 보기에는 젠틀해 보이지만 사실은 위장된 폭력이다.

2, 3년 전부터 전국의 대학들은 벌집 쑤신 것처럼 어수선하다. 교육부의 이른바 '대학 평가제' 때문이다. 전국의 대학을 '설비' '교수 업적' '교육 환경' 등의 세부 항목을 토대로 점수 매기겠다는 발상 때문이다. 이제껏 대학은 전적으로 학생들의 수준을 근거로 서열이 매겨졌는데, 이번에는 학교 자체의 능력을 가지고 살펴보겠다는 것이다.

이런 평가제는 농땡이 치던 교수들에게는 상당한 자극이 된 것도 사실이다. 하지만 그들이 누구인가? 머리 좋기로 둘째가라면 서러운 박사들 아닌가?

한국사회의 고질적 병폐인 학력 위주, 점수, 서열 등을 타파하겠다는 기치 아래서 진행된 것이 아이러니컬하게도 대학들에게 점수를 주는 일이었다. 그리고 등수를 매기는 일이다.

한국의 학생들이 기를 못 펴는 이유 중의 하나는 점수와 등수 때문이다. 이 점수와 등수는 알게 모르게 사람을 주눅들게 하는데, 대학 평가제를 바라보는 대학들 역시 주눅들긴 마찬가지다. 공연히 찍히기 싫어서 모두들 설설긴다. 그리고 한국사회를 대표할 수 있는 '가라(가짜)' 문화가 다시 한 번 빛을 발하는 기회가 되었다. 꼬리에 꼬리를 물고 퍼지는 각 대학의 '가라' 공작은 "당신들 교수 맞아?" "거기 대학 맞아?"라는 자조적 질문이 끊이지 않게 한다.

결국 배운 게 도둑질이라고 정부의 처방이나 대학의 대책이나 못난 모습이긴 마찬가지다. 과정이 어떻든 무조건 마지막 점수가 좋아야 한다는 이른바 '결과주의'의 전형적인 모습이 적나라하게 드러난 해프닝은 일선 고등학교에서 벌어지는 대학 진학지도와도 맥을 같이한다.

"이 점수면 이 대학이야."

"야 인마, 그 점수면 S대 갈 수 있어. 과가 나빠도 S대는 S대야."

적성이나 취미 운운은 먼 나라 이야기다. 아직도 수많은 아이들이 자신의 적성과는 무관하게 대학에 들어와 방황하면서 세월을 죽인다. 적지 않은 아이들이 '부모님 무서워서' 적성에도 맞지 않는 대학과 학과에서 학점을 따고 있다.

부모님들의 말씀은 충분히 일리가 있다. 고등학교만 나와도 자기의 취향에 맞는 직장에서 먹고 살 수 있는 사회란 한국에서는 아직은 요원한 이야기다. 가능성도 없는 그런 실험적 구호에 자기 아이를 실험 대상으로 내놓고 싶은 부모는 거의 없다. 서울대를 못 보내서 한이지 '안 보내는' 부모는 아직 들어보지를 못했다.

대졸 인간과 고졸 인간의 한계가 뚜렷하고, 일류 대학 졸업과 삼류 대학 졸업의 '자리'가 뚜렷한 한국사회에서 누가 과연 자신의 인생을 담보로 그 어설픈 실험에 뛰어들겠는가?

명색이 직업이 교수인 나는 한국 지식인 사회의 냉정한 싸움판에서 살고 있다. 겉으로는 학문이라는 양가죽을 쓰고 있지만 내면에는 더티한 난투극이 연속되고 있다. 당장에 벌어지는 교수 자리싸움은 차라리 동정이나 가지만, 몇 년 뒤에 생길 교수 자리까지 동문을 위해 확보하는 각 대학 동문 선배들의 후배들을 위한 살신성인은 참으로 눈물겹기까지하다. 또 각 대학의 교수들이 제자들을 위해 만들어놓은 '성골'과 '진골' 라인에 들어서기 위한 박사과정 대학원생들의 처절한 눈치 싸움은 투견 대회 이상 가는 박진감으로 가득하다.

도대체 4년 동안 같은 학교, 같은 학과에서 배운다는 것이 무슨 의미가 있는 것인지 참으로 이해하기 힘든 풍경이 한국사회에서 벌어지고 있다. 동문들로 구성된 이 '상아탑 마피아'들은 또 다른 새끼 갱스터들을 낳는다. 살아남기 위한 전략적 선택이리라. 하지만 그건 엄연한 폭력이다. 제도를 통해 국가로부터 부여받은, 겉으로 보기에는 대단히 젠틀해 보이지만 사실은 위장된 폭력이다.

원시 사회에서 폭력은 생산도구를 독점하고, 도구의 독점은 생산을 다시 독점해 권력을 마련해주었다. 그리고 이 권력은 자신들에게 유리하도록 만든 이른바 제도에 의해 세습되게 마련이다. 그리고 이 세습은 마침내 계급을 만들게 된다. 한국사회에서 이른바 일류 대학들이 만들어내는 커넥션 역시 이런 순환의 고리를 가지고 있다. 즉 위장된 폭력을 통해 지식을 독점하고, 지식 독점을 통해 발언권을 확보하고, 이를 유지하기 위해 새로운 멤버를 끊임없이 보완하며 세습해가는 과정이 동일한 것이다. 세칭 일류대 교수들이 약간의 학문적 기초를 쌓은 다음에는 부지런한 인사를 통해 '원만한 인격'을 만든 후 정치판으로 뛰어드는 모습 역시 동일한 맥락에서 해석이 가능하다.

한 가지 더 웃기는 건 자기들 나름대로 한국 제일의 두뇌들로 자처하는 이 친구들이 늘 뭉쳐 다니고 엉켜 산다는 것이다. 주먹으로 먹고산다는 어깨들이 그 덩치에도 뭐가 무서운지 늘 뭉쳐 다니는 것처럼, 학문의 자유와 창조적 학문 활동을 부르짖으면서도 그토록 뭉쳐 다니는 이유는 무엇일까? 좋은 대학 공부 안 해봐서 얼마나 잘 가르치고 잘 배우는지는 모르지만 뭉쳐 다니는 걸로 봐서 뭔가 켕기는 게 있긴 있는 모양이다.

이들의 이런 행동은 지식을 독점했고, 관직을 독점했던 양반 사회의 전통과 맥을 같이 한다. 장원만을 인간 취급하는 1등주의의 과거 시험 유습이 오늘날에도 이어지고 있는 것이다. 똑똑한 '놈들'만을 골라서 '자리'를 주겠다는 사회적 인식이 변하지 않는 한, 그리고 그것이 눈으로 확인될 수 없는 한, 장원급제를 위한 온갖 몸부림을 막을 방도는 없다. 고졸 출신의 요리사가 호텔 이사가 되었다는 '성공담'이 9시 뉴스에 오르는 현실은 아직도 우리의 갈 길이 멀다는 것을 의미한다.

포항공대며 한동대 등 나름의 특성을 갖추고 있는 대학들을 눈앞에 두고도 결국 '서울대'로 돌아설 수밖에 없는 현실을 두고 서울대가 가장 우수한 설비와 교수진을 갖추고 있기 때문이라고만 풀이할 수 있을까? 그건 4년간의 대학 생활을 위해서가 아니라 4년 뒤 졸업 후를 겨냥한 전략 때문이 아닐까? 그 튼튼한 커넥션을 겨냥한.

하긴 삼류 대학 나온 죄로 못하면 "네가 그렇지 뭐."라고 하고, 조금 잘하면 '콤플렉스'로 폄하하는 소리를 들어야 하는 한국사회에서 우리가 취할 선택은 제한되어 있기 마련이다. 물론 사람들은 모두 재능과 능력이 다르다. 가슴에 손을 얹고 냉정히 생각해봐도 선천적으로 우수한 사람들이 있다. 곁에서도 많이 본다.

하지만 간판 하나로 모든 것을 판단해버리는 우리의 풍토는 결국 모두가 한 배를 탔다는 점을 생각해볼 때 심각한 반성을 필요로 한다. 왜냐하면 그런 풍토는 타인이 가진 또 다른 능력을 간과하고 사장시켜 결국은 사회에 이바지할 기회를 원천적으로 봉쇄할 위험이 있기 때문이다.

나의 이모부님은 고등학교 교감을 지내셨다. 그리고 그분에게는 외아들이 있다. 딸은 여럿이지만 아들은 하나였기에 누구보다 애지중지했고, 친척들도 많이 사랑했다. 하지만 아들이 4년제 대학을 포기하자 이를 기꺼이 응낙하시고 그 즉시 새로운 길을 걷도록 도와주셨다. 지금부터 20년 전의 이야기다. 나의 사촌이기도 한 그 아들은 충분히 대학에 갈 수 있는 사람이었지만 과감히 자신의 적성에 맞는 길을 찾아 전문대를 갔다. 어려서부터 유달리 염소며 토끼 기르기를 즐겼던 그는 돼지 사육을 공부하기 시작했다.

불과 40의 나이지만 그는 커다란 농장의 사장이 되었다. 친구들이 퇴직을 걱정하는 그 나이에 그는 돼지에 관한 한 박사가 되었고, 농장과 커다란 땅을 소유한 오너가 된 것이다. 그의 소박한 전원주택에서 이모부님 내외는 조용히 여생을 보내고 계시다.

교육학의 아버지 루소는 이런 말을 했다.

"우리들의 교육은 삶의 시작과 동시에 시작된다. 우리들의 교육은 우리들과 함께 시작된다."

교육이란 살아가는 방법을 가르치는 것이다. 어떻게 살 것인가를 배우도록 하는 과정이다. 얄팍한 지식을 팔고 돈을 받는 거래가 되어서는 안 된다.

더불어 살아야 하는 사회의 도래, 이것이 나름의 위안이라면 위안이다. 이제 리더와 오더의 시대는 끝났다. 이제는 팀워크와 코퍼레이션의 시대가 왔다. 개인의 삶이 조직의 효율보다 우선되는, 다시 말하면 업무의 권위자는 있어도 자리의 권위자는 필요치 않은 시대로 접어든 것이다. 이제 우리들 공존의 삶의 현장에서 필요한 것은 팀메이트들이지 혼자 잘난 리더가 아니다.

이제 경쟁은 자신의 재능을 상대로 벌어져야 한다. 자신이 태어나면서 가지고 나온 재능을 최대한 발휘하고 인정받을 수 있도록 스스로와 경쟁해야 한다. 전화번호부를 다 외울 수 있는 기억력이 없다 하더라도 색깔에 민감한 재능을 가진 사람은 색깔로, 소리에 민감한 능력을 가진 사람은 소리로 자신의 존재 가치를 인정받을 시대가 되었다.

이제는 실력이 도덕이다. 아부와 처세의 생존 전략은 이제 끝났다. 굽실거리는 모습으로 도덕을 가늠하던 시대도 끝났다. 실력으로 인정받고 실력으로 일을 하는 시대로 들어서고 있다.

혼자 잘난 맛으로 외톨이로 살고 싶은 '애들아, 어떻게든 일류대 가라!'

우리 아이들이 정말 피곤한 이유

아이들이 집에만 오면 갑자기 피곤해지는 이유는 본능적인 자기 방어 때문이다. 엄마, 아빠가 할 말이 뻔하기 때문에 듣기 싫다는 의사 표시가 바로 '피곤하다'이다. '나 정말 피곤해'에는 '바로 엄마 말이야!'가 생략되어 있다. 그러나 제 방에 들어간 아이는 잠시 후 다시 생생해지면서 자기의 세계로 빠져든다.

아침. 학교를 가는 아들과 인사를 한다. 또 돌아오면 인사를 한다. 하루에 두 번씩 진지하게 인사를 한다.

"학교 다녀오겠습니다."

"학교 다녀오세요."

"학교 다녀오셨습니까?"

"학교 다녀왔습니다."

윗말 중에 어느 말을 누가 한 것인지 독자들은 헷갈릴지 모르겠다. 이 말들은 아이와 내가 함께 하는 말로, '학교 다녀오겠습니다.'는 일찍 출근하는 내가 9살 난 아이에게 하는 말이다. 그것도 반듯이 서서 아들에게 고개 숙여 절을 하면서 하는 말이다. 황당하다면 황당한 이 인사를 나는 아들에게 한다. 이때 우리들의 얼굴은 언제나 웃고 있어야 하며 눈을 마주쳐야 한다. 그러고 난 후에는 서로 끌어안는다. 뒤에서 보고 있던 아이의 엄마와 함께.

소풍이나 운동회, 즐거운 일이 예약되어 있을 때는 하이파이브! 동양과 서양으로 나누기에 익숙한 독자들은 해석이 쉽지 않은 행동일 것이다.

어린 아들에게 고개를 숙여 인사하는 이유는 '인간에 대한 예의'를 가르치기 위해서다. '어른에 대한 예의'가 아닌 인간에 대한 예의 말이다. 우리 사회는 유교적 수직 윤리로 지탱되는 사회다. 때문에 인사는 반드시 아랫사람이 윗사람에게 해야 하고 윗사람은 당연히 '에헴'으로 받도록 되어 있다(자기 맘대로). 그리고 이 상황이 깨어질 때 윗사람은 분노하기도 하고 속상하기도 하다.

하지만 생각해보라. 인격적으로 존경할 수 없는 사람을 단지 나이가 많다거나 자리가 위라는 이유로 고개를 숙이는 사람들의 마음을. 한국인의 이중인격은 이래서 형성되고, 등 뒤에서 하는 말이 인사 때의 표현과 달라지게 마련이다.

우리는 모든 인간에 대해 예의를 표해야 한다. 그 첫 번째 대상은 자신이다. 세상에 존재하는 인간들 중에 가장 중요한 인간은 자신이다. 나는 아이 자신이 대단히 중요하고 아빠나 엄마에게서 존경받을 수 있는 존재라는 것을 깨닫게 하기 위해 인사를 하는 것이다. 인간끼리의 존경에는 아빠도 엄마도 예외가 아니라는 것을 알려주려고 한다. 눈을 맞추고, 웃는 표정으로 하는 인사법은 신영이에게 큰 능력을 만들어주었다. 모든 사람을 보면 웃고 인사하는 아이가 되었다.

아이 엄마 말에 의하면 동네에서 신영이의 별명은 '인사 맨'이다. 가끔씩 기차를 탈 경우, 옆자리 노인들에게 인사를 해 천 원씩 상금(?)을 받기도 한다.

한국의 아이들은 타인에게 인사를 하지 않는다. 눈빛도 교환하지 않는다. 우리나라의 엘리베이터는 화장실이다. 그 비좁은 칸에 들어서서도 모두 고개를 쳐들거나 딴전을 피면서 호흡을 거칠게 바꾸기 때문이다.

아이들도 마찬가지다. 엄마 아빠에게는 인사를 한다. 그건 아랫사람이 윗사람, 특히 나를 낳아주시고 길러주시고 용돈을 주시는 부모님에게 반드시 해야 할 통과 의례다. 아이가 인사를 안 하거나 대충 한다는 것은 부모 자식 간에 심각한 갈등이 전개되고 있다는 불길한 조짐이다. 그 집안에는 곧 폭풍이 몰아칠 것이다. 날카로운 소리가 집안에 울려 퍼지고 잠시 후에는 방문이 쿵 쾅 닫힐 것이다. 인사가 사랑의 교환이 아닌 아이의 감정을 표현하는 사인이 되어버렸다.

나는 학교에서도 학생들에게 가능한 한 존댓말을 한다. 인사를 받을 때도 언제나 '예'로 받는다. 그래서 가끔씩은

"선생님은 꼭 존댓말을 하시네요?"라는 질문 겸 감사를 받곤 한다.(이런 행동도 교권 침해를 부추기는 것으로 오해되기도 한다.)

한국인들이 하는 인사의 대부분은 "외출 때 반드시 얼굴로 맞대 인사하고, 돌아와서는 반드시 돌아왔음을 알려야 한다."는 문화 법령 아래서 진행된다. 물론 좋은 말이다. 하지만 문제는 인사 받는 사람에게 있다.

누구와 얼굴을 맞대고 누구에게 알려야 하는가? 바로 어른이다. 할아버지요 아버지다. 그러면 대답은 언제나 이렇다.

"왔느냐?"

물론 현재는 말투가 조금 바뀌었다.

"이제 오냐?"

어찌 됐던 이런 인사말을 자세히 살펴보면 대부분이 힐난조, 심문조임을 알 수 있다. "당연히 와야 되는 곳에 와서 인사하는구나. 당연하지." "왜 이렇게 늦었지? 좀더 일찍 와야 하는 것 아니니?" "너의 개인적 시간은 집 밖에서는 없어. 무조건 학교 끝나면 들어와야지." 하는 심리가 무의식적으로 표현되고 있다.

바로 이런 이유 때문에 부모님들이 자녀를 맞을 때의 심리에는 '다그쳐야겠다'는 강박관념이 숨어 있다. 그리고 조금만 늦었거나 마음에 안 드는 상황이 전개될 때는 바로 심사가 뒤틀린 표현이 자녀들에게 직접적으로 전달

된다. 자녀들 또한 잠재적으로 이러한 질문에 거부감을 갖고 있기 때문에 부모의 말투에 실린 옅은 감정의 색깔을 예민하게 파악하고 바로 날카롭게 반격을 한다.

물론 반격은 대단히 조심스럽고 위장된 상태에서 진행된다. 대부분은 침묵이다. 아주 피곤한 표정과 함께. 이러한 표정에는 '내가 공부를 위해 대단히 지쳤으니 말 시키지 말라'는 경고가 담겨 있다. 그것은 여차하면 부모님들이 목숨처럼 생각하는 '공부'에 지장 있을 것이니 알아서 기라는 경고다.

부모와 자식 간에 오고가는 이러한 신경전이 대한민국의 거의 모든 가정에서 매일처럼 진행되고 있다. 그럼에도 우리는 이러한 갈등 해소에 관심을 기울이지 않는다. 그저 요즘 애들 버릇없는 것에 대해서만 걱정이다. 요즘 어른들 사랑 없는 것은 말하지 않고.

그러나 사실 공부가 그리 피곤한 것은 아니다. 아이들은 학교에서 여전히 즐겁고 활기차다. 그들은 짬짬이 여러 가지 음담패설과 연예인, 선생님, 헤어스타일, 이성 친구들의 이야기를 동원해 자신들의 스트레스를 적절히 소화해낼 줄 안다. 자기 조절 능력이 뛰어난 아이들이다. 이런 아이들이 집안에만 들어서면 왜 갑자기 피곤해지는가?

사실 아이들이 갑자기 피곤해지는 이유는 본능적인 자기 방어 때문이다. 엄마, 아빠가 할 말이 뻔하기 때문에 듣기 싫다는 의사 표시가 바로 '피곤하다'이다. '나 정말 피곤해'에는 '바로 엄마 말이야!'가 생략되어 있다. 그러나 제 방에 들어간 아이는 잠시 후 다시 생생해지면서 자기의 세계로 빠져든다.

어떻게 해야 하나? 방법이 있다. 인사를 바꾸어보라.

"사랑한다. 어서 와."

'어서 와'는 '너를 기다렸다.' '너는 환영받는 존재야.'라는 의미가 숨어 있다. 물론 이런 인사를 어느 날 갑자기 하게 된다면 아이는 순간 닭살이 돋을지도 모른다. 하지만 싫지는 않을 것이다.

이런 인사를 좀더 일찍부터 시작해야 한다. 그리고 그 출발은 아이를 독립된 인격체로, 존경받을 가치가 있는 존재로서 대하려는 부모의 태도가 전제되어야 한다.

이렇게 보면 기성세대는 완전히 밑지는 장사가 될지도 모른다. 부모에게서 그런 사랑을 받지 못했는데 아이들에게는 전혀 다른 방식으로 사랑해야 하는 상황. 하지만 이러한 자세 전환이 세상 속으로 빠져들어가는 우리 아이들을 놓치지 않을 최선의 방법이라면 어찌하겠는가? 선택의 여지가 없지 않은가?

더구나 아이들은 이제 온갖 문화권의 사람들과 함께 어울려 살아야 한다. 그들과 만날 때 첫 번째로 건네야 하는 것이 바로 따뜻한 미소이고, 당신을 인격체로 인정한다는 마음이다. 인사에 이것을 담아야 한다. 그러면 더 따뜻하고 부드러운 인사를 선물로 받을 수 있을 것이다.

새로운 문화의 세대로 들어선 아이들에게 새로운 생존 전략을 가르쳐야 한다. 인사에 대해 다시 생각하자. 인사는 마음을 전할 수 있는 좋은 기회다. 따뜻한 감정이 전달될 수 있는 사랑의 인터넷이다. 아이에게 고개 숙여 인사할 수 있는 마음이 있어야 아이와 대화할 수 있다.

"그따위로 하니까 요즘 것들이 점점 더 버릇이 없어지지!"

제발 그러지 마십시오. 이미 새로운 세상이 시작되었습니다.

선생님 안녕히 계십시오

모 고등학교 3학년들에게 강연을 한 일이 있다. 선생님들이 계신 상황에서 물었다. "너희들 존경하는 선생님이 있니?" "우우" 선생님들은 정답만을 일방적으로 학생들에게 퍼붓고 있다. 그 정답이 정답이 아닐 수도 있다는 토론이 교실에서 한 번쯤은 있어야 한다. 정답 외우기에서 밀려난 아이들은 이미 학생이 아니다. 이름조차 '문제아'다.

상대성 이론을 발견한 유태인 아인슈타인은 4살이 넘어도 말을 못했다. 그러자 그의 부모들은 그를 저능아라고 체념했다고 한다. 그는 학교에 가서도 머리 회전이 늦어 1학년 때 담임선생님은 다음과 같은 신상 기록을 남겼다.

"이 아이에게서는 어떤 지적 열매도 기대할 수 없다."

인간이 지니고 있는 창의력은 제도화된 학교에서는 잘 드러나지 않는다. 특히 한국처럼 획일화된 초등학교 교실에서 창의력의 개발이란 거의 불가능한 일일지도 모른다. 4, 50명이 되는 과밀 학급에서 학생들이 얼마나 받아들이고 있는지를 체크할 시간도 여력도 없는 선생님은 학습의 상당 부분을 학부모나 학원에 내맡기고 있다.

초등학교 1, 2학년을 다니는 아들의 숙제 양을 보면서 나는 입이 다물어지지 않는다. 매일 한 장씩 가져오는 학습지, 일기, 쓰기 등은 하루 종일 놀기만 해도 시간이 부족한 아이에게는 괴로운 일임에 틀림없다. 어느 때는 도와주던 나나 아내도 지쳐 나가떨어질 만큼 숙제가 많다. 선생님들은 정말 숙제가 아이의 창의력을 개발할 수 있고, 아이의 장래에 도움이 되는 지식과 지혜를 길러줄 수 있으리라는 생각을 하고 있는 걸까?

요즘엔 또 열린 교육인지 뭔지를 한다며 만들기 학습이 많아졌는데 이것 역시 우습기는 마찬가지다. 만들기를 위해서는 준비물이라는 것이 있는데, 이것들은 쉽게 구할 수 있는 것이 아니다. 그러나 그것들은 학교 앞 문방구에 언제든지 있다. 더 웃기는 건, 준비물을 말할 필요도 없이 몇 학년이라고 학년만 대면 문방구 아저씨는 필요한 '세트'를 건네준다.

'열린 교육'을 위해 아들에게 '세트'를 사주면서 나는 우리 사회의 그 지저분한 커넥션의 냄새를 맡게 된다. 어떻게 문방구 아저씨들이 선생님들이 내주는 숙제를 환히 꿰고 있으며 학년 전체가 똑같은 물건으로 뭔가를 '창조'해내는 학습을 진행할 수 있는지 참 기가 막힌 현실이다. 결국 우리들 머릿속에 녹처럼 눌어붙어 있는 '획일화' 악령은 전혀 떨어지지 않고 새로운 변신을 한 상태로 우리를 괴롭히고 있는 것이다. 바이러스가 항생제에 적응하듯이.

모 고등학교 3학년들에게 강연을 한 일이 있다. 선생님들이 계신 상황에서 물었다.

"너희들 존경하는 선생님이 있니?"

"우우"

선생님들은 정답만을 일방적으로 학생들에게 퍼붓고 있다. 그 정답이 정답이 아닐 수도 있다는 토론이 교실에서 한 번쯤은 있어야 한다. 정답 외우기에서 밀려난 아이들은 이미 학생이 아니다. 이름조차 '문제아'다. 우리나라의 1년 사교육비가 20조에 달했다는 말을 나는 이해할 수가 없다. 20조가 어떻게 생긴 건지 알 수가 없기 때문이다. 그러나 중학생, 고등학생, 두 아이를 가르치는 친척은 겨우(?) 30만 원짜리 과외들을 보내주면서 앓는 소리다. 아이들은 고마워하기는커녕 반 아이들끼리의 과외비 겨루기에서 괜히 기죽는 태도들이다.

초등학교에 다니는 아들은 오늘도 즐겁다. 책가방을 둘러메고 아침 속으로 걸어간다. 선생님께 인사를 가야 할까 말아야 할까로 다투는 아내와 내 갈등을 알 리가 없다. 선생님이 칠판에 쓴 글씨를 베껴온 1학년 때 아이의 '알림장'은 차라리 암호문이었다.

한글은 우수한 글이다. 배우기 쉽다. 교과서를 보면 분명히 한글의 자모부터 가르치게 되어 있다. 그러나 믿는 놈이 바보다. 학교를, 선생님을 믿을 수가 없다. 또 믿지 못하게 만든다. 언젠가 아들의 반 친구 엄마를 만나고 온

아내의 신경이 날카로웠다.

"걔는 벌써 2학년 교과서를 다 뗐대!"

억지로 따랐던 내 교육철학(?)에 대해 회의하는 빛이 역력하다. 내가 알기로 초등학교는 의무교육이다. 하지만 현재 2학년짜리 아들을 통해 묻어 나가는 돈을 보면 의무교육과 별로 관계없는 듯하다.

최근엔 정말 심각한 고민에 빠져 있다. 철모르는 아들. 그리고 우리 사회의 교육현실. 나야 머리가 터져도 싸워 보겠지만 자식은 아프도록 사랑스럽다. 부장자리 때려치우고 캐나다로 투자 이민을 간 친구의 한마디가 머릿속을 맴돈다.

"나 순전히 애들 교육 때문에 보따리 쌌어."

교직은, 절반은 성직이다. 교실에서 한 말과 찻잔과 술잔을 기울이면서 하는 말이 똑같아야 한다. 정치가 휘저어놓은 오늘날 한국사회에서 그나마 제자리를 지켜야 할 마지막 파수꾼이 누구여야 하는가? 원칙과 질서를 가르치기로 약속한 장소가 학교다. 책임과 진실로 가르쳐야 하는 곳이 학교다. 신뢰와 감사를 받아야 하는 사람들이 선생님이다. 그러나 우리는 거울보기가 부끄럽다. 아무리 좋은 교육안인들 무슨 소용 있겠는가? 어떤 물고기도 썩은 물에서는 죽는다. 학교 안은 스스로 선생이기를 포기한 월급쟁이들이 우글대고 있다.

우리가 너무도 잘 알고 있는 선생님들의 '기술적' 편애 역시 보통 피곤한 일이 아니다. 앞서도 언급했지만 아이를 학교에 보내고 나서 나는 아내와 학교에 찾아가는 문제로 많이 다투었다. 그놈의 촌지 때문이다.

아이가 '기술적으로' 부당한 대우를 받는 것을 보게 되면서 열도 많이 받았다. 초등학교 1, 2학년짜리가 부당하게 좌절하는 것을 보는 일은 여간 독한 마음이 아니고서는 견디기 힘들다. 1, 2학년짜리가 뭘 알까 싶지만 아이들의 눈은 이미 공평과 편애와 그 뒤에 숨은 어른들의 협잡을 찾아내고 있었다. 그때마다 나는 아내에게 이렇게 말했다.

"이것도 인생이야. 부당한 대우를 받았을 때에 마음을 조절하는 능력은 어디서도 배울 수 없는 훌륭한 프로그램이지. 어차피 스스로 헤쳐나갈 인생이니까 그걸 적당히 거들어서 안전지대로 넣어줄 필요가 없어."

그리고 나는 아이에게 너는 왜 손을 들어도 대답할 기회를 잘 얻지 못하게 되는지, 왜 유난히 매를 자주 맞는지에 대해서 상세히 일러준다.(물론 지나친 장난기가 원인임을 조금은 인정한다.) 9살짜리를 데리고 조용히 앉아, 한국사회의 부조리와 병폐와 더러운 커넥션에 대해 상세히 일러준다. 그 시험지 반쪽만한 상장에 묻은 엄마들과 선생님의 '약속'에 대해서도 일러준다. IMF의 전 과정을 지도까지 갖다놓고 설명했듯이. 그리고 마지막으로 일러둔다.

"선생님이 하는 말을 다 듣지는 마. 네가 판단해봐. 세상에는 여러 종류의 사람이 있어. 그리고 상은 정말 네가 떳떳하게 경쟁해서 얻을 수 있는 곳에서 타면 돼.”

나는 아이의 잘못에 대해서도 단호하게 벌을 주지만, 그저 단순한 '도덕적 부담감' 때문에 '그래도 선생님 말씀은 무조건 잘 들어.'라고 헛소리를 하지 않는다. 그렇게 되면 아이는 선생님과 동시에 나도 불신할 것이기 때문이다. 한국 청소년들의 많은 불만 중의 하나가 자신들이 분명히 알고 있는 '문제'들에 대해 어른들이 '얼버무리는 것'이다.

아이들의 가슴에 '엄마는, 아빠는 거짓말을 하고 있어. 말해봤자야.'라는 생각이 들게 되면 그때부터 그 아이는 이미 내 아이가 아니다. 집에 와서 밥만 먹지 생각은 또 다른 진실을 향해 나서게 되고 유혹에 쉽게 빠지고 만다.

'권한'으로 가르친다는 생각 자체가 아이들을 망친다. 잠재해 있는 아이들의 재능을 최대한 열어주려는 서비스 정신이 없다면 월급은 받겠지만 존경은 받을 수 없다.

이제 가르치려고만 드는 선생님과 학부모는 아이들에게 더 이상 필요 없는 존재들이다. 우리는 함께 고민하고 잠재된 창의력을 끄집어낼 줄 아는 친구 같은 선생님과 학부모가 필요하다. 한 번뿐인 인생을 무작정 맡기기에 인생은 너무도 값진 것이다.

“선생님, 그 동안 감사했습니다. 안녕히 계십시오.”

논술이 바보를 만들고 있다

대학 입시의 논술이라는 말 속에는 '논리적으로 베껴놓을 것'을 은연중 강요하는 분위기가 진하게 배어 있다. 때문에 제목들과 관련 없이 학생들의 답은 항상 '도덕적' 결론을 마련하게 마련이다. 그것을 풀어가는 과정 역시 포르말린 냄새가 진동하리만치 도식적이다.

우리 사회의 모든 교육기관, 초등학교에서 대학, 대학원에 이르기까지 과정은 다르고 과목도 다르지만 학습자의 능력 체크라는 과제만 부딪치면 모조리 '쓰기'라는 막다른 골목으로 들어가고 만다.

초등학교 1학년 때의 받아쓰기부터 대학 입시의 논술 시험, 입사 시험 등에 이르기까지 '쓰기'가 능력 테스트의 주류를 이루고 만다. 왜 그럴까? 거기에는 두 가지 이유가 있다.

첫째는 유교 사회가 숭상하던 '쓰기' 문화에서 아직 벗어나지 못하고 있기 때문이다. 유교 문화는 '만들기'를 천시하면서 '쓰기' 능력만으로 인간을 평가하고 분류했다.

특히 유교의 '쓰기'는 창의적인 쓰기가 아니라 경전의 테두리 안에서의 '베껴쓰기'를 숭상했다는 점에서 후대에 큰 악영향을 끼쳤다.

'베껴쓰기' 문화는 공자의 '술이부작(述而不作—베낄 뿐 창작하지 않는다)'이라는 선언 때문에 비롯되었으며, 당나라, 송나라 때의 '문이재도(文以載道—글에는 도덕을 담아야 한다)' 풍조 때문에 동양 유교 사회의 병폐로 자리 잡게 된다.

이런 문화적 이유로 대학 입시의 논술이라는 말 속에는 '논리적으로 베껴놓을 것'을 은연중 강요하는 분위기가 진하게 배어 있다. 때문에 제목들과 관련 없이 학생들의 답은 항상 '도덕적' 결론으로 치닫게 마련이다. 그것을 풀어가는 과정 역시 포르말린 냄새가 진동하리만치 도식적이다.

글에는 도덕을 담아야 한다는 풍조는 우리 사회 여기저기에 아직까지도 강하게 남아 있다. 웃기는 이야기지만 어떤 선생님들 중에는 학생들의 일기에 항상 '반성'을 담도록 요구하는 경우도 있다. 심지어 반성문의 유형을 칠판에 써서 베끼게도 한다. 우리가 흔히 보는 반성문들은 글을 통해 인간을 개선시켜보겠다는, 거의 주술적이기까지 한 황당한 태도의 결과물들이다.

물론 논리적 사고는 필요하다. 특히 밤하늘의 별처럼 수시로 반짝이는 창의성들을 논리적이고 체계 있게 풀어내고 그것을 다른 정보와 연계해 새로운 이미지로 창조해내는 능력은 인간만이 지니고 있는 아름다운 능력이다. 하지만 이것을 측정하겠다고 나서게 되면서 우리들은 웃을 수밖에 없는 비극에 빠져들고 만다.

'쓰기' 문화 숭상의 두 번째 이유는 바로 측정의 편리함 때문이다. 이것은 앞서의 유교 문화가 지니고 있던 '쓰기' 숭배와 맥을 같이 하고 있다. 즉, 문자로 쓴 것은 그 사람의 모든 지적 능력을 의미하기 때문에 그것을 측정의 대상으로 삼아야 하고, 동시에 언제든지 객관적 증거로 남길 수 있다는 점에서 선호되고 있다.

그러나 인간의 지적 창조력은 글로만 표현될 수 있는 성질의 것이 아니다. 그것은 일찌감치 문자를 훨씬 뛰어넘은 것으로, 무한히 자유스러운 존재다. 때문에 글을 대상으로 측정하면 할수록 학생들의 창의성이 설 자리는 점점 좁아질 수 있다. 이렇게 되면 창의성을 살리고 새로운 사고를 유발하겠다는 애초의 발상은 오히려 역기능을 하게 되는 셈이다.

1998년 7월 교육부는 2002년부터 대학 입시에 획기적인 변화를 주겠노라고 선언했다. '학교장 추천' '무시험 전형' '학교 생활기록부 확대' 등의 내용을 발표했다. 우선 성적 비중을 줄이고, 개인의 특성, 품성, 장인 정신, 특기만으로도 대학에 입학할 수 있도록 한다는 내용들이다.

그런데 그 안에는 '자기 소개서' '수학계획서' '간단한 에세이’ 등도 대학에 따라 포함될 모양이다. 변화의 내용은 바람직하지만 여전한 ‘쓰기’ 문화의 연장, 그리고 한국 사회의 ‘우수한 상황대처’ 능력 때문에 입맛이 아주 개운하지는 않다. 미국 대학 등에서도 에세이를 요구하는 경우는 있지만 우리와는 경우가 다르다. 미국 고등학생들은 그 에세이를 자신이 직접 쓰기 때문이다.

글은 젬병이지만 만화 스케치 능력이 뛰어난 아이는 또 어떻게 할까? 예술적 재능이 시험으로, 글로 적절하게 측정될 수 있을까?

나는 교양 과목의 리포트를 낼 때에 방법에 제한을 두지 않는다. 왜냐하면 다양한 전공의 학생들이 수강을 하기 때문에, 글로 만든 리포트만을 한정하게 하면 디자인이나 영화, 연극, 만화를 전공하는 학생들에게는 불리하기 때문이다. 육상 선수 모두를 모아놓고 5,000미터 경주로 점수를 주겠다면 좋아할 사람은 5,000미터 선수뿐이다.

실제로 학생들이 만들어오는 리포트는 대단히 다양하고 창의력으로 가득하다. 사진, 비디오, 그림, 심지어 녹음 인터뷰까지 아주 다양하다. 그러면 나는 각 장르별 난이도에 따라 채점을 하게 된다. 국문과 학생들이 가장 높은 점수에 불합리하게 접근할 수도 있는 불합리한 불공평의 가능성을 차단하는 것이다.

우리들의 사고방식 자체를 해체해보는 발상의 전환이 있지 않으면 어떤 제도도 우리들을 지루한 ‘공부’에서 구원할 수 없을 것이다. 우리들의 '공부'는 이제 세계의 모든 문화를 파트너로 삼아야 한다는 차원에서 개혁되어야 한다. 책상에서 '쓰기'만을 할 시대는 지났다. 이제는 학생들 스스로 자신의 과제를 찾고, 그것에 숨어 있는 '왜(why)'를 스스로 해결할 수 있도록 가르쳐야 한다. 동시에 자신만의 창의적인 해결책을 위해 정보를 '어디에서(where)' 찾아내고 '어떻게(how)' 해석할 것인가에 대해 가르쳐야 한다.

반성문적인 논술을 요구하기 전에 우리들이 철석같이 신봉하고 있는 '공부'의 신화부터 깨뜨려가야 한다.

신영이의 '더불어 학교'

"마음대로 그려라. 마음대로. 아무거나." 그러자 사람 人(인)을 배운 개구쟁이들은 '아버지'라는 이미지를 만들기 위해 '人'자 밑에 커다랗게 고추를 그려놓기도 하고, 어머니라는 이미지를 위해서는 '人'자 옆에 커다란 가슴 두 개를 그려놓기도 했다. 각자 만들어낸 한자를 놓고 우리는 낄낄대면서 다시 4,000년 전의 원시인들을 만나곤 한다.

눈이 댕그란 아들 신영이는 나를 자주 황당하게 만든다. 9살 개구쟁이 사내아이 신영이의 머릿속에는 늘 귀엽고 엉뚱한 질문이 가득 차 있다.

황당한 학교 교육 때문에 우리 사회에서도 제기되고 있는 것이 대안 학교다. 학생 스스로 수업 시간표도 짜서 개인의 창의력을 북돋기도 하고, 일과 여행 등을 통해 더불어 사는 삶을 일깨워주기도 하는 대안 학교. 그러나 그 숫자는 전국적으로 10개 정도이며 또 대부분 고등학교들이다.

때문에 초등학교 학부모들이 생각해낸 것이 대안 교육인데 아이를 가진 나도 직접 참가를 하고 있다. 그런데 여기서 나는 참 많은 것을 느낀다.

주변의 몇몇 부모들과 연계해서 우리는 작은 팀을 만들고, 이름을 '더불어 학교'로 부르기로 했다. 이 학교(?)는 7살부터 10살까지의 총 6명의 아이들로 구성되어 있다.

언제나 사려 깊고 핸섬한 주영이, 또박또박하지만 기회만 주어지면 멋진 댄스가 가능한 지현이, 남의 잘못을 알면서도 눈을 감아주는 어른스런 영인이, 늘 말이 없지만 기발한 상상력을 숨기고 있는 정원이, 혈액형을 물어보면 '저는 태욱이 형'이라고 우기는 스필버그 태영이, 그 멤버들 중에 신영이도 들어 있다.

이 아이들은 월요일부터 목요일까지 방과 후에 우리들이 만든 프로그램에 참가하게 되는데, 다행히 부모들의 다양한 직업들로 인해 다음과 같은 프로그램을 운영하고 있다.

월: 연극(대본 만들기, 외우기, 연기하기)
화: 문제해결 토론과 한자
수: 동요 배우기
목: 색종이 접기

그중에서 나는 문제 해결 토론과 한자 지도를 맡고 있다. 문제 해결 토론은 아이들에게 적당한 문제를 주고 나름의 해결방안을 찾도록 하는 것이다. 주로 학교 내의 '왕따'나 '폭력(1, 2학년짜리들의 폭력이 마음의 상처를 보다 크게 만든다는 점에서 좀더 세심한 관심이 필요하다)' '부모' '이성 친구' 등의 주제를 놓고 서로 토론하게 만든다. 듣다보면 참 재미있고, 아이들은 참으로 순수하고, 그 정신세계가 크고 넓다는 것을 느끼며 인간의 가능성과 아름다움을 다시 한 번 확신하게 된다.

또 한자를 가르치는데, '하늘 천, 따 지'를 가르치지는 않는다. 대부분 한자를 가르치는 학부모를 보면 앞으로 한자가 필요하니 미리미리 알게 해야 한다며 유치원 때부터 고사성어를 가르치기도 하는데 참으로 무식한(?) 부모들이다. 아이들의 그 어색한 말장난을 즐기는 건, 교육이 아니라 일종의 서커스 관람이다. 교육은 아이들의 인지도 수준에 따라 다양한 방법과 도구로 진행해야 효과가 높은 법이다.

아이들은 한자 시간에 스케치북과 색연필을 가지고 온다. 나는 아이들에게 스케치북을 펼치게 하고 그날 가르칠(하루에 5자 이상 가르치지 않는다) 글자들을 가르친다. 방법은 이렇다.

"자, 오늘은 계절을 배우자. 먼저 봄을 한번 그려보자."

그러면 아이들은 각자 봄의 이미지와 환상을 마음껏 그린다. 다 그리고 나면 서로의 그림을 소개하게 한 후, 각 그림에서 공통의 분모를 찾아내도록 한다. 아이들의 봄 그림은 무척 다르기도 하지만 거기에는 언제나 공통의 이미지가 들어 있다. 태양이 있고, 풀이 있고, 새싹이 있고, 때로는 묘한 선으로 만들어진 자기들만의 '기쁨'과 '축하'도 있다.

그러고 나면 나는 봄에 해당되는 갑골문을 화이트보드에 그리며 아이들이 그린 그림과 맞추어가며 봄 春(춘)을 만들어간다. 왜냐하면 4,000년 전에 만들어진 갑골문에는 원시의 상상력이 그대로 담겨 있고, 그것은 놀랍게도 아이들의 상상력과 딱 들어맞기 때문이다.

이 글을 보시는 독자들은 얼른 상상이 가지 않을 것이다. 지면 관계상 모든 과정을 설명할 수 없어서 안타까운데, 어쨌든 아이들은 해당 글자를 금방 자기 것으로 만들고 잊지 않는다. 사실 나는 아이들에게 한자를 가르치기 위해서 그 과정을 진행하는 것은 아니다. 단지 한자가 지니고 있는 문자로서의 기능과 그 문자가 지니고 있는 이미지로서의 특이한 요소 때문에 그것을 이용해 아이들의 머릿속에 숨어 있는 '이미지 창조력'을 끌어내기 위해서 한다. 그리고 상상력과 통합 능력 배양에 탁월한 효과가 있는 마인드맵의 방법을 활용하기 위해서이다.

우리들의 과정에는 언제나 재미있는 에피소드들이 있다. 처음 아이들에게 '봄' '아버지' '어머니' '사랑' 따위를 그려보라고 했을 때 아이들은 무척 황당해했다. 추상의 이미지를 그려내는 훈련을 받아보지 않았기 때문에 처음에는 상당히 쭈뼛거렸다. 그래서 나는 늘 이렇게 말했다.

"마음대로 그려라. 마음대로. 아무거나."

그러자 사람 人(인)을 배운 개구쟁이들은 '아버지'라는 이미지를 만들기 위해 '人'자 밑에 커다랗게 고추를 그려놓기도 하고, 어머니라는 이미지를 위해서는 '人'자 옆에 커다란 가슴 두 개를 그려놓기도 했다. 각자 만들어낸 한자를 놓고 우리는 낄낄대면서 다시 4,000년 전의 원시인들을 만나곤 한다.

그런데 의외로 아이들 중에는 '마음대로'를 무척 힘들어하는 아이들이 있었다. 그리고 이 아이들은 학교에서나 집에서나 언제나 '착한' 아이들로 '인정'받고 있는 아이들이었다. 그 아이들은 자신들의 '착한' 이미지에 맞게, 그리고 선생님이 좋아하시는 '정답'을 찾기 위해 나의 눈치를 보며 계속 이렇게 물었다.

"이렇게 해도 돼요? 이거 그려도 돼요?"

나는 그 아이를 무척 안쓰럽게 생각하며 '마음대로'를 외쳐댔다. 이제 그 아이는 무척 활발해졌고, 온갖 색깔로 자신의 이미지를 마음껏 그리며 한자를 즐기고 있다. 이제 각 아이들에게 있어서 최대의 벌은 "한자 시간에 못 가!"가 되었다. 물론 다른 시간들도 마찬가지다.

모든 인간은 서로 다르다. 각기 서로 다른 가능성과 마음과 두뇌를 선물로 받고 태어난 아름다운 존재들이다. 그런데 이들을 하나의 기준으로 '말 잘 듣게' 만들고 있는 것이 우리 교육의 현실이다.

특히 부모들이 무심코 내뱉는 "네가 뭘 알아." "그게 아니라니까." "쓸데없는 짓 하지 말고 공부나 해."라는 외마디들이 아이들의 창의력과 지적 의지 성장에 얼마나 큰 상처를 주고 있는지, 부모들은 너무도 모르고 있다.

창의력의 성장을 가로막는 가장 큰 걸림돌은 획일화다. 그리고 그 획일화는 강제적 질서 유지에서 비롯된다. 그리고 그 질서 유지 콤플렉스는 유교 문화의 '도덕적 잣대' 때문에 만들어졌다. 더 나이 드신 분들이야 말할 것도 없고, 지금 초등학생을 둔 30대, 40대의 부모님들도 유교적 교육 문화에 머리가 절어 있는 사람들이다.

이들은 대부분 1970년대에 소년기를 보낸 사람들이다. 1970년대는 어떤 시대였던가? 바로 '똑똑한 아이' 만들기 문화가 한국사회를 휩쓸던 시기였다. 치맛바람, 과외, 학원으로 대표되는 교육 문화의 소용돌이 속에서 성장한 이들 3, 40대는 세대가 변한 줄도 모르고 여전히 자신들의 경험과 가치관을 아이들의 머리와 가슴속으로 쑤셔 넣고 있다. 이 부모들에게 얽매인 아이들은 오늘도 작은 가방들을 들고 이 학원 저 학원으로 떠돌고 있다.

펜실베이니아 대학 화학과 교수인 친구가 하나 있다. 따이하이롱이라는 이름의 중국인이다. 갸름한 얼굴에 언제나 조용한 그는 중국인으로 노벨상을 받았던 리위엔저 박사와 한 팀이었다.

얼핏 보기에 그는 대단히 차가운 사람 같아 보인다. 또 여간해서는 감정 표현도 잘 하지 않는다. 그래서 나는 처음에 그가 그야말로 공부벌레로 미국에서 성공한 케이스일 것이라고 생각했다. 하지만 알고 보니 그게 아니었다. 그는 그가 졸업한 타이완 대학 합창단의 지휘자까지 했던 음악인이었다. 난다 긴다 하는 타이완 대학의 학생들, 아마추어 수준은 일찌감치 뛰어넘은 그곳 합창단에서 지휘를 맡았다는 것은 그의 음악 솜씨가 보통이 아님을 증명하고도 남는다.

독일의 헤르만 헤세의 소설 《유리알 유희》에는 인간 정신의 가장 아름답고 깊은 곳을 찾기 위해 노력하는 한 장인이 등장한다. 늘 말이 없고 조용한 그 장인은 음악을 통해 인간 정신의 깊은 세계를 한 걸음씩 찾아들어간다.

새로운 노벨상을 꿈꾸는 따이하이롱을 볼 때마다 나는 헤세의 《유리알 유희》가 떠오른다. 음악과 화학, 전혀 달라 보이는 이 두 세계는 사실 인간 정신이 지닌 창의력과 아름다움이라는 면에서 동일하다. 인간은 스스로 생각하고, 그 생각에 스스로 감동하고, 그 생각과 감동을 손으로 빚어내어 새로운 세계를 만들어낼 수 있는 존재다.

따라서 스스로 생각할 수 있고, 새로운 것을 창조할 수 있다는 가능성에 대해 한 번도 들어보지 못하거나 그런 세계를 알지 못한다면, 아이의 '창조적 정신'은 영원히 사장되고 말 것이다. 그런 점에서 따이하이롱의 창의적인 실험의 세계와 감동으로 가득 찬 음악의 세계는 정신의 깊고 고요한 어느 곳에선가 교감하고 있을 것이다.

억지로 지식의 양을 늘려주는 것이 아닌, 생명력 있고 아름다운 창의성을 길러주는 것이야말로 교육의 마지막 목표이자 희망이어야 한다.

언젠가 모 신문에 도서 칼럼을 몇 달 쓴 일이 있다. 그 글들 중에서 나는 다음의 글을 무척 좋아한다. 내가 써놓고도 가끔씩 다시 읽어보곤 한다.

《학문의 즐거움》― 히로나카 헤이스케 지음 | 방승양 옮김

교수. 공부하는 일이 남 보기엔 지겨워 보인다. 하지만 조그만 연구실엔 비밀스런 즐거움이 있다. 책 보는 즐거움이다. 전공 책이 지겨워지면 가벼운 책들로 피로를 푼다. 진짜 술꾼은 해장술로 술을 풀듯이 책꾼은 책으로 피로를 푼다.

피곤할 때면 자주 펴보는 책이 하나 있다. 김영사에서 펴낸《학문의 즐거움》. 유년학교 시험에도 떨어진 소년이 하버드에서 박사를 따냈다. 수학의 노벨상이라는 필드상을 받았다. 히로나카 헤이스케라는 일본 수학자의 학문과 삶의 여정이 진솔하게 담긴 책이다. 옮긴이가 흥미 있다. 포항공대 전산과 방승양 교수.

책 제목. 지은이. 옮긴이. 모두들 재미와는 거리가 멀어 보인다. 그러나 책 속의 활자들은 모두 살아 있다.

이 책은 조심스레 펼쳐야 한다. 때론 아프고 때론 아름다운 배움과 삶의 이야기들이 나비처럼 화라락 날아오르기 때문이다.

그는 수학문제를 푸는 사람이 아니다. 그에 의하면 그는 스스로의 삶을 창조해가는 창조자다. 재산목록 1호는 끈기다. 그는 '하고 싶은 것을 하자.'며 늘 스스로를 부추긴다. 모든 사람들이 의미가 없다고 피해버리는 '특이점 해소'라는 이론에 인생을 걸었다. 문제와 함께 잠을 잤다. 많은 실패 끝에 마침내 자기만의 영역을 구축하고 희열을 맛본다.

학문의 즐거움. 그 안엔 학(學)과 문(問)의 두 즐거움이 존재한다. 몰랐던 것을 처음 알았을 때의 즐거움. '학'의 즐거움이다. 인생의 활력은 때로 이런 '학'에서 얻어진다. 그리고 '학'의 즐거움은 대화를 통해 완성된다. 문(問), 바로 대화다. 배움의 즐거움은 바로 요 대화의 꽃씨 안에 숨어 있다.

"엄마, 요렇게 작은 눈으로 어떻게 저런 큰집이나 경치를 볼 수 있어?"

"넌 몰라도 돼!"

대화는 묵살되고 즐거움의 꽃은 끝내 피지 못한다. 꽃이 피지 않은 나무엔 열매가 열리지 않는다. 히로나카의 질문에 어머니는 늘 함께 '생각'해주었다. 히로나카의 열매는 바로 문(問)의 꽃씨에서 핀 꽃이 영근 결과였다.

꿈이 없는 공부는 좌절 아니면 야비함만을 기르고 만다. 히로나카는 꿈을 가졌고 그 꿈을 이루기 위해 스승들에게 끊임없이 물었다. 우리의 공부가 지겨운 이유는 선명하다. 즐거움의 핵심인 대화가 빠져 있기 때문이다. 일방적인 가르침은 배움의 본질이 아니다. 생각이 다 자라기도 전에 학문적 정답만을 머릿속에 쑤셔 넣는 교실. 창조성을 도살하는 도살장이다.

제자들의 꿈을 묵살한다. 대화를 묵살한 채 점수로 미래를 가름해준다. 대화할 수 있는 스승은 줄어들고 족집게만 늘어간다. 꿈은 꿈꾸는 자의 몫이다.

"창조라는 것의 출발은 언제나 유치하기 마련이다."

실패 속에서 터득한 히로나카의 이 말을 나는 좋아한다.

5

한국인을 넘어서

한국인을 넘어서

이젠 좀 사람으로 살자. 숨쉬고, 먹고, 배우고, 친구를 사귀고, 일을 하는 데 있어 사람처럼 살아보자. 밥 한 그릇 먹는 일에도 민족주의적 눈치를 보아야 하고, 옷 한 벌 사 입는 일에도 유교적 고려를 해야 하는 이 지겨운 환경에서 탈출하자.

이젠 그만 눈치를 보자.

세계의 문이 열리고 지구화의 시대로 접어들었음을 알리는 메시지들 사이에서 힘을 얻고 있는 목소리들은 다름 아닌 '우리 것 지키기'에 대한 것들이다. 거센 외부 물결에 휩쓸리지 말아야겠다는 옹골찬 다짐들이 여기저기서 들린다. 하지만 그런 목소리들은 결국 설득력을 잃게 될 것이다. 변화를 감지하고 그 변화의 흐름에 올라서기로 굳게 마음먹은 사람들로부터 외면당하게 마련이고, 또 더불어 살기를 원하는 세계의 모든 '사람'들과의 거리도 좁히지 못할 것이다. 그건 결국 '우리 편 아니면 다 싫어!'의 아집으로 이어질 공산이 크다. 그리고 그런 태도는 세계인들로부터 '왕따'를 당하게 되고 말 것이다.

우리가 한국인이라는 아이덴티티의 확인은 물론 중요하다. 그것은 더불어 살아야 하고 공동의 공간을 가꾸어 가야 한다는 문화적 의무 때문에 소홀히 할 수 없는 부분이다. 하지만 한국인이라는 그 아이덴티티보다 더 중요한 것은 우리가 '사람'이라는 점이다.

한국인으로 사는 것보다 더 중요한 것은 우리가 땅 위에서 하늘 아래서 사람으로서의 가치와 생명의 존엄성을 인정받으며 사는 일이다. 즉 '사람'으로서의 아이덴티티는 한국인으로서의 아이덴티티나 우리 문화 속의 한 구성원이라는 문화적 의무감보다 더 본질적이고 가치가 있는 그 무엇이다.

한국이어야 한다는 의무감이나 한국적 가치 보존이라는 당위성은 우리가 사람이라는 인식의 아래 부분에 자리해야 할 하위 개념이다. 그런데 이것이 은근슬쩍 사람의 머리 위에 올라앉아 있다. 발전을 위해서는 자유와 민주도 잠시 유보되어야 한다는 박정희의 한국식 민주주의의 논리처럼 우리 것의 보존과 전통 가치의 유지라는 미명 아래 전통에 대한 어떤 비판과 손가락질도 허용되지 않는다. 그것이 사람다운 삶을 살아가는 데 걸림돌이 되고 있음에도 말이다. 그리고는 그것을 방패로 우리들의 인간적 삶의 권한과 사람으로서의 아름다운 모습들을 마구 헤집어놓고 있다.

앞서도 말해왔지만, 가장 큰 원인은 바로 수직적 윤리와 불투명한 의사 결정, 그리고 끼리끼리 나누어 먹기 행태들을 분만한 유교 문화이다.

그러나 이제는 우리가 이 땅에서 단 한 번의 생만을 부여받은 존재라는 것을 깨달아야 할 때다. 이 한 번의 생을 살아가는 동안 인간적 삶을 방해하고 사람으로서의 권리를 침해하는 모든 가치와 행위는 해체되고 비판받아야 하고 부정되어야 한다. 도덕의 가면을 쓴 유교는 물론이고, 국가 경영이라는 간판을 걸어놓고 국민들을 거덜 내고 있는 정치, 그리고 우리들의 미래를 담보하겠다는 착각 속에서, 인간들을 옴짝달싹할 수 없는 제도 속으로 몰아넣고 아름다운 창의성을 말살하는 교육도 예외일 수 없다.

유교는 윗사람으로서 아랫사람을 '가르치겠다'는 오만을 버려야 한다. 그리고 사람과 사람이 더불어 사는 방법에 대해 이야기하겠다는 생각을 가져야 한다. 정치는 국가 경영의 허황된 청사진일랑 버리고 엎드려 봉사하겠다는 다짐을 해야 한다. 그리고 사람으로 살기를 원하는 사람들의 감시와 질책 앞에 마음을 열어야 한다. 평생 직업한 번 없었던 실업자임에도 정치인이라는 타이틀 때문에 수억의 재산 소유가 당연시되는 모습 역시 신성한 노동의 가치 앞에 참회해야 한다.

점수와 학점을 인질로 아이들의 창의성과 자유 의지를 말살하고 있는 교육 현장의 어설픈 권위들, 그들은 이제 20센티미터 강단 위에서 내려와야 한다. 이제는 사람이 사람답게 살 수 있는 방법이 무엇인가에 대해 함께 고민하고 그 방법을 '같이' 찾아야 한다. 진정한 스승은 학생들의 나이가 많건 적건 부모가 돈이 많건 적건 서로가 '사람'이라는 동일선상에 설 때에만 가능한 존재다.

이젠 좀 사람으로 살자. 숨쉬고, 먹고, 배우고, 친구를 사귀고, 일을 하는 데 있어 사람처럼 살아보자. 밥 한 그릇 먹는 일에도 민족주의적 눈치를 보아야 하고, 옷 한 벌 사 입는 일에도 유교적 고려를 해야 하는 이 지겨운 환경에서 탈출하자.

김치는, 된장은, 불고기는 한반도의 기후 조건과 환경에 의해 만들어진 삶의 한 패턴일 뿐이다. 그런 면에서 쓰시도, 짜장면도, 햄버거도, 피자도, 카레도 모두 동일한 삶의 한 단면일 뿐이다. 이제는 지구촌을 함께 경영하고 함께 살아가야 할 이웃들의 먹을거리라는 점을 깨달아야 한다. 그리고 인정해야 한다. 그것들에 대해 특별한 의미를 부여하며 문화적 알레르기를 자꾸 일으킬 필요는 없다. 모두 사람이 먹는 음식일 뿐이다.

상추 좀 달라고, 물 좀 갖다 달라고 소리 소리를 질러야만 하는 식당이라면 그곳에서 아무리 우리의 소중한 김치와 불고기를 팔아도 가지 말아야 한다. 로열티를 억수로 내는 KFC나 T.G.I. Friday라도 서비스가 좋고 음식이 깔끔하다면 그곳에 가는 일이 아무렇지도 않아야 한다. 물론 그곳을 드나드는 것으로 열등의식을 달래보거나 유치한 우월감을 만끽하려는 문화적 허탈들도 극복되어야 함은 물론이다.

지구상의 모든 인간이 서로 사람임을 인정하면서 그의 국적이 어떻건 피부색이 어떻건 더불어 살 준비를 해야 한다. 검은 사람이건, 흰 사람이건 그 안에 살아 있는 생명을 생각하고, 사람임을 존중하면서 한 팀을 이루며 살아야 할 생각을 해야 한다.

그것은 먹고살기 위해서는 그렇게라도 해야 한다는 비굴한 타협 때문이 아니다. 진정 서로를 삶의 동반자로 파트너로 생각하는 의식의 전환에서 비롯되어야 한다. 물론 사회 곳곳에 보이는 수많은 문화적 반항과 자유선언을 위해 자행되는 그 '작위'와 '흉내'로부터도 우리는 자유스러워져야 할 필요가 있다. 서로가 서로의 공간을 존중하고, 서로가 생명체임을 인정하고 사랑할 수 있어야 한다.

이제는 모두 껍질을 벗었으면 한다. 옆 사람을 의식하지 말고 내가 사람임을 의식하면서 말이다. 사람으로 살아야 하는 권리와 생명으로 가득한 사람임을 생각하면서 말이다.

한국인을 넘어서자. 그리고 사람을 만나보자. 그곳에서 한국인의 문화가 아닌 사람들의 문화를 만들어보자.

작은 것이 아름답다

이제 우리에게 필요한 것은 깨끗함(clean), 신용(credit), 야무짐(compact)의 3C. 이제는 더 이상 탐욕과 질투, 그리고 권력욕에 의해 움직여지는 거대한 국가적 횡포와 정치적 속임수에 휘둘리지 말아야 한다.

나는 조금 작게 살고 싶다. 그리고 단아하게 살고 싶다.

나는 우리도 다른 나라 사람들처럼 따뜻하고 깨끗하고 아름다운 삶을 꾸려갈 수 있는 사람들이라고 믿는다. 우리도 그들과 똑같이 하나의 심장과 같은 양의 뇌를 선물로 받았기 때문이다.

나는 강한 나라, 위대한 민족을 말하고 싶진 않다. 그 강한 나라, 위대한 민족의 허상을 좇다가 우리는 개인들의 삶마저 잃었다.

1998년 말인 12월 28일,《뉴스위크》는 아시아와 관련된 흥미 있는 기사 하나를 소개했다. 세계적 석유 회사인 칼텍스가 세계 시장을 관리할 오피스를 물색한 끝에 싱가포르를 골랐다는 뉴스였다. 칼텍스는 몇 가지 조건을 내부적으로 내걸고 아시아 모든 나라를 물색했다. 조건은 이랬다.

1. 건전한 경제 시스템
2. 스마트한 통신 문화
3. 일류급 국제공항
4. 체계적인 공공 유통망
5. 높은 교육 수준
6. 영어 문화

독자들이 스스로 채점을 해보자. 당신이 칼텍스 책임자라면 한국을 고르겠는가? 혹시 민족주의를 빙자하거나 '경제 속국' 운운하면서 자신을 속이고 있지는 않은가 모르겠다. 더구나 싱가포르가 국가적으로 벌이고 있는 외국인에 대한 스마일 운동 이야기까지 들으면 욕지기까지 뱉어낼지도 모르겠다. 그 위대한 대한민국의 자존심 때문에.

우리는 너무 허황되게 살아왔다. 눈만 높아서 미국과 일본을 맞상대로 싸워(?)왔다. 그네들과 상대가 된다고 생각해왔다. 하지만 냉정하게 생각해보자. 우리나라의 국방을 비롯한 거의 모든 국가 시스템은 미국식이고, 거의 모든 산업 제품의 설계도는 일본 것이다. 자신에게 솔직하지 못한 사람이 무슨 일인들 올바르게 할 수 있겠는가?

국민소득 1만 불이 안 되는 나라와 3만 불을 오르내리는 나라가 동일선상에 설 수는 없는 일이다.

실제로 일본이나 미국인들의 경우, 우리들의 저돌적 행동에 대해 상당히 황당해하는 경우가 많다. 7급짜리 바둑꾼이 프로보고 한번 두자며 큰 소리로 소란을 피울 때처럼 말이다. 미국이 아니면 국방에서부터 경제, 하다못해 자그마한 공업 부품조차 마련하기 힘든 우리들이다. 또 일본이 거의 다 해놓은 월드컵 개최권을 막판에 몰아붙여 공동 개최권을 따낸 쾌거(?) 역시 입장을 바꿔 생각해보면 황당한 사건이 아닐 수 없다. 경쟁 사회에서 그럴 수 있다는 논조라면 우리는 우리 사회 내에서나 다른 국가들과도 공평하고 공정한 경쟁을 해야 한다. 조선족 노동자들이나 동남아 노동자들을 두들겨 패고 희롱을 해대는 우리의 모습은 결코 아름답지 않다.

우리는 눈높이를 낮추어야 한다. 그리고 겸손해져야 한다. 그러나 일본도 아시아의 경제 위기 속에 빠져들었다며 물귀신식의 일체감을 맛보려고 애쓰는 우리의 모습은 썩 좋아 보이지 않는다. 오히려 이것은 어느 외국 분석가의 말처럼 일본인들의 겸손이 가져온 자기 반성의 모습이며, 새로운 도약을 위한 체중조절임을 간과해서는 안 된다. 왜 자꾸 주변의 나쁜 모습들을 의도적으로 찾으며 우리들의 못난 모습을 정당화시키고자 하는 것인가? 그럴 필요 없지 않은가?

우리는 우선 주변의 작은 나라로부터 배워야 한다. 타이완의 유연함을 배우고 싱가포르의 깨끗함을 배워야 한다. 우리는 그들보다 인구도 많고 조건도 좋은 편이다. 만일 그들을 먼저 경쟁에서 이기지 못한다면 우리의 앞날은 점점 더 어두워질 수밖에 없다.

무슨 세계경영이고 세계에 우뚝 서는 민족국가인가? 그리고 무슨 OECD인가? 귀신 씨나락 까먹는 소리일 뿐이다. 굳이 선진국이라는 허가증을 누군가로부터 받을 필요는 없는 것 아닌가? 그냥 내 주머니에 돈 있으면 그만이지. 능한 매는 발톱을 감춘다는데.

그것 역시 '일류대 병'의 또 다른 증상이다. 환자가 병을 고친다고 소란을 떨었으니, 병이 더 도질 수밖에 없었을 것이다. 결국 세계경영은 세계적인 빚쟁이로 변했고, 작은 나라들보다 더 못한 나라가 되고 말았다.

우리는 이제 '글로벌 스탠더드'라는 새로운 가치 기준에 맞춰 살아야 한다. 이 새로운 가치는 인간이 인간답게 살 수 있기를 바라는 사람들의 희망이다. 엉망으로 늘어져 있는 우리 사회의 인식과 시스템을 놓고 보면 그것은 가혹해 보이기도 하고 제국주의적 오만으로 보이기도 한다. 하지만 그건 또 하나의 억지일 수 있다. 그러한 가치를 미국인들이 만들었다고 해서 패권의 덤터기를 덮어씌우는 것은 우리들 의식 깊은 곳에 도사리고 있는 약소국 콤플렉스의 또 다른 모습일 뿐이다.

글로벌 스탠더드란 다른 것이 아니다. 투명한 일 처리, 깨끗한 마음, 열린 가슴, 그리고 단단한 실력이 바로 그것이다. 이것을 외면하고 우리끼리 돌아앉아 형님 아우 나누어 먹겠다는 발상이 바뀌어야 한다. 학연과 지연과 혈연이 업무에 연결되어서는 곤란하다. 아니 그것은 이제 독약이다. 끼리끼리의 밀실 야합이 국가와 사회를 거덜내고 만 현실 앞에서 우리가 선택해야 할 길은 오직 하나다.

이제 우리에게 필요한 것은 깨끗함(clean), 신용(credit), 야무짐(compact)의 3C다.

한국에서 제일 좋다는 새마을 특실과 신칸센의 깨끗함을 비교해보라. 그 깨끗함은 비질을 자주 한다고 해서 이루어지는 일이 아니다. 깨끗한 곳에서 살아야겠다는 우리 모두의 공감대가 형성되어야 가능한 일이다. 그런 마음가짐에서 출발한 비질이 거리와 도시를 깨끗하게 하고 삶의 보금자리를 깨끗하게 할 수 있다.

외국인들이 한국인과 일을 할 때 가장 골치 아파하는 부분이 무엇인가? 바로 신용이다. 어제 한 말이 오늘 바뀌고, 또 내일 어떻게 바뀔지 모른다. 대기업이고 은행이고 겉은 번지르르하지만 손님을 대하는 태도를 보면, 동네 카센터 주인의 의식과 크게 다르지 않다. 도대체 신뢰를 할 수가 없다. 부품이 어떻게 필요하고, 그것이 새것인지 중고인지, 공임은 얼마인지 속시원하게 알 수가 없다. 늘 찜찜하게 속고 살아야 하는 이 사회는 우리를 너무도 피곤하게 만들고 있다. 서로 주고받을 만큼 주고받으며 살자. 생각만 해도 마음이 편해진다.

　그리고 이제는 조금 작게 살자. 눈은 멀리 두어야 하지만 마음의 키는 이제 조금씩 낮추어보자. 미국인, 프랑스인, 일본인, 타이완 사람들을 만나보면서 느끼지 않는가? 잘 산다는 그들이지만 조용하고 순하지 않은가? 서로가 신뢰하며 순한 환경 속에서 각자의 능력을 발휘해나갈 때 진정한 경쟁력과 능력이 만들어진다는 점을 우리는 겸허하게 배워야 한다.

　작지만 단아한 삶이 가능하다면, 등수가 무슨 상관이 있으며 삶의 규모와 크기가 무에 그리 대단한 것이겠는가? 무역의 규모와 올림픽, 아시안 게임에서의 금메달 집계는 이제 그만 해도 될 때가 되었다. 금메달 한두 개로 일본을 젖혔다고 매스컴에서 떠들어본들 그게 우리들 삶에 어떤 의미가 있는가? 몇 사람 죽어라고 몰아쳐서 만들어내는 금메달이 뭐 그리 대단한 일인가? 이젠 그런 우스꽝스런 모습을 버리자. 우리보다는 등수가 떨어지지만 은메달, 동메달이 그득한 다른 나라들의 사회와 개인들의 삶의 질을 떠올려보자. 동네마다 있는 수영장과 안전한 자전거 도로 그리고 공원과 놀이터.

　이젠 서로를 더 이상 속이지 말자.

　이제는 더 이상 탐욕과 질투 그리고 권력욕에 의해 움직이는 거대한 국가적 횡포와 정치적 속임수에 휘둘리지 말아야 한다. 작지만 소중한 우리들 스스로의 삶과 주변 환경을 돌볼 시대가 되었다. 왜곡된 역사 속의 엑스트라에서 벗어나 삶의 무대의 주역으로 돌아올 때가 되었다.

유교 문화가 낳은 왜곡된 정치적, 사회적 권위에 빼앗긴 인간다움을 되찾고 싶고, 칙칙해진 내 마음의 창을 맑게 닦으며 살고 싶다. 그 창으로 이웃들의 따스한 가슴을 들여다보며 살고 싶다. 작지만 아름다운 삶을 가꾸면서.

종아리를 걷어라

우리 사회의 아픈 모습들을 지적하면 끝이 없지만 원인은 쉽게 찾아낼 수 있다. 모두가 공감할 시대정신이 이 사회에는 없다. 자신의 조그만 이익을 모두를 위해 양보할 수 있는 여유가 이 사회에는 없다. 잠시 기다리면 모두에게 기회가 온다는 신뢰를 어디에서도 찾아볼 수 없다. 내일을 위해 인내할 만한 가치가 없다. 목소리 큰놈이 정의고 먼저 입에 틀어넣는 놈이 임자다. 국민들은 더 이상 순진을 떨 수가 없다.

얼마 전 모 방송에서 중국인에 관해 생방송을 한 일이 있다. 나는 배낭 메고 헤매면서 들여다본 중국인들의 속살에 대해 이야기했다.

그 방송의 MC는 사람 연구가 깊은 분이다. 입담이 찰떡이고 순발력 또한 대단했다. 하지만 진짜(?) 이야기들은 언제나 방송이 끝난 다음에 진행되곤 한다. 이 양반이 한마디 던진다.

"사람들 만나다보면 대학교수 중에 사기꾼이 제일 많아요. 정치인이야 제쳐놓고."

천기가 누설되어 있었다.

강의실에서 뱉어내는 거룩한 말씀들과 교수들끼리 지

저귀는 사람 사는 이야기 사이에는 너무도 먼 거리가 있다. 결국 같은 인간인데 20센티미터 강단 위에만 올라서면 김수환 추기경님도 조심스러워했던 '진실'에 대해 침을 튀긴다. 한편, 어떻게 하면 내 후배 끌어들여서 잘 먹고 잘살아볼까의 더러운 유혹과 어떻게 하면 선배 구워삶아서 보따리 장사 청산해볼까의 비굴한 타협이 연구실을 드나든다.

토론인은 선후배로 묶어놓고, "뭘 물어주랴?" "아예 문제 몇 개 뽑아주시죠."의 거래가 학회의 분위기를 화기애애하게(?) 만들고 있다. 거래는 여기서 끝나지 않는다. 공동연구자로 선정되어 분명히 연구비를 나누어 갖게 되어 있던 어느 교수는 공동연구자로부터 연구가 끝나도록 우표 한 장 받지 못했다고 한다. 그리고 그는 이런 말을 들었단다.

"어이 김 선생 술이나 한잔하지."

이런 말을 하는 사람의 직업이 교수다. 이럴 때 늘 듣는 모범답안이 하나 있다.

"그래도 진실한 분들이 많아."

돌보다 쌀이 많으니 된장 발라서 쌈 싸 먹을 수 있다는 논리다.

인간의 마음은 유리와 같다. 상대의 마음은 언제나 훤히 들여다보인다. 그래도 우리는 거짓을 말한다. 생존을 위해 거짓을 말한다. 물론 나도 역시 아주(?) 가끔씩 거짓을 말한다. 큰 거짓말 작은 거짓말. 저녁이면 부끄럽지만 순간순간엔 용기가 없다. 늘 자기를 드러내고 싶은 욕망 때문에 사치스러운 형용사에 매력을 느끼곤 한다.

우리 사회의 스승 노릇을 해야 하는 사람들이 스승 노릇을 하지 않으니 가짜 스승들이 그 자리에 들어서서 시끄럽게 떠들어댄다. 그러니 온 세상이 항상 어지럽다. 그리고 그 와중에서 떠내려가는 건 언제나 별 볼일 없는 사람들뿐이다.

여름만 되면 물난리가 난다.

그놈의 재해는 왜 허구한 날 벌어먹기 힘든 동네만 덮치는지. 한강 바로 옆에 쓸데없는 벙거지 같은 건물 하나 있는데 거기나 좀 덮치지. 그놈의 물난리는 왜 또 귀여운 졸병들만 덮치는지. 가뜩이나 빽이 없어서 오지로 가 있는 애들 안쓰러운 부모 가슴에 생대못을 박는구나. 그놈의 재해는 왜 또 그렇게 선거철은 피해오는지. 하다못해 지방의회 의원이라도 뽑을 때였으면 구호품이라도 넉넉하련만.

원시적인 물난리는 안 나야 된다. 설사 났다 해도 모두가 마음 놓을 '제도'가 있어 새 출발이 가벼워야 한다. 왜 허구한 날 성금이랍시고 초등학생이 아버지 구두 닦아서 모아놓은 저금통만 거덜내는지.

잎이 마르는 건 뿌리가 썩었기 때문이다. 물난리가 나고 이웃이 죽어도 나와 내 이웃들은 시큰둥이다. 깔고 자는 아파트 팔아서 평수 늘릴 생각만 하고 있다. 우리의 정신이 썩었다. 시원하고 건강한 가치를 생각하지 못하고 있다. 똑바로 돈 버는 방법에 실망했기 때문이다. 유치원 아이들부터 사회의 모든 구성원들이 서로의 눈치만을 보며 마음이 좁아지고 생각이 꼬부라져 있다. 좋은 사회가 아니다. 국민소득 1만 불? 평생 죽어라고 벌어 집 한 채 장만해보는 꿈이 정녕 사람이 꾸어야 할 꿈이란 말인가? 삶이 실종된 사회다.

세계가 급변하고 있다. 사회가 급변하고 있다. 젊은 아이들의 가치관이 무섭게 달라지고 있다. 그런데 이 사회의 지적 능력은 예측은커녕 변화도 넉넉하게 대처하지 못하고 있다. 젊은 세대들을 포용하고 새로운 도약을 위해 자리를 깔아줄 아량과 비전이 없다. 굵고 생명력 있는 시대정신이 없다. 변화를 예측하지 못하고 대처하지 못하는 지금은 정녕 난세다. 바위 틈새로 솟아나는 맑은 샘물 같은 시대정신이 국민들의 가슴을 적시지 못하고 있는 지금은 심각한 난세다. 우리는 말라비틀어져서 썩은 물에 둥둥 떠내려가고 있다.

우리 사회의 아픈 모습들을 지적하면 끝이 없지만 원인은 쉽게 찾아낼 수 있다. 모두가 공감할 시대정신이 이 사회에는 없다. 자신의 조그만 이익을 모두를 위해 양보할 수 있는 여유가 이 사회에는 없다. 잠시 기다리면 모두에게 기회가 온다는 신뢰를 어디에서도 찾아볼 수 없다.

내일을 위해 인내할 만한 가치가 없다. 목소리 큰놈이 정의고 먼저 입에 틀어넣는 놈이 임자다. 국민들은 더 이상 순진을 떨 수가 없다.

우리의 자칭 타칭 지도자들을 보라. 동네 싸움 부추기며 표나 챙기고 있는 저 추악한 모습들을 보라. 국민들이 속을 훤히 들여다보는데도 제 꾀에 속고 있는 저들을 보라. 또 빵부스러기 줍기 위해 양심을 버리고 있는 저 똑똑한 인물들을 보라. 머리 좋은 참모들과 아침마다 '정치를 해댄' 결과가 바로 지금의 나라꼴을 만들었다. 거룩한 말씀은 모조리 골라 써서 모든 언어들은 신뢰감을 잃었다. 재난은 물난리로 끝나지 않을 것이다.

자식은 부모를 보고 배운다. 국민은 지도자를 보고 배운다. 집안이 되려면 진실한 부모가 있어야 한다. 부모가 열심히 일하고 차분하게 쉬면 아이들이 다소곳해진다. 나라가 되려면 지도자들이 진실해야 한다. 지도자들이 잔머리 안 굴리면 국민들이 순해진다. 지도자들이 필요한 일들을 미리미리 해놓으면 국민들이 단잠을 잘 수 있다.

선생님이 학부모 돈 가방 눈치를 보니 애들이 보고 배운다. 네 돈이 내 돈이고 내 돈이 내 돈이다. 자기도 돈 받는 주제에 누굴 훈계해? 우리 같은 월급쟁이들은 들여다도 못 볼 노라리판에서 제 딸내미 같은 애들 젖가슴을 주무르니 젊은애들도 배운다. 말이야 누가 못하나?

교수라는 지식인들이 강의시간 10분씩을 예사로 잘라

먹으니 거기서 보고 배운 애들이 철근도 10센티미터 잘
라먹고 시멘트도 10퍼센트 떼먹는 것 아닌가? 그러니 안
무너지고 배기나?

　새롭고 큰 시대정신을 폭포수같이 쏟아 부어 주실 스
승이 아쉽다. 역사의 촌지를 받지 않은 큰 스승이 너무도
절실하다. 큰 스승이 계셔 물이 시퍼렇게 오른 물푸레나
무로 국민을 괴롭히는 저 왕초들과 졸개들의 등짜구니가
후줄근하도록 패주시면 우리들도 기꺼이 종아리를 걷을
터인데.

안중근과 서태지, 그리고 장보고

안중근이 가졌던, 조선의 사대부들에게서는 도저히 배울 수 없는 당당함과 떳떳함은 어디서 비롯된 것일까? 사랑방에서 우물거리거나 기방이나 넘나들던 조선의 사대부들로서는 상상도 할 수 없는, 바람의 땅 하얼빈에서 적을 기다린 안중근의 늠름함은 누구로부터 전해진 것일까? '쾅' 총을 쏘고 "내가 죽였다. 나는 전범이다. 살인범이 아니다."라고 말할 수 있었던 그 용기, 그 정신은 정말 어디서 온 것일까?

안중근은 알고 있었다. 일본이 진행하려고 하는 한민족 말살의 더러운 흉계를. 그리고 우리 민족의 못난 모습 때문에 결국 당하고 말리라는 것을. 그래서 그는 총을 뽑아 들었고 민족을 대변했다.

"탕! 탕! 탕!"

서태지 역시 알고 있었다. 우리 시대 기성세대가 숨기고 있는 '바보 만들기'의 멍청한 속셈을. 그리고 힘없는 청소년들은 제대로 대항할 만한 어떤 것도 마련할 수 없다는 한계를. 그래서 그는 한바탕 춤과 외침으로 십대들을 대변했다.

"난 알아요!"

거의 100년의 차이는 있지만, 한 시대를 대변한 이 두 사건이 숨긴 상징은 무엇인가? 민족 모두를 잠시 후련하게 했던 안중근 의사, 십대들을 잠시 후련하게 했던 서태지. 안 의사와 서태지를 동일선상에 올려놓는 것에 대해 탐탁지 않게 생각하시는 분들도 계시겠지만, 그건 '딴따라'에 대한 선입관이 너무 강하기 때문일 가능성이 높다. 그건 서로 다른 사안을 하나의 잣대로만 평가하기 때문이다. 문화권 속의 행동들을 하나의 기준으로만 볼 때는 상대적으로 작게 보일 수도 있지만 각각의 잣대로 본다면 모두 아름다운 모습일 수 있다. 더구나 세대와 세대, 문화와 문화의 단층을 극복해야 한다는 시대적 필요를 떠올릴 때는 더욱 그러하다.

전혀 달라 보이는 이 두 사건 속에는 묘한 동질성이 있다. 격한 감정을 단발로 토로했다는 것과 사회 구성원 전체의 반성이 뒤따르지 못했다는 커다란 아쉬움 말이다.

한국의 대중음악이 세계적인 무대에 서지 못하는 이유에는 가창력이나 마케팅 전략 등 여러 가지가 있겠지만, 가장 중요한 것은 메시지 부재와 외국어 능력 때문일 것이다.

그중에서도 메시지 부재는 자신의 문화와 외부 문화의 내면을 제대로 읽어낼 수 없는 데서 빚어지는 필연의 결과다. 대중음악 기획자들은 외부 문화의 속내를 충분히 읽어낼 수 있어야 하고 동시에 변화의 방향을 예측해낼 수 있어야 한다. 하지만 기획자들의 대부분은 음악이 좋아서 지하실에서 뚱땅거리다 여기저기 매니저들 뒤꽁무니를 따라다니면서 귀동냥으로 배운 경우들이 대부분이다. 또 어느 방송국 어느 PD가 어떤 취향을 가졌는지에 대한 이야기들을 '정보'랍시고 주워섬기거나, 잘 나가는 가수들 흠집이나 잡아 뒤로 잡아채면서 자신들이 나서려고 하는 모습이 방송국 연예계 뒷동네의 모습이다.

인선을 맡은 요직을 둘러싸고 진행되었던 조선시대 사색당쟁의 악습이 그대로 재현되고 있는 것이다. 외부로 눈을 돌리고 자신의 능력을 더 개발하고, 더 의미 있는 일에 뛰어들려는 노력보다는 줄 잘 서서 출세하겠다는 성공 콤플렉스. 영토를, 문화를, 과학을, 사업을 확장하려는 의지 없이 제 살 깎기의 악순환이 만들어낸 것이 조선의 몰락 아닌가?

이런 모습들을 떠올리면 떠올릴수록 신라시대 장보고가 아쉬워진다.

9세기 중엽, 지금의 전라도 완도의 청해진은 수백 수천의 신라 뱃사람들과 왜인들, 당나라에서 온 중국인, 페르시아인들로 북적거리고 있었다. 신라와 당나라, 그리고 왜를 잇는 항로의 길목에 자리한 청해진에 모여든 아시아 최고의 장사꾼들이다. 그들은 여기서 비단을 팔고, 금을 사고, 인삼을 팔고, 책을 샀다. 또 향료와 악기, 카펫을 교환했다.

장보고는 200개의 섬들과 계절 따라 변하는 해류, 해풍으로 변화가 무쌍한 이 지역에 청해진을 만들고 당나라와 일본을 오가는 항로의 패권을 쥐고 있었다. 천혜의 자연환경을 최대한도로 이용해 이루어낸 국제 시장 진출이었다. 서구의 학자들이 장보고를 두고 '천재'로 칭송을 아끼지 않는 이유가 여기에 있을 것이다.

그는 일찍부터 밖으로 눈을 돌렸다. 자질구레한 세력 싸움보다는 넓고 물건 많은 중국과 일본을 자신의 무대로 삼았던 것이다. 그는 정치적 득실에서 벗어나 국제무역이라는 경제적 눈을 뜬 개척과 발전의 프런티어였다.

하지만 신라의 내부 정치에 말려들어 암살당하면서 바다의 왕자, 장보고는 초라해지고 만다. 암살로 죽는 장보고. 그를 통해 무한한 힘을 얻을 수 있었던 신라는 결국 파멸의 길로 접어들고 만다. 너무나 많은 것을 잃게 한 암살이었다. 그 이후 조선의 당쟁에서도 보듯이 정치의 승부는 언제나 더러운 모함과 암투였다. 정정당당한 승부는 없었다. 사화와 당쟁 때 수많은 인물들이 죽어나갔지만 제 손으로 죽인 예는 없었다. 언제나 법을 통해서였고 왕의 입을 통해서였다. 결국 조선의 왕들은 교활한 사대부들이 고용한 살인 청부업자나 다름없게 되고 말았다.

반면에 일본의 싸움은 언제나 '신켄 쇼부', 즉 진검 승부였다. 정면에서 겨루어 차라리 피를 뿌리고 스러지는 것을 아름답게 여기는 일본의 승부 문화, 죽음을 미화하는 죽음의 미학의 뿌리는 여기까지 닿아 있다.

안중근이 아름다운 이유는 바로 이 '신켄 쇼부'를 쏘아붙인 장대함 때문이다. 일본 최고의 브레인이며 일본의 세계 진출을 진두지휘하던 이토 히로부미를 넘어뜨린 안중근.

나는 그를 만나기 위해 하얼빈까지 갔다. 커다란 역사 옆에 붙은 매표소에서 표를 산 후, 쏟아져 나오는 중국인들을 비집고 그 옛날 안중근이 섰던 그 자리에 섰다. 낡았지만 녹색 칠을 열심히 해둔 기차가 서서히 플랫폼에 들어선다. 나는 서서히 카메라를 들어올렸다. 그리고 호흡을 멈춘 채 방아쇠를 아니 셔터를 눌렀다. 한 번, 두 번, 세 번…… 그리고 발자국으로 더러워진 바닥을 오래도록 응시했다. 나는 오래도록 그 자리에 서서 이토의 혈흔을 찾고 있었다. 그리고 그날 저녁 나는 이렇게 썼다.

인물 없는 우리 역사에 당신이라도 있는 것은 그나마 커다란 위안이 아닐 수 없습니다. 하지만 여전히 남는 커다란 아쉬움이 있습니다. 그것은 당신이 홀로, 그리고 단발로 민족을 대변했다는 점입니다. 당시 있었던 나름의 지식인, 사대부, 무인, 글쟁이들은 다 어디 가고 당신 홀로 그 북방의 찬바람 부는 하얼빈에서 차가운 총을 움켜쥐고 이토 히로부미를 기다렸단 말입니까?

뭉쳤어야 했고, 서로의 의견을 잠시 접어두며 커다란 목표를 위해 각자의 목소리를 낮추었어야 했던 그 잘난 지사들은 모두 어디로 갔습니까? 왜 그렇게 찢어져야만 했습니까? 커다란 적을 눈앞에 두고 말입니다.

안중근이 가졌던, 조선의 사대부들에게서는 도저히 배울 수 없는 당당함과 떳떳함은 어디서 비롯된 것일까? 사랑방에서 우물거리거나 기방이나 넘나들던 조선의 사대부들로서는 상상도 할 수 없는, 바람의 땅 하얼빈에서 적을 기다린 안중근의 늠름함은 누구로부터 전해진 것일까? '쾅' 총을 쏘고 "내가 죽였다. 나는 전범이다. 살인범이 아니다."라고 말할 수 있었던 그 용기, 그 정신은 정말 어디서 온 것일까?

내가 떠올릴 수 있는 유일한 인물은 장보고뿐이었다. 뱃전에 올라서서 바닷바람을 가슴에 안고 산동 반도, 리야오닝 반도 그리고 일본을 품안에 넣었던 사나이 장보고를 떠올렸다.

이제 다시 서태지를 이야기하자. 서태지는 음악의 본거지에 가서 노래하고 춤을 추었어야 했다. 그런 면에서 나는 더욱 서태지가 아쉬워진다. 순진한 팬들을 우롱한 느낌마저 든다. 그의 놀라운 감각과 능력을 버리지 말고, 세계적인 뮤지션이 되겠다는 꿈과 시도가 있었어야 했다. 세계의 무대, 아니 아시아 무대의 정상에라도 서려는 시도가 있었어야 했다. 설사 처절하게 실패를 한다 해도 말이다.

한국 10대들의 갈증을 예민하게 알아챈 후 한번 후려쳐 혼을 빼놓고는 도망을 치고 말았다. 그것은 진정한 프로가 취할 태도가 아니다. 그건 그저 음반 장사꾼의 모습일 뿐이다. 그건 어떻게 보면 음악에 진정한 애정이 없었기 때문일지도 모른다. 자신이 없었기 때문일지도 모른다. 단지 감각 좋은 기획자들의 한탕이 맞아떨어지고 만 것이다. 우리 사회의 최대악인 한탕주의를 활용해 우리 사회의 악을 고발한 '아이들'. 아이러니의 극치다. 예술 행위가 가져야 할 최고의 생명력인 창조력을 지니지 못한 '아이들'.

그들은 안중근 의사의 옥중 육필을 읽어보고 남산 위 거친 돌비석에 새겨진 그의 외침과 손마디가 잘린 손바닥 도장을 보며 울고 뉘우쳐야 한다. 서태지의 한탕 이후 한국의 노래판은 온통 '아이들' 판이다. 베끼기와 한탕주의로 가득한 한국의 대중음악계가 상징하는 것처럼, 우리 사회 곳곳에서는 오늘도 기회만을 노리는 수많은 서태지가 있다.

서태지, 적 앞에 당당히 맞서 총을 빼어들었던 의사의 늠름한 자태를 배워라. 그러나 안중근 의사의 총소리가 외롭게 울렸던 것에 대해서는 우리 함께 회개의 눈물을 흘리자. 그를 홀로 바람 차가운 하얼빈 플랫폼에 세워두었던 것은 우리 민족 모두의 잘못이었노라고.

할 말을 해라

경쟁력을 잃은 국가에 충성을 다해야 한다는 맹목적 국가주의는 이제 거의 설득력을 잃었다. 단군의 자손 똘똘 뭉치자는 쇼비니즘적인 맹목적 민족주의도 개인의 삶과 따뜻한 가정을 보호하는 데에는 모두 걸림돌일 뿐이다. 남북통일만이 이 민족을 새로운 도약으로 이끌 것이라는 차분하지 않은 구호도 영양가가 그다지 많아 보이지는 않는다.

이제 시대는 바뀌었다. 바뀐 시대에는 바뀐 말을 해야 한다.

우리는 오랫동안 침묵했다. 한국사회에서 '침묵하는 다수'는 아름다운 것이었다. 거리로 쏟아져 나와 돌과 화염병을 던지는 시위대를 진압할 때마다 독재 권력들은 언제나 '침묵하는 다수'를 애용하며 시위대를 잠재워왔다. 하지만 짧지 않은 시간 동안에 우리는 '민주'를 얻어냈고 더 이상의 항의는 필요치 않게 되었다. 적어도 겉으로는 그렇게 보인다.

하지만 사실은 지금이야말로 침묵을 깨고 진정한 발언을 할 때가 되었다. 이제 '침묵하는 다수'는 역사와 문화의 대변혁을 맞으면서 '도태되는 다수'로 전락할 위기에 직면해 있다. 그러면 침묵은 어떻게 깨야 하며 무슨 말을 해야 할까?

말 같지 않은 몇몇 정치적 이슈에 대한 편 나누기 주장은 필요하지 않을 것이다. 그렇다고 사회의 몇몇 사건들을 고발하면서 시민운동을 들먹이겠다는 것도 아니다. 쓰레기 처리장에서 집단으로 해대는 '그린피스' 흉내 역시 우리 사회를 새롭게 하는 데 큰 도움은 되지 못한다. 그보다는 우리들이 살고 있는 커다란 공동 문화체의 체질을 바꾸고 새로운 양분을 공급하는 더 근원적인 고민이 필요할 때가 되었다. 이제 이 이야기를 우리는 해야 한다.

경쟁력을 잃은 국가에 충성을 다해야 한다는 맹목적 국가주의는 이제 거의 설득력을 잃었다. 단군의 자손 뚤뚤 뭉치자는 쇼비니즘적인 맹목적 민족주의도 개인의 삶과 따듯한 가정을 보호하는 데에는 모두 걸림돌일 뿐이다. 남북통일만이 이 민족을 새로운 도약으로 이끌 것이라는 차분하지 않은 구호도 영양가가 그다지 많아 보이지는 않는다.

우리는 오랜 동안 침묵해왔다. 조선의 길고 긴 500년 동안 글과 권력을 가진 몇몇 사람들 외에는 아무도 말을 할 수 없었다. 그리고 당한 한일합방, 그건 일종의 국가적 강간이었다. 그리고 35년 동안 아무런 말도 할 수 없었다. 상징적인 말이 아닌 성대가 만드는 한국어의 소리조차 낼 수 없었다. 그것은 침묵을 넘어선 마비의 강요이기까지 했다. 그리고 해방. 그때 해본 소리라고는 단 여섯 자였다.

"대한독립만세!"

그 다음에는 어떻게 해야 하는 것인가, 무슨 말을 해야 하나? 말을 배우지 못한 아버지 세대는 아무 말도 하지 못했고, 말에 익숙했던 몇몇이 다시 정권을 잡고 말았다. 그들은 조선시대 내내 이어온 유교의 언어에도 익숙했고, 분석과 장사에 잘 맞는 일본어에도 익숙했다. '김치' '된장' '설렁탕'밖에 못하는 아버지 세대는 '국제' '경제 협력' '증권' '무역' 어쩌구 하며 사람들이 하는 말을 멍하게 들을 수밖에 없었고, 그들의 망나니 춤들을 멀거니 쳐다보는 수밖에 없었다.

그리고 6·25, 비명 소리밖에 달리 할 말이 없었다. 그리고 박정희 시대, 이때는 아무런 말이 필요 없던 시대였다. 배고픈 우리들에게는 한 소절의 노래들이 배급되었다.

"새벽종이 울렸네. 새아침이 밝았네."

우리는 노래하고 일하고, 일하고 노래했다. 말을 배울 필요가 없었다. 몇 마디 말을 빨리 배운 사람들은 '우연한 사고사'를 당했다. 그리고 닥친 1980년대, 그것은 참으로 길고 긴 침묵의 기간이었다. 그 침묵은 그들이 해석하듯이 '안정'을 희구해서가 아니라 겁이 나서였다. 무서웠기 때문이었다. 그리고 열린 1990년대, 말을 해도 된다는 윤허가 떨어졌다. 조선시대 500년을 합하면, 근 590년 만의 윤허였다.

"성은이 망극하여이다."

하지만 우리는 무슨 말을 어떻게 해야 할지 몰랐다. 민주주의는 떠들면 된다니까 마구 떠들어보았다. 자본주의는 돈 넣고 돈 먹기니까 은행돈 끌어다 벌고, 갚아 가면 된다고 떠들어댔다. 자기 자본 몇 천 퍼센트의 이자 돈을 끌어다 너도 먹고 나도 먹고 같이 먹었다. 어차피 국민들이야 말을 못하는 부류 아닌가? 그들이 할 수 있는 말이라곤 '김치' '된장' '설렁탕'이 전부 아닌가?

언론?

기자의 말인지 청와대 대변인의 말인지 구별할 수 없던 글과 말. 그것만으로 판단의 근거를 삼기에는 너무 위험한 삶의 투자 아닐까? 청와대 대변인이 우리들의 행로를 명확하게 인도해줄 수 있을까? 그들은 정말 과거를 명확히 이해하고, 현재를 정확히 분석하며, 미래를 명쾌하게 예측할 수 있는 능력의 소유자들일까? 중고등학교 내내 교과서와 참고서 외에는 본 일이 없고, 대학 내내 미팅과 영어책 외에는 관심이 없었던 사람들이 기자가 되었다고 해서 갑자기 혜안이 생길까? 통찰력이 생길까? 설사 생겼다면 용기는 있을까? 매일 끼리끼리 모여서 잡담이나 나누다가 같은 장소에 우우 몰려가서 대충 사진 찍고, 사우나 갔다가 늦게 와서 남의 취재 노트 베껴다 소설을 쓰고 있는 것은 아닐까? 그런 사람들에게서 용기를 기대하는 일은 너무 순진한 생각 아닐까? '모 인사의' '묘한 기류' 따위로 '진실'을 보도하는 글들을 계속 돈 내고 보아야 할까? 우리 사회가 말을 잃어버린 데에는 그래서 언론의 책임이 크다.

오랜 '언어 침묵'은 어법을 상실하게 만든다. 말을 어디서 어떻게 해야 할지 알 수가 없다. 그래서 우리는 외마디 소리밖에 지르지 못한다. 외마디 소리와 외마디 소리가 부딪치는 현상이 바로 싸움이다. 유달리 싸움이 많은 한국사회, 동대문을 가도 남대문을 가도 싸움이 흔한 사회. 그건 우리가 말을 할 줄 모르기 때문이다. "목소리 큰놈이 이긴다."는 이제 자조의 표현을 넘어 격언이 되고 말았다.

우리는 이제 말을 해야 한다. 자신을 감추고 진실을 감춘 왜곡된 '목소리'가 아닌 자기 스스로의 말을 할 수 있어야 한다. 역사도, 인물도, 사건도 모두 진실을 바탕으로 표현되어야 한다. 그리고 그것을 서로 들어주어야 한다. 진실에 기초한 말은 대화를 가능하게 할 것이다. 대화는 타협을 초청할 것이며 타협은 발전된 해결책을 가져다줄 것이다.

내겐 많은 외국인 친구들이 있다. 중국인, 일본인, 베트남인, 인도인, 미국인, 프랑스인 등등. 그들과 친구가 되는 방법은 단 하나다. 그것은 단순한 외국어 구사가 아니라 진실되고자 하는 태도와 말이다. 왜냐하면 그들은 진실을 듣기를 원하기 때문이다. 나는 있는 그대로의 나와 가정과 한국을 보여주고 말한다. 꾸미는 것은 어리석은 짓이다. 아버님은 늘 이런 교훈을 주셨다.

"솔직한 사람이 가장 강한 사람이다."

나는 가끔 중국인 노동자들에게 강연을 하거나 교육을 하곤 한다. 그럴 때마다 나는 한국의 역사나 현재 사회의 장단점을 있는 그대로 다 보여준다. 나는 때로 한국을 소개하는 슬라이드를 보여주기도 하는데 한국관광공사 등에서 만든 홍보용만을 사용하지는 않는다. 반드시 내가 길거리에서 찍어 만든 슬라이드를 보여준다. 그 슬라이드에는 판자촌, 포장마차, 마이너스 통장, 법정에 선 대통령들의 뒷모습 등이 담겨 있다. 물론 중국이나 일본의 모습을 이야기할 때도 반드시 장점과 함께 단점을 자세히 들어 설명한다.

장점과 단점을 적나라하게 보여주고 났을 때 처음 보이는 반응은 언제나 '감사'였다. 매번 피드백을 위해 받는 그들의 소감에는 이런 말들이 적혀 있다.

"우리를 인격적으로 대접해주어 고맙다. 장점만을 들어 우리를 교육하려는 것이 아니고, 우리와 문제를 함께 풀어가려는 태도가 고맙다."

우리 사회에는 이것이 없다. 서로를 인격체로 보면서 문제를 동일선상에서 풀어가려는 노력은 언제나 상대방을 감화시키게 마련이다. 그것을 악용하려는 몇몇에 대해서는 적당한 대비책을 세우면 그뿐이다.

더 나은 해결책을 위한 대화의 화술, 그것은 자신의 오류를 인정하고, 오류가 수정될 수 있는 기회를 스스로에게 부여하는 태도에서 가능한 것이다. 이제 정말 새로운 대화가 필요한 시대가 되었다.

역사의 인물들은 모두 사라졌다. 이제 우리는 그들의 뒷모습만을 보게 되었다. 그들이 앞만 보여주며 떠들던 소리들은 모두 사라졌다. 이젠 아무런 방어능력도 없는 뒷모습만이 남았다. 우리는 이제 찬찬히 그들의 뒷모습을 살펴볼 수 있게 되었다.

그 동안 끌어안았던 역사 속의, 사회 속의 오류와 왜곡을 꺼내놓자. 마음이 시원해질 것이다.

황장엽처럼 들이닥칠 통일이 두렵다

허리가 동강난 남녘에서 우리가 쓴 '역사'와 잊혀진 땅 북에서 쓴 그들의 '력사'는 전혀 다르다는 사실을 우리는 직시해야 한다. 말이 다르다는 것은 생각이 다르다는 뜻이다. 민족의 의사소통이란 단순한 열망이나 계량적 분석에 의존한 '플랜'으로 완성되는 것이 아니다. 민족의 만남이란 그 자체가 삶이다. 삶이란 때로 더럽고 때로 즐겁기도 한, 종합적으로 얼마나 유치찬란한 것인가?

21세기는 아시아—태평양의 시대다. 세계에서 제일 넓은 바다인 태평양, 가장 큰 대륙인 아시아, 그곳엔 세계의 마지막 시장인 중국과 세계 최고의 소프트웨어 국가인 일본이 도사리고 있다. 그리고 한반도가 그 한가운데 있다. 세계 최고의 경제대국을 꿈꾸는 중국과 아시아에서의 패자를 꿈꾸는 일본, 두 강대국의 열기가 한반도 상공까지 밀려오고 있다. 이제 한반도에 더 이상 다른 선택은 없다. 이제 우리는 통일로 21세기를 열어야 한다.

통일은 한반도를 새로운 시작으로 안내하는 초대장이 될 수 있다. 그리고 강대국의 논리가 지배하는 아시아 질서에 화합이라는 새로운 해결책도 제시할 수 있을 것이다. 그리고 우리가 하기에 따라서는 세계 인류사에 없었던 화합과 공존의 아름다운 모델하우스가 될 수도 있다. 그러나 이런 가능성의 한편에는 그에 못지않은 어려움도 곳곳에 도사리고 있다. 왜냐하면 우리가 맞닥뜨려야 하는 것은 꿈이 아니라 언제나 냉정한 현실이기 때문이다. 특히 또다시 '세계 우뚝 서는' 운운으로 통일가를 부르다가는 더욱 초라해질 수도 있음을 생각해야 한다. 때문에 우리는 침착해지지 않을 수 없다.

통일은 과연 이루어질 것인가? 남과 북에 엄연한 정치적 실체들과 수백만의 무장 병력이 대치하고 있는 현실에서 통일이라는 이 세계적 빅딜이 우리들이, 아니 몇몇 사람들이 그려낸 시나리오처럼 이루어질 수 있을까?

나는 연변 등 중국 동북 지역을 많이 다녔다. 개인적인 관심 때문에도 다녔고, 신문사의 칼럼을 쓰기 위해서도 다녔고, 고향이 평안북도이신 장인어른의 친척을 찾기 위해서도 다녔다. 수많은 조선족을 만났고, 중국 공안국에 있는 조선족의 명단 카드들까지 하나하나 살펴보기도 했다. 때론 그들과 함께 자기도 하고 같이 밥을 먹기도 하고 함께 남북문제에 대해 열띤 토론도 벌이곤 했다. 그 결과 나는 무척 소심해졌다. 그리고 읊조렸다. 통일은 지금 할 일이 아니라고.

올해 연세가 77세이신 장인어른의 마지막 소원은 평안북도 정주 땅에 두고 온 동생들을 만나보는 것이다. 19세에 일본군에게 강제 징용을 당하신 후 중국으로 탈출, 현재는 타이완에서 50년이 넘도록 살고 계시다. 그 분은 주무시다가도 '한국'이란 말만 들으면 벌떡 일어나시는 분이다. 고향의 소식을 듣기 위해 백방으로 노력을 하시고 한국이 IMF를 당했을 때엔 자식 손자 등 20여 명을 이끌고 한국에 들어오셨다. 자식들이 못 해드린 칠순 잔치를 위해 미국 여행을 준비했는데, 그 돈을 들고 한국에 들어오셨던 것이다. 모 일간지에 뉴스로 나기도 했지만, 그 분의 고국 사랑은 참으로 끔찍하다. 어쩌다 한국에 들르게 되면 제일 먼저 가시는 곳은 재래시장이다. 그러고는 드시지도 못할 떡들을 잔뜩 사신다. 그것도 매일.

그 분에게 있어서 고향은 일종의 종교다. 한때는 심장이 불편하다며, 곧 죽을지도 모르니 무조건 중국을 통해 북한으로 가시겠다는 통에 가족들이 애를 먹은 일이 있다. 말리다 말리다 내 아내가 이렇게 말렸다.

"아버지, 북한 가면 경일이(장인어른은 나를 이름으로 부르신다) 교수직에서 쫓겨나요."

정말인지 아닌지 나도 확인은 안 해봤지만 사위 사랑은 끔찍하신지라 북한행을 단념하셨다.

나는 장인어른의 이런 행동을 충분히 이해하면서도 바로 이런 충동적 감정 때문에 우리의 통일이 쉽지 않을 것임을 느끼게 된다.

이런 우려는 최근의 금강산 유람선을 바라보면서 점점

무게감을 더해간다. 요금이 다른 여러 등급의 선실을 갖춘 호화 유람선의 금강산 도착은 바로 자본주의적 머니 게임이 절대의 평등을 추구하는(적어도 겉으로는) 북한 땅으로 전이되고 있음을 상징적으로 보여준다. 또 울긋불긋한 옷차림, 부티 나는 얼굴과 안경, 신발, 카메라들은 북의 입장에서는 상당한 파괴력을 갖춘 첨단 무기들이다. 그것은 그곳을 드나드는 사람들의 '우쭐함' 때문에 더욱 파괴력이 보장되는 첨단 병기들이다.

정서적으로 거의 황폐화해버린 연변의 도시들, '흑장미 다방'의 종업원이 되기 위해 화룡에서, 도문에서 가정을 박차고 나온 에미나이들, 불과 100달러에 한 달씩 몸을 맡겼던 그 에미나이들의 거품과 좌절, 이제는 너무도 시들해져 매스컴으로부터도 잊혀진 동북 조선족들의 울분과 슬픔. 우리가 그들을 잊었다고 해서 그들도 그들의 좌절과 아픔을 잊었다고 본다면 그건 참으로 오해다.

헤이롱짱 성의 조선족 신문사에서 나는 한 사람을 만났다. 한 아이의 엄마이면서 기자인 그녀의 말과 눈빛은 내가 통일에 대해 생각하고 친구, 학생들과 이야기를 나눌 때마다 떠오른다. 그녀는 단 돈 1원에 대해서도 영수증을 쓰려고 했고, 우리 아들과 동갑인 2학년 아들의 손에 쥐어주던 50원짜리 인민폐를 끝까지 거부했다. 낡은 티셔츠의 아이는 순진한 눈을 껌벅이며 우리들의 실랑이를 바라다보고 있었다. 나는 끝내 그 돈을 주지 못했다.

나는 때로 도서관 서고에 들어가서 한동안씩 앉아 있곤 한다. 사람들이 지은 책들을 보면서 세상 돌아가는 상황을 읽기 위해서다. 통일을 이야기한 사회과학 서적들이나 보고서 따위도 간간이 뒤져보는 것들 중 하나다. 그런데 통일에 대한 그 거창한 담론들을 보면 볼수록 현기증이 난다. '이게 아닐 텐데'란 불안감과 함께.

사회과학적 담론의 방식으로 전개되는 통일 관련 이론들이 공통적으로 지닌 문제점은 일관된 경직성이다. 그것은 문화학자 에드워드 사이드가, 유럽인들은 유럽이 동양보다 우위에 있음을 암암리에 가정하고 있다고 지적한 오리엔탈리즘적인 결함을 그대로 안고 있다는 점에서 그렇다. 보기에는 대단히 치밀하고 분석적인 것처럼 보이는 이들의 논조에는 남이 북보다 한수 위라는 분위기가 잠재적으로 깔려 있다. 그리고 또 하나 간과할 수 없는 분위기는 수사적으로는 평화와 공존을 이야기하면서도 '어떻게든' 통일을 이루어내야 한다는 강박관념이다. 물론 각 정권마다 이번 정권의 임기 안에 이루어야 한다는 조급함들 역시 빼놓을 수 없다.

논문들을 보면 '이런 문제가 있긴 하지만' 민족 통일은 시급한 것이다라는 논조를 펴는 것을 자주 보게 되는데, 이건 심각한 무책임이다.

사람들은 독일 통일을 들어 한반도 통일의 교훈을 얻고자 한다. 독일은 1964년 스포츠 교류를 시작으로 지속적인 교류를 했다. 종교단체, 청소년 교류, 60세 이상 연금수혜자들의 왕래 등을 통해 나름의 토대를 다진 후 흡수 통일을 단행했다. 그러나 많은 사람이 지적하듯이 독일의 흡수통일은 동서독 국민들을 1등, 2등 국민으로 만들게 되면서 새로운 장벽을 만들고 말았다. 때문에 2등 국민으로 떨어진 동독인들의 좌절감은 현재 새로운 파시즘으로 변형되어 나타나기도 한다. 또한 동독을 복구하는 데 필요한 비용은 처음의 계산을 훨씬 상회하고 있다.

통일을 이루어낸 콜 수상은 당초 연간 500억 마르크씩 투자하면 될 것으로 예상했지만 현재 상황으로 보면 해마다 2,000억 마르크가 필요한 상황이라고 한다. 그리고 이것이 독일 경제 전체에 심각한 부담으로 작용하고 있다. 또 증가하고 있는 동독 출신 실업자들의 문제 역시 통일을 서두르는 우리들에게는 좋은 교훈이 된다.

또 타이완과 중국의 관계를 예로 들면서 정경분리의 원칙을 예로 들기도 한다. 그러나 내면을 들여다보면 정치와 경제가 분리될 수 있는지 몰라도 적어도 그것이 개인적 삶과는 절대 분리될 수 없다는 점은 분명하다. 이산가족 상봉과 학문 교류, 경제 교류 등 몇 가지 긍정적 효과만으로는 상쇄시킬 수 없는 아픔들은 모두 힘없는 개인들의 몫으로 남는다.

그 이유는 우리나라 저널리즘 문화에서 흔히 확인할 수 있는 것처럼 '영어 공부' 조금 잘한 사람들이 적당한 학문적 시련(?)을 거쳐 통일을 이야기할 위치에 올라섰다는 데 있다. 즉, 이런 통일 논의의 장은 대부분 나라의 녹을 먹는 곳에서 열리곤 하기 때문에 거기에는 언제나 정치권력의 의지를 '추인'하고 '확인해주어야 한다'는 강박관념이 없을 수 없는 것이다. 이른바 국가주의적 통일론이 대세를 이룬다는 점이다.

이런 점에서 학생들이 저마다 내거는 통일 깃발들 역시 위험스럽기는 마찬가지다. 국가주의적 문제점을 지적하면서 내건 그들의 주장 속에도 우리가 '도와주어야 한다'는 우월 의식이 뿌리 깊이 담겨 있다. 내가 누구를 돕고 있다거나 누구에게 봉사하고 있다는 성취감만큼 상대를 우울하게 만드는 감정도 없다. 그것은 때로 상대에게 치명적인 상처를 입히곤 한다.

그런 단순한 정치적 패러다임만으로 통일의 문제를 풀어내기에는 현재 우리들이 몸담아 살고 있는 이 세계는 너무도 복잡하다. 또 모든 정권들이 탐을 내는 '역사적 과업'으로만 노출되기에는 우리들 개개인의 삶이 너무도 소중하다. 길지 않은 우리들의 삶 속에서 그 '위대한 결단'과 '구국적 행동'들이 만들어놓은 상처들이 얼마나 아팠던가? 정치적 이유로 휘저어놓은 소용돌이 속으로 아무런 저항도 없이 빨려들어 가야만 하는 우리들의 모습은 참으로 딱하기 그지없다.

자본주의적 병폐의 급속한 확산, 땅투기와 부정적인 금

융 대출 사건들, 자본주의 경제를 잘 이해하지 못하는 대륙인들을 상대로 벌어지던 사기극, 그로 인한 분노와 복수, 인질 사건, 살인 사건 등을 통해 배우는 '타이완 경험'에 대해서는 언급이 없고, 단순한 정경분리 원칙만을 강조하는 이유는 무엇인가? 이미 북한 지역에 대한 땅투기 뉴스가 삐져나오는 현상을 볼 때, 좁은 시야의 돈놀이 게임이 북한에서 펼쳐질 경우 동일한 재앙이 발생할 수도 있음을 간과할 수 없을 것이다.

더구나 독일은 준비의 과정이 길었고, 합리적인 민족이다. 또 중국은 땅이 넓다. 일부의 문제가 급속하게 다른 지역으로 확산되기 전에 대비책을 찾을 수도 있고 적당히 희석되기도 한다. 그러나 남과 북을 보라. 달팽이 위의 두 더듬이처럼 바짝 붙어 있지 않은가? 어느 한구석 문제가 불거지면 바로 전체로 확산되고 말 것이다.

연변의 조선족을 포용하는 데 실패했던 우리들이 이번에는 금강산으로 가고 있다. 금강산에는 선녀가 살고 있다. 연변이나 동북 조선인들 이야기를 들어보면 북한 주민들은 더욱더 '자연 보호'된 상태의 사람들이다. 선녀로 살고 있다.

중국 연변의 어느 시인은 금강산을 다녀와서 이런 시를 썼다.

금강산 가는 길에

금강산 선녀처럼 예쁜 아가씨가
따끈한 차 한 잔 건네주면서
살짝 던져주는 그 눈길이
나그네 마음에 화살로 꽂혔네요

한국에 사는 우리들 대부분은 이런 시 속의 '순수'를 잃어버렸다. 중국 동포들의 정서는 몇 년 전의 한국 운운으로 단순하게 평가되어서는 곤란하다. 그들은 어찌 보면 우리 민족 정서의 살아 있는 화석이다. 전쟁과 서방의 문화적 세뇌, 군부독재에서의 갈등 등을 겪은 우리 남한 사람들의 심신은 어느새 영악해질 대로 영악해졌다.

통일이라는 추상 명사는 어느 날 갑자기 구체적인 사실이 되어 우리 앞에 다가올 것이다. 마치 황장엽처럼. 우리가 동포라고 맞닥뜨리게 될 사람들은 전혀 다른 '생각'을 가진 사람들이다. 그들은 자연 보호가 아닌 '사상 보호'된 사람들이다. 그들을 우리는 잘 포용할 수 있을 것인가?

조선족들을 만나고 두만강 너머 북을 바라보면서 나는 통일을 많이 생각했다. 걱정되는 것은 통일 비용도 아니고, 통일 방식도 아니었다. 바로 문화적 의사소통이었다.

허리가 동강난 남녘에서 우리가 쓴 '역사'와 잊혀진 땅 북에서 쓴 그들의 '력사'는 전혀 다르다는 사실을 우리는 직시해야 한다. 한국의 소설이 어휘가 고쳐진 채 중국 연변에서 출판되고 있는 현실은 무엇을 말하는가? 말이 다르다는 것은 생각이 다르다는 뜻이다. 민족의 의사소통이란 단순한 열망이나 계량적 분석에 의존한 '플랜'으로 완성되는 것이 아니다. 민족의 만남이란 그 자체가 삶이다. 삶이란 때로 더럽고 때로 즐겁기도 한, 종합적으로 얼마나 유치찬란한 것인가?

1997년도 《북한 인권 백서》를 보면, 북한에서는 입당과 취업을 미끼로 여성에 대한 강간이나 성폭행이 은밀하게 이루어지고 있음을 알 수 있다. 또 직장 내에서의 성희롱도 '일상적'이며 문제의식조차 없다고 밝히고 있다. 연변을 싸구려 유흥가로 만들어버린 한국 관광객들의 졸부 근성과 "처녀아들이 모두 도시로, 남한으로 복무질하러 가버린" 데 대한 불만, 연변 청년들의 "칼로 베고 싶은" 충동들을 목격하면서 걱정은 더욱 쌓여만 간다.

조선족들의 정서와 우리 국민들의 태도, 그리고 정부의 조치들을 보면서 나는 통일 후의 갈등을 감지해본다. 북의 동포들은 크게 당황할 것임에 틀림없다. 중국의 조선족들이 알고 있는 '력사'도 쉽사리 받아들이기 힘든 게 사실이다.

하물며 수십 년 동안 김일성, 사회주의, 전쟁 외에는 다른 생각은 해보지도 못했던 그들이 확신하고 있는 '력사'는 또 얼마나 다를 것인가? 그리고 그들의 생각은 또 얼마나 다를 것인가? 그들은 땅투기, 뒷거래, 입시 경쟁, 외국 여행, 인터넷 등 긴장 속에서 살아남는 법을 체득한 우리들과 악수를 해야만 한다.

우리에게 과연 그들의 무지(?)를 인내하고 교육할 아량과 능력이 있을까? 내가 아는 남쪽 사람들의 얼굴을 떠올려보면, 통일 후 있게 될 남남북녀의 갈등과 충돌이 눈앞에 선하다. 과학 기술과 생산 기술의 차이로 북한 대부분의 노동자들이 단순 노동직으로 전락할 가능성, 그에 따른 상대적 박탈감 역시 우리가 생각해야 할 부분이 아닐 수 없다.

한국과 미국은 이른바 '심리전 사령부'를 창설했다고 한다. 북한을 통제해야 할 상황이 벌어졌을 때를 상정한 준비라고 보이지만, 북한 사람들의 심리를 전혀 알 수 없는 우리들이나 남한 사람들의 심리를 전혀 모르고 있을 북한 사람들에게 있어서 그것은 견디기 힘든 또 하나의 시련일지도 모른다. 남과 북은, 그리고 북과 남은 핏줄은 비슷한지 몰라도 문화적으로는 전혀 다른 이질체다. 문화적 이질체가 성공적인 커뮤니케이션을 하기 위해서는 서로의 문화와 말을 배워야 한다. 그래서 문화공동체를 만들어내야 한다. 문화공동체는 구호나 기대만으로 이루어지는 것이 아니다. 이질적 문화를 융합해갈 수 있는 고도의 전문가들이 필요하고, 심리적 문제들을 차분히 다루어갈 전문 컨설턴트들도 필요할 것이다.

하지만 무엇보다 '서로를 배워야 한다'는 남북의 의식이 전제되지 않는 한 통일 논의는 소모적 정치 쇼의 함정에 빠지고 말 것이고, 남과 북은 계산에 빠른 장사꾼들의 장터로 전락하고 말 것이다. 물론 그 와중에 정치꾼들도 한몫 볼 테고. 제 버릇 개 주겠나?

1974년, 당시 81세였던 거구의 마오쩌뚱은 그의 서재에서 영국인 방문객들에게 걸걸한 후난 지방 사투리로 이렇게 말했다.

"중국의 통일을 나는 못 볼 것 같소. 통일은 저 친구(떵시아오핑)들의 일이요."

유격대를 이끌고 중국 서남북 지방을 헤집고 다니며 마침내 거대한 중국을 손아귀에 넣었던 그였지만 타이완과의 통일은 서두르지 않았다. 겉으로 보기에는 같은 중국인들이지만 생각과 사람이 너무 다르다는 것을 알고 있었기 때문이었다.

작인 거인 떵시아오핑, "헛소리는 적게 하고 일은 알차게"를 늘 주변 수행원들에게 당부하던 그 역시 중국의 통일을 보지 못한 채 한줌 재로 변하고 말았다. 그는 '마음이 묶이는 통일'을 이야기했을 뿐 정치적 통일은 재촉하지 않았다. 그 역시 통일을 후대에게 부탁했다.

너무 급작스럽게 갖다붙이는 정치적 모자이크가 모두에게 행복한 것이 될 것인가에 대해서는 의문이 있다. 정치적 경제적 아픔을 다 겪은 우리들이 아직도 시련이 부족해서 더 겪어야 할 항목이 있다면 그것은 환경 문제와 통일 실험이지 싶다. 그중에서도 냉전의 최전방에서 살고 있고 냉전의 논리에 최후까지 묶여 있는 우리들이기에 겪게 될지 모르는 통일 실험은 함부로 다룰 일이 아니다. 동북아의 새로운 질서나, 민족 통합을 갈망하는 것은 이해할 수도 있다. 하지만, 그 동안 냉전의 이데올로기 때문에 억눌려 있던 삶의 욕구들이 일순간 수면 위로 터져 나올 가능성에 대한 대비가 없는 상황은 억눌려 있던 기간이 길었던 만큼 그 분출도 거칠 수밖에 없음을 생각할 때 여간 걱정스럽지 않다.

우리 앞에는 많은 문제가 산적해 있다. 그중에서도 통일은 예측 못할 파괴력을 지니고 있다. 통일이란 단순한 정치적 게임이어서는 안 된다. 통일 비용만큼 중요한 것은 북의 동포들을 받아들일 수 있는 우리 사회의 지적 문화적 성숙함이다. 현실을 바탕으로 한 아량과 이해가 먼저 생겨나야 통일 비용을 아까워하지 않을 것이다. 다가올 어려움과 부담에 대해 구체적이고 상세하게 국민들에게 알려 대비토록 해야 한다. 때가 된 듯하다.

우리 민족의 근대사는 언제나 예측하지 못하고 대비하지 못했던 사건들 때문에 곤두박질치곤 했다. 그리곤 한동안씩 뒷걸음질이었다. 나는 어느 날 갑자기 황장엽처럼 들이닥칠 통일이 걱정된다. 하루 벌어 하루 먹느라고 바쁜 정치를 보면 더욱 그렇다.

전 북한 노동당 비서인 황장엽 씨가 망명을 했을 때 나는 모 신문에 칼럼을 쓴 일이 있다. 그중의 일부는 이런 내용이다.

　황장엽을 바라보는 남과 북. 거기에는 민족이 없었다. 치열한 첩보전과 기자들의 취재. 그리고 짜증스러운 중국인들이 있었다. 한국사회의 치부를 이용하던 북이나, 황장엽을 이용해 한보사건을 틀어막는 남이나 참 서로 못났다. 둘 다 못났다는 핀잔처럼 무책임하고 쉬운 것이 없지만 어쩔 수 없는 한탄이다. 다른 나라도 아닌 중국의 한복판에서 서로 물고 뜯는 남북을 목도하면서 속 좁은 한민족으로 태어났다는 것이 유달리 서글퍼진다. 결국 중국은 또 한 번 한반도 문제의 해결사가 되고 말았다.

　경비가 삼엄한 베이징 수도공항을 떠나 집으로 왔다. 집은 역시 좋다. 하룻밤을 잤다. 눈을 뜬 다음날, 아침 뉴스에는 북에서 넘어온 한 사내의 피살사건이 보도되고 있다. 갑자기 연변의 한 조선족이 시니컬하게 내뱉던 한마디가 떠오른다.

　"남이고 북이고 서로 너무 거짓말하지 마시오. 민족 아닙니까?"

　황장엽이란 노인. 그를 둘러싸고 남북이 이토록 신경전을 벌이는 이유는 그 알량한 정치적 가치 때문이리라. 참으로 포용력이 없고 답답한 민족이다. 백의민족은.

　서양이 동양을 압도할 수 있었던 이유는 단순한 물질

적 힘 때문만은 아니었다. 그것은 인간을 사랑하고 사람이 사람답게 살 수 있도록 하겠다는 휴머니즘과 합리주의적인 정신 때문이었음을 잊지 말아야 한다. 동양의 지성인들이 서구의 정신들을 만나면서 미련 없이 유교를 내던질 수 있었던 이유가 바로 여기에 있다. 한반도의 21세기는 통일로 열어야 한다. 그러나 그 통일은 정치로 열려서는 안 된다. 더구나 정권의 '업적'을 위해 만들어져서도 안 된다. 물론 민족적 열망의 한탕 잔치로만 열려서도 안 된다. 그것은 더불어 살아야 하고 함께 새로운 세계를 창조해가야 한다는 인간 중심의 생각으로 열려야 한다. 그래야 우리는 진정한 통일을 이룰 수 있다. 사람이 살아 있고, 사람이 살 수 있는 땅으로서의 통일을 말이다.

공자가 죽어야 나라가 산다

초판 1쇄 발행 1999년 5월 1일
개정2판 1쇄 발행 2023년 6월 5일
개정2판 8쇄 발행 2024년 9월 26일

지은이 김경일

펴낸곳 (주)바다출판사
주소 서울시 마포구 성지1길 30 3층
전화 02-322-3675(편집) 02-322-3575(마케팅)
팩스 02-322-3858
홈페이지 www.badabooks.co.kr
이메일 badabooks@daum.net

ISBN 979-11-6689-153-3 03810